岩 波 文 庫

31-063-4

父帰る・藤十郎の恋

菊池寛戯曲集

石 割　透 編

岩 波 書 店

目次

屋上の狂人

人物

狂人　勝島義太郎《よしたろう》　二十四歳
その弟　末次郎　十七歳の中学生
その父　義助
その母　およし
隣の人　藤作
下男　吉治《きちじ》　二十歳
巫女と称する女　五十歳位

時　明治三十年代

所　瀬戸内海の讃岐に属する島

舞台

この小さき島にては屈指の財産家なる勝島の家の裏庭。家の内部は結い廻《めぐ》らした竹垣に遮《さえ》ぎられて見えない。高い屋根ばかりが初夏の濃緑な南国の空を劃《くぎ》って居る。左手に海が光って見える。この家の長男なる義太郎は正面に見ゆる屋根の頂上に蹲踞して海上を凝視して居る。家の内部から父の声が聞える。

義助　(姿は見えないで)義《よし》め、また屋根へ上《あが》っとるんやな。こなにカンカン照っとるのに、暑気《あつけ》するがなあ。(縁側へ出て)吉治！　吉治は居らんのか。

吉治　(右手から姿を現す)へえ何ぞ御用ですか。

義助　義太郎を降《おろ》して呉れんか。こなに暑い日に帽子も被らんで、暑気がするがなあ。何処から屋根へ上るんやろ、この間云うた納屋の所は針金を張ったんやろな。

吉治　そらもう、ちゃんとええようにしてありますんや。

義助　(竹垣の折戸から舞台へ出て来ながら屋根を見上げて)あなに焼石のような瓦の上に坐って、何《な》んともないんやろか。義太郎！　早う降りて来い。そなな暑い所に居ったら暑気して死んでしまうぞ。

吉治　若旦那！　降りとまあせよ。そなな所に居ったら身体の毒やがなあ。

義助　義やあ。早う降りて来んかい、何しとんやそなな所で。早う降りんかい、義やあ！

義太郎　(ケロリとしたまま)何や。

義助　何やでないわい。早う降りて来いよ、お日さんにカンカン照り附けられて、暑気するがなあ。さあ、直《す》ぐ降りて来い。降りて来んと下から竿でつつくぞう。

義太郎　(駄々をこねるように)厭やあ。面白い事がありよるんやもの。金比羅さんの天狗さんの正念坊さんが雲の中で踊っとる。緋の衣を着て天人様と一緒に踊りよる。わしに来い来い云うんや。

義助　阿呆な事云うない。お前にとりついとる狐が誑《だま》しよるんやがなあ。降りんかい。

義太郎　(狂人らしい欣《よろこ》びに溢れて)面白うやりよるわい。わしも行きたいなあ。待っとい で。わしも行くけになあ。

義助　そなな事を云うとるとまた何時《いつ》かのように落ち崩《くぜ》るぞ。気違の上にまた片輪にまでなりやがって、親に迷惑ばっかしかけやがる。降りんかい阿呆め。

吉治　旦那さん、そんなに怒ったって、相手が若旦那やもの利くもんですか。それよりか、若旦那の好きなあぶらげを買うて来ましょうか、あれを見せたら直ぐ降りるけに。

義助　それより竿で突《つつ》いてやれ、かまやせんわい。

吉治　そななむごい事が出来るもんな。若旦那は何も知らんのや。皆憑いて居る者がさせて居るんやけに。

義助　屋根のぐるりに忍び返しを附けたらどうやろうな、どうしても上《あが》れんように。

吉治　どなな事しても若旦那には利き目がありゃしません。本伝寺の大屋根へ足場なしに上るんやもの、こなな低い屋根やこしはお茶の子や。憑いとる者が上らせるんやけに、何《ど》うしたって利きやせん。

義助　そうやろうかな。彼奴《あいつ》には往生するわい。気違でも家《うち》の中にじっとしとるんならええけれど、高い所へばっかし上りやがって、まるで自分の気違を広告しとるようなもんや。勝島の天狗気違と云うたら高松へ迄、噂が聞えとる云うて末《すえ》が云いよって。

吉治　島の人は狐がとり憑いとる云うけれど、俺《わし》は合点が行かんがなあ。狐が木登りすると云う事は聞いた事がないけになあ。

義助　俺《わし》もそう思うとんや。俺の心当りは別にあるんや。義の生れる時にな、俺はその時珍らしい舶来の元込銃《もとごめじゅう》でな、この島の猿を片っ端しから射ち殺したんや。その猿が憑いとるんや。

吉治　そうやろうな。それでなけりゃ、あなに木登りのおたっしゃなわけはないからな。足場があろうがあるまいが、どなな所へでも上るんやけにな。梯子乗りの上手な作《さく》でも若旦那には適わん云いよりますわい。

義助　(苦笑して)阿呆なことを云うない。屋根へばかり上っとる息子を持った親になって見い。およしでも俺でも始終彼奴の事を苦にしとんや。(再び声を張り上げて)義太郎！　早う降りて来んかい。義太郎！　降りんかい。……屋根へ上っとると人の声は聞えんのや、まるで夢中になっとるんや。彼奴が登って困るんで家《うち》の木は皆伐《き》ってしまったけんど、屋根ばかりはどうすることも出来んわい。

吉治　私の小さい頃には御門の前に高い公孫樹《いちょう》が御座んしたなあ。

義助　うむ、あの樹かい。あれは島中の目印になった樹やがな。何時であったかあの木の頂辺《てっぺん》へ義太郎が登ってな。十四、五間もある上でポカンと枝の上に腰かけて居るやないか。俺《わし》もおよしも彼奴の命はないもんやと思ってあきらめて居ると、またスルスル降りて来てな、皆あきれて物が云えなかったんや。

吉治　へへえ。まるで人間業《にんげんわざ》で御座んせんな。

義助　だから俺あ猿が憑いとると思うんや。（声をあげて）義やあ。降りんかい。（ふと、気を変えて）吉治！　お前上がって呉れんかい。

吉治　けど人が上《あが》ると、若旦那はきつうお腹を立てるけんな。

義助　ええわ。怒ってもええわい。上って引っ張り降《おろ》して来い。

吉治　へいへい。

（吉治、梯子を持って来るために退場。その時隣の人藤作がはいって来る）

藤作　旦那さん。今日は。

義助　やあ。ええ天気やな。昨日降した網はどうやったな。大小かかったかな。

藤作　根っからかかりゃしまへなんだわ。もうちっと季《しゅん》が過ぎとるけにな。
義助　そうやろうな。もうちっと遅いわい。もう鰆《さわら》がとれ出すな。
藤作　昨日清吉の網に二、三本もかかりましたわい。
義助　そうけい。
藤作　(義太郎を見て)また若旦那は屋根で御座んすか。
義助　そうや、相不変《あいかわらず》上っとるわい。上げとうはないんやけど、座敷牢の中へ入れとくと水を離れた船のようにして居るんでな。つい、むごうなって出してやると直ぐ屋根や。
藤作　けど若旦那のようなのは傍《はた》の迷惑にならんけによござんすわな。
義助　あんまり迷惑にならんこともないてな。親兄弟の恥になるでな、こなに高い所へ上っておらんで居《お》るとなあ。
藤作　けど弟さんの末さんが、町の学校でよう出来《でけ》るんやけに、旦那もあきらめがつくと云うもんやな。
義助　末次郎が人並に出来るんで、わしも辛抱しとんや。二人とも気違であったら生きとる甲斐がないがな。
藤作　実はな、旦那さん。よく利く巫女さんが、昨日から島へ来とるんでな。若旦那も一遍御祈禱して貰うたら、何《ど》うやろうと思うて来ましたんやがな。

義助　そうけ。けど御祈禱も今迄何遍受けたか分らんけどもな。ちょっとも利かんでな。

藤作　今度御座らっしゃったのは、金比羅さんの巫女さんで、あらたかなもんやってな。神さまが乗りうつるんやて云うから、山伏の祈禱とは違うでな、試して見たらどんなもんですやろ。

義助　そうやなあ。御礼はどの位入《い》るもんやろ。

藤作　癒《なお》らな要らん云うて居りますでなあ。癒ったら応分に出せ云うとります。

義助　末次郎は御祈禱やこし利くもんか云うとるけど、損にならん事やけに頼んで見てもええがなあ。

（この時、吉治梯子を持って這入《はい》って来る。竹垣の内へはいる）

藤作　そんなら私は金吉の処に居る巫女さんを呼んで来ますけにな。若旦那を降《おろ》しといてお呉れやす。

義助　お苦労様やなあ。そんならええように頼んまっせ。（藤作を見送った後）さあ義！おとなしゅう降りるんだぜ。

吉治　（屋根へ上ってしまって）さあ若旦那、私と一緒に降りましょう。こなな所に居ると晩には大熱《おおねつ》が出るからな。

義太郎　（外道が近よるのを怖れる仏徒のように）嫌やあ。天狗様が皆わしにおいでおいでをしとる。お前やこしの来る所じゃないぞ。何と思うとるんや。

吉治　阿呆な事云わんとさあ降りまあせ。

義太郎　わしに一寸《ちょっと》でも触ると天狗さまに引き裂かれるぞ。

吉治　（義太郎に急に迫ってその肩口を捕えながら下の方へ引下す。義太郎は捕えられてからは殆ど何の抵抗もしない）さあ荒《あ》ばれると怪我をなさりまっせ。

義助　気附《きいつ》けて降すんやぜ。

吉治　（義太郎を先に立てながら降りて来る。義太郎の右の足は負傷のため跛《びっこ》になっている）巫女さん云うても、一寸も利かん奴も御座んすからなあ。

義助　義はよう金比羅さんの神さんと話しする云うけになあ。金比羅さんの巫女さん云うたら、利くかも知れんと思うてな。（声を張り上げて）およしや、一寸出て来いよ。

およし　（内部にて）何ぞ用け。

義助　巫女さんを頼んだんやがなあ。どうやろう。

およし　（折戸から出て来）そらええかも知れん。どなな事でひょいと癒るかも知れんけにな。

義太郎　（不満な顔色にて）お父う、どうしたから下《おろ》すんや。今丁度俺《わし》を迎えに五色の雲が舞下《まいおり》る所であったんやのに。

義助　阿呆！　何時かも五色の雲が来た云いよって屋根から飛んだんやろう。それでその通り片輪になっとるんや。今日は金比羅さんの巫女さんが来て、お前に憑いとるものを追い出して呉れるんやけに、屋根へ上《あが》らんと待って居るんやぞ。

（その時藤作、巫女を案内して来る。巫女は五十ばかりなる陰険な顔色した妖女の如き女）

藤作　旦那さんこれが先刻《さっき》云うた巫女さんや。

義助　やあ今日は。よう御出下《おいで》されました。どうも困った奴で御座んしてな、あなた。全く親兄弟の恥さらしでな。

巫女　（無雑作に）何《な》にあなた様。心配せんかって私が神さんの御威徳で直ぐ癒《なお》して上げますわ。（義太郎の方を向きながら）この御方で御座んすか。

義助　左様で御座んす。もう二十四になりますのにな、高い所へ上る外は何一つようしませんのや。

巫女　何時からこんな御病気で御座んしたかな。

義助　もう生れついての事で御座んしてな。小さい時から高い所へ上りたがって、四つ五つの頃には床の間へ上る、御仏壇へ上る、棚の上に上る、七つ八つになると木登りを覚える、十五、六になると山の頂辺へ上がって一日降りて来ませんのや。それで天

狗様やとか神様やとかそんなもんと、話して居るような独り言を絶えず云うとります
のや。一体どうした訳で御座んしょうな。

巫女　やっぱり狐が憑いとるのに違い御座んせん。どれ私が御祈禱をして上げます。

(義太郎の方へ歩みよって)よくお聞きなさい！　私は当国の金比羅大権現様のお使の者
じゃけに、私の云う事は皆神さんの仰しゃる事じゃ。

義太郎　(不満な顔をして)金比羅の神さん云うて、お前逢うたことがあるけ？

巫女　(白眼《にら》んで)何を失礼な事を云うのじゃ、神様のお姿が目に見えるもんか。

義太郎　(得意そうに)俺《わし》は何遍も逢うとるわい。金比羅さんは白い衣物を着て金の冠を
被っとるおじいさんや。俺と一番仲のええ人や。

巫女　(上手《うわて》に出られたのでやや狼狽しながら、義助の方を見て)これは狐憑きもひどい狐憑き
じゃ。どれ私が神に伺って見る。

(巫女呪文を唱え奇怪の身振りをする。義太郎はその間吉治に肩口を捕えられながらケロリと
して相関せざるものの如し。巫女は狂乱の如く狂い廻りたる後、昏倒する。再び立ち上った彼
女はキョロキョロとして周囲を見廻す)

巫女　(以前とは全く違った声音で)我《わし》は当国象頭山《とうごくぞうずさん》に鎮座する金比羅大権現なるぞ。

皆　(義太郎を除いて皆腰を屈めて)へへっ。

巫女　（荘厳に）この家の長男には鷹の城山の狐が憑いて居る。樹の枝に吊して置いて青松葉で燻《くす》べてやれ。わしの申す事違《たご》うに於ては神罰立ち所に到るぞ。（巫女再び昏倒する）

皆　へへっ。

巫女　（再び立上《あが》りながら空とぼけたように）何ぞ神さまが仰しゃりましたか。

義助　どうもあらたかな事で御座んした。

巫女　神様の仰しゃった事は、早速なさらんと却ってお罰が当りますけに、念のために申して置きますぞ。

義助　（やや当惑して）吉治！　それなら青松葉を切って来んかな。

およし　なんぼ神さんの仰しゃることじゃ云うて、そななむごい事が出来るもんかいな。

巫女　燻べられて苦しむのは憑いとる狐や。本人は何の苦痛も御座んせんな。さあ早く用意なさい。（義太郎の方を向いて）神様のお声を聞いたか。苦しまぬ前に立ち去るがええぞ。

義太郎　金比羅さんの声はあなな声でないわい。お前のような女子《おなご》を、神さんが相手にするもんけ。

巫女　（自尊心を傷つけられて）今に苦しめてやるから待って居れ。土狐《どきつね》の分際で神さまに悪口を申し居るにくい奴じゃ。

（吉治青松葉を一抱え持って来る。およしオロオロして居る）

巫女　神さんの仰せは大切に思わぬと罰が当りますぞ。

（義助、吉治を相手に不承無承に松葉に火をつけ、厭がる義太郎をその煙の近くへ拉《らっ》して行く）

義太郎　お父う何するんや。厭やあ。厭やあ。

巫女　それをその方の声じゃと思うと燻べにくい。皆狐の声じゃと思わないかん。そのお方を苦しめて居る狐を、苦しめると思うてやらないきません。

およし　なんぼなんでもむごい事やな。

（義助、吉治と協力して顔を煙の中へ突き入れる。その時母屋の方で末次郎の声がきこえる）

末次郎　（母屋の内部から）お父さん、おたあさん、帰って来ましたぜ。

義助　（一寸狼狽して、義太郎を放してやる）末が帰って来た。日曜でないのにどうしたんやろ。

（末次郎折戸から顔を出す。中学の制服を着た、色の浅黒い凛々しい少年。異状な有様に直ぐ気がつく）

末次郎　何《ど》うしたんです。お父さん。

義助　（きまりわるそうに）ええ。

末次郎　何うしたんです。松葉なんか燻べて。
義太郎　（苦しそうに咳をして居たが弟を見ると救主を得たように）末か。お父《とう》や吉が、よってたかって俺《わし》を松葉で燻べるんや。
末次郎　（一寸顔色を変えて）お父さん！　またこんな馬鹿な事をするんですか、私があれほど云うといたじゃ御座んせんか。
義助　そやけどもな、あらたかな巫女さんに神さんが乗り移ってな。
末次郎　何を馬鹿なことを。兄さんが理窟が云えんかってそなな馬鹿なことをして。
（巫女を尻目にかけながら燃えて居る松葉を蹴り散らす）
巫女　お待ちなさい。その火は神様の仰せで点《つ》いとる火ですぞ。
末次郎　（冷笑しながら踏み消してしまう）…………。
義助　（やや語気を変えて）末次郎！　私はな、ちっとも学問がないもんやけにな、学校で よう出来るお前の云うことは何でも聴いとるけんどな、なんぼなんでもかりにも神さんの仰せで点けとる火やもの、足蹴にせんかってええやないか。
末次郎　松葉で燻べて何が癒《なお》るもんですかい。狐を追い出す云うて、人が聞いたら笑いますぜ。日本中の神さんが寄って来たとて風邪一つ癒るものじゃありません。こんな詐欺師のような巫女が、金ばかり取ろうと思って……。

義助　でもな、お医者さまでも癒らんけにな。

末次郎　御医者さんが癒らん云うたら癒りゃせん。それに私が何遍も云うように、兄さんがこの病気で苦しんどるのなら、どなな事をしても癒して上げないかんけど、屋根へさえ上げといたら朝から晩まで喜びつづけに喜んどるんやもの。兄さんのように毎日喜んで居られる人が日本中に一人でもありますか。世界中にやってありゃせん。それに今兄さんを癒して上げて正気の人になったとしたらどんなもんやろ。二十四にもなって何も知らんし、イロハのイの字も知らんし、ちっとも経験はなし、おまけに自分の片輪に気がつくし、日本中で恐らく一番不幸な人になりますぜ。それがお父さんの望《のぞみ》ですか。何でも正気にしたら、ええかと思って、苦しむために正気になる位馬鹿なことはありません。（巫女を尻目にかけて）藤作さん、あなたが連れて来たのなら、一緒に帰って下さい。

巫女　（侮辱を非常に憤慨して）神のお告げを勿体なく取り扱うものには神罰立ち所じゃ。（呪文を唱えて以前のような身振りをなし一度昏倒した後立ち上《あが》る）我《わし》は金比羅大権現なるぞ。只今病人の弟の申せしこと皆己が利慾の心よりなり。兄の病気の回復するときはこの家《や》の財産が皆兄の物となる故なり。夢疑うこと勿《なか》れ。

末次郎　（奮然として巫女を突倒し）何をぬかすんや。馬鹿っ！（二、三度蹴る）

巫女　（立ち上《あが》り乍《なが》ら急に元の様子になって）あいた！　何するんや、無茶な事するない。
末次郎　詐欺め、かたりめ！
藤作　（二人を隔てながら）まあ坊ちゃん、お待ちなさい。そう腹を立ていでも。
末次郎　（まだ興奮して居る）馬鹿な事をぬかしやがって！　貴様のようなかたりに兄弟の情が分るか。
藤作　さあ、一度引きとる事にしましょう。俺があんたを連れて来たのが悪かったんや。
義助　（金を藤作に渡しながら）何分まだ子供じゃけに何《ど》うぞ勘弁してお呉れやす。彼奴はどうも気が短うてな。
巫女　神さまが乗り移って居る最中に私を足蹴にするような大それた奴は今晩迄の命も危いぞ。
末次郎　何をぬかすんや。
およし　（末次郎をささえながら）黙っておいでよ。（巫女に）どうもお気の毒しましたや。
巫女　（藤作と一緒に去りながら）私を蹴った足から腐り始めるのや。（二人去る）
義助　（末次郎を見て）お前あなな事をして罰があたることはないか。
末次郎　あんなかたりの女子《おなご》に神さんが乗り移るもんですか。無茶な嘘をぬかしやがる。
およし　私は初《はじめ》から怪しい奴じゃ思うとったんや、神さんやったらあななむごいこと云うもんけ。

義助　（何の主張もなしに）そら、そうやな。でもな末！　お前兄さんは一生お前の厄介やぜ。

末次郎　何が厄介なもんですか。僕は成功したら、鷹の城山の頂辺へ高い高い塔を拵《こさ》えて、そこへ兄さんを入れてあげるつもりや。

義助　それはそうと、義太郎は何処へ行ったやろ。

吉治　（屋根の上を指しながら）彼処《あすこ》へ行っとられます。

義助　（微笑して）相不変《あいかわらず》やっとるのう。

（義太郎は前の騒動の間にいつの間にか屋根へ上《あが》って居たらしい。下の四人義太郎を見て微笑を交う）

末次郎　普通の人やったら、燻べられたらどんなに怒るかも知れんけど、兄さんは忘れとる、兄さん！

義太郎　（狂人の心にも弟に対して特別の愛情がある如く）末やあ！　金比羅さんに聞いたら、あなな女子知らん云うとったぞ。

末次郎　（微笑して）そうやろう。あなな巫女よりも兄さんの方に、神さんが乗り移っとんや。（雲を放れて金色の夕日が屋根へ一面に射《さし》かかる）ええ夕日やな。

義太郎　(金色の夕日の中に義太郎の顔は或る輝きを持って居る)末見いや、向うの雲の中に金色の御殿が見えるやろ、ほら一寸見い！　綺麗やなあ。

末次郎　(やや不狂人の悲哀を感ずる如く)ああ見える。ええなあ。

義太郎　(歓喜《エクスタシイ》の状態で)ほら！　御殿の中から、俺《わし》の大好きな笛の音がきこえて来るぜ！　好《え》え音色やなあ。

(父母は母屋の中にはいってしまって狂せる兄は屋上に、賢き弟は地上に共に金色の夕日を見つめて居る)

――幕

奇蹟

人物

秀寛《しゅうかん》　僧形《そうぎょう》の少年

お弁　少女

若僧　甲、乙、丙、丁

時　定めず

所　ある大都会の山の手

情景

ある大寺の境内なる閻魔堂の内部。夜。蒼明な月光が大なる閻魔の姿をおぼろげに浮き出させて居る。遠き彼方より大都会の雑音に交りて笛の音など聞えて来る。秀寛小姓上《あが》りと見え美しき雛僧《すうそう》、忍び足にて右の戸口より入り来て周囲を見廻す。

秀寛　何だつまらない、お弁坊はまだ来て居ないんだなあ。じゃお経をもっと叮嚀《ていねい》に読むんだった。仕方がねえや、お閻魔様の相手でもして居ようかな。

（閻魔と同じく上段に並んで腰をかけて、足で羽目板を軽く叩いて居る。暫くすると閻魔堂に近づく人声がするので驚いて延び上って見る。それは若僧の乙、丙、丁の三人であったので秀寛はあわてて隠れ場所を探し、到頭閻魔の背後に隠れる、三人の若僧左の入口より這入《はい》って来る）

乙　うまく行くだろうか。

丁　了観《りょうかん》の事だから大丈夫だ。

丙　若《も》し彼奴《あいつ》が失敗するとしたら、今夜はおとなしく寝なければならない。

乙　たまにはそれもいいさ。

丙　併《しか》し俺は今夜行くと約束したのだ。

丁　俺だって同じ事だ。

丙　染弥《そめや》が俺を待って居るんだ。

丁　俺だって待って居る奴がある。

乙　俺だって待って居る奴がある。
丙　じゃ皆行かなければならないのだ。
乙　了観の奴うまくやるか知らん。
丙　大丈夫だ。彼奴はとっくに良心を捨ててしまって居る。良心を邪魔がって居る奴だ。泥棒することを何とも思って居ないんだ。泥棒を迫害する世間が悪いと云って居る奴だ。
丁　もう帰って来る頃だ。
乙　長老も所化《しょけ》も小姓も、まだ起きて居るんだから可成り骨が折れるだろう。
甲　(他の一人の若僧、法衣の袖に、何物かを隠して右の扉より這入って来る)随分骨を折らせた。(法衣の下から金色の仏体を取出して三人に見せる)
乙　うまく行ったなあ。
丙　長老様は気が附かなかったかい。
丁　小姓も役僧も気が附かなかったかい。
甲　潰して二、三度は遊べるぜ。
乙　潰してたまるものか、このままで三十両は確かだ。
甲　今夜もやっぱり島庄《しましょう》だろうな。彼処《あそこ》なら大手を振って行けるからな。

丙　併《しか》し今夜は早目に引き上げるとしよう。先度《せんど》のように長老様に疑ぐられるといけないから。あの人はまだ他人の行為丈《だけ》には、良心を働かせることを知ってるから。

丁　なに！　彼奴に俺達を何《ど》うする事も出来るものか。彼奴は女のために、大師様御直筆の波羅蜜多経を質に入れて居る。あの事をあばくと彼奴の方が寺に居られなくなる。

乙　俺はそんな事までは知らなかった。

丁　それどころか、よく俗縁の姪だと云って尋ねて来る女だって、考えて見りゃ怪しいものさ。

丙　それじゃ、長老様からして腐って居るのだな。

丁　人ばかりじゃない。仏様が腐って居るんだ。長老は長老で女犯《にょぼん》を犯して居る。所化や役僧は賽銭をくすねる事ばかり考えて居る。俺たちは俺達で宮垣町花島町へ通って居る。小姓上《あが》りの秀寛《しゅうかん》はお弁坊と逢曳《あいびき》をして居る。併し御本尊はどうする事も出来ない。仏罰一つ当てることも出来ない。秀寛などは接吻《くちづけ》をした口でお灯明を吹き消して居る。

丙　俺達はお経の煙管《きせる》読《よみ》をやって居る。

丁　人間の腐るのは仏様が先《さ》きに腐るからだ。

甲　いやそうじゃない。人間が腐るから従って仏様が腐るんだ。人間が正しかった昔は、仏様だって皆生きて居たのだ。

丁　とにかく、このお閻魔様を見ろ、俺達が仏体を盗んで売り飛ばそうとして居るのに、どうともする事が出来ないのだ。

丙　併《しか》し随分恐ろしい顔をして居るな。

丁　いや恐ろしい顔丈《だけ》で、人間の恐れた時代もあったのだ。金色の光丈で、人間の信じた時代もあったのだ。併しこの頃の人間はそうでない、恐ろしい顔に段々馴れて来たのだ。見かけ丈ではどうとも思わなくなったのだ。

乙　ほんとうだ。お閻魔様を恐れるのは婆やにおんぶして居る子供丈だ。あの大きい図体も、人間を脅す案山子《かかし》であった事が分ってからと云うものは、からきし駄目になってしまったのだ。

丙　もう彼是《かれこれ》七つだろう、出かけるとしようか。彼奴が待ち疲れて居るだろう。

乙　（お閻魔様の前に進んで嘲弄的に）偸盗《ちゅうとう》も女犯も妄語《もうご》もみんな犯して居る者共で御座ります。お閻魔様、地獄へ参りましたらお馴染み甲斐にお手柔かに願います。ハヽヽヽヽ。（他の三人も一緒に笑う。立ち上《あが》りてやや芝居がかりに）こう、御願申して置けばどんなわるい事でも出来ると云うものだ、さあ、出かけよう。道で何処かの居酒屋で一杯やろうじゃないか。

甲　よかろう。

丁　じゃそろそろ出かけよう。

丙　（最後に歩み出さんとして、ふと閻魔の顔を振り返りて）おや今お閻魔様の目玉がギロリとしたようだぜ。

甲、乙、丁　（一寸《ちょっと》驚いたが直《す》ぐ気を取り直し）何を馬鹿な事を云うのだ。

丙　（黙って閻魔を見詰めて居る）…………。

乙　居酒屋と云うよりも、裏門前の梅源でコッソリ一杯やろうじゃないか。彼処なら勘定は後でいいのだから。

甲　其奴《そいつ》は思附きだ。

丙　じゃ梅源にしよう。

丁　それでもいい。

乙　行こう。

丙　行こう。

甲　（ふと手に持って居る仏体に気がつき）梅屋へ行くとすれば此奴《こいつ》が邪魔だな。

乙　それじゃ一度引返す事にすればいい。其処等《そこら》あたりへ隠して置くさ。

甲　見附かりはしまいかな。

丁　俺がいい処へ隠してやる。皆見て居ろ！（仏体を甲から受け取り閻魔の口の中へ押し入れる）こいつは名高い空洞彫で腹の中には何もないのさ。ここに入れて置けばお釈迦様でも御存じあるめい。

丙　芳沢小源次と云う役者が、そんな台辞《せりふ》を云った事がある。

甲　さあ行こう。

丁　行こう。

丙　行こう。（二、三歩歩き出しながら）一寸こう振返って見るとやっぱり恐い顔だね。

丁　いくら恐い顔だって俺たちにこう甘く見られちゃやり切れまいな。ハヽヽ。（打ち連れて去る。少年秀寛閻魔の肩口より顔を出す）

秀寛　ひどい奴等だな。併《しか》しこの俺だってひどくない方でもないなあ。お弁坊が来る迄ここに隠れて居よう。

（暫くの間静である。少女お弁、夜目にも白く愛くるしき少女、忍び足にて左の扉より入り来る。この少女さえ少しも閻魔を怖れざる如く、平気にて周囲を見廻す。最後に右の扉を細目にあけ本堂の方向を見て居る）

秀寛　お弁ちゃん。（少女驚いて逃げんとす）俺だよ、秀寛だよ。（床へ飛び下りる）

お弁　（やや蓮葉に）あら吃驚《びっくり》しましたよ。まあ人の悪い。わしゃお閻魔様に呼ばれたのかと思った。

秀寛　お閻魔様と間違われりゃ世話はねえ、併し俺だってお閻魔様よりはいい男のつもりだが。

お弁　顔丈《だけ》はきれいでも、恋の亡者を取って喰う心根はお閻魔様より上手《うわて》じゃないかねえ。

秀寛　今宵は久方振りで逢ったのだから、お互に悪口はよして、つもる話をしようじゃないか。……馬鹿に遅かったね。

お弁　阿母《おっか》さんが君若町のお芝居へ行って帰りがひどく遅かったからさ。

秀寛　でもまあよく来て呉れたねえ。

お弁　来ないでどうするものかねえ。昨日、お布施と一緒に包んで置いた手紙は見てお呉れだろうね。

秀寛　これからあんな危かしい芸当はよしにしねえ。

お弁　いいじゃないかねえ。お前は長老様のお気に入りで、お布施の包はみんなお前が始末するのだもの。よしんば見つかって寺を追われるような事があっても妾《わたし》の家へ連れ込んで可愛がって上げる迄の事じゃないかねえ。

秀寛　併し俺はこの寺を出るのは不承知だよ。この大きい智徳院が俺の物になる日があるだろうな。

お弁　まあお前も人がいい。お稚児で居た頃に、長老様が嬉しがらせを云ったのを、真にうける人があるものかねえ。

秀寛　おいお弁坊、この秀寛を甘く見て貰うまいぜ。得度して、頭こそ丸めて居るが長老様は俺にかかっちゃ傀儡《くぐつ》同然だ。見て居ろ、今に智徳院の縁の下の塵まで俺が掻き廻して見せるから。

お弁　まあ、お前のような人が住職になろうなら、智徳院は闇だわねえ。

秀寛　なに！　今より悪くはならないよ。この間やった錦絵を見ただろう、長老様はあんなものを見て楽《たのし》んで居るのだ。

お弁　まあ！

秀寛　お弁坊にも気に入ったろうな。

お弁　気に入ったともさ。肌身離さず持って居るわ。（懐より錦絵を取り出す）ねえ、この若衆はお前にどこか似て居るようだわ。小鼻のところや口元がお前に何処か似て居るようだわ。

秀寛　こりゃ、お前、南都山村座の峰島玉之助と云って三国一の色若衆さ。

お弁　でも妾《わたし》はお前の方がいっそ好きさ。

秀寛　そりゃ無理もない事さ。俺だって十一の年には寺方と、菱屋の金剛とで奪い合いをしたものさ。寺方の方が十両ばかり身の代が高かったので結局こんな坊主頭になった。俺だって野郎《やろう》帽子を着せたらこの都の三十一人の太夫子《たゆうご》にだって負けはしないさ。

お弁　豪気な事をお云いだね。

秀寛　まだ前髪で居た頃は、智徳院の秀之丞と云えば小唄に迄も歌われたものさ。今だって抹香なぶりをさせて置くのは全く以て惜しいものさ。

お弁　それじゃ、お前は仏様の事などは真身《しんみ》に考えた事はないんだね。

秀寛　そりゃ当り前さ。偶《たま》にしか仏様を拝まない人には有難く見えるかも知れねえが、俺のように朝夕世話をやいて居るとしまいには、うるさくなっていっそ叩き壊してしまいたくなる。毎日傍に居るものだから、木で拵えてあることがようく分ってしまって、何《ど》う考え直しても有難くは思えない。人間の中で一番坊主が仏様を馬鹿にして居る。長老様は酒の肴にからすみを喰った口を洗わずに直ぐ読経する。若僧どもは、毎晩花島町通いをする。何もしないのはこの俺位だな。

お弁　そのお前がこうして私と逢曳して居るのだねえ。

秀寛　何《な》に！　俺なんか罪が軽いのだ。長老様は妾《めかけ》の外に、姪と云う女が幾人も居る。本尊様の掃除をする時などはまるで木の切れ同様に扱う。いつも、葬式が来ないと云ってこぼして居る。口癖のように奈良屋の隠居が死ねばいいと云って居る。あの隠居は永代回向料として千両寄進することになって居るからだ。若僧どもと云ったら一倍ひどい。今日も宝物の勢至菩薩の尊像を盗み出して、花島町通いの軍用金にしようとして居た。そしてあることかあるまいことか、お閻魔様の腹中へ隠して置くじゃないか。こうなっちゃ世も澆季《ぎょうき》だな、地獄の大王様がちっともにらみが利かないのだからな。（閻魔の傍へ寄ってその頬を撫でながら）もっとしっかりなさらなくちゃほんとうに駄目ですよ。ええお閻魔様。

お弁　お前そんなに寄っちゃいやよ。お閻魔様は若衆好きだと云うから。

秀寛　何とか云う読本にそんな話があったっけ。でもこの顔じゃ色事が出来るものかね。さんざ二人で見せて上げるのさ。ねえ！　お閻魔様。（またその頬を嘲弄的に撫でる）

お弁　でもお前はお閻魔様がちっとも恐くはないかえ。

秀寛　なぜさ。

お弁　私は何時《いつ》もは、恐くはないけれどお前と夢中になって居る時など、ひょっくりお顔を見るとゾッとする事があるわ。

秀寛　俺はそんな事は決してない。十一、二から深い馴染みさ。ねえ！　お閻魔様。（また頬をちょいと撫でる）お供えの菓子をくすねて何時もここへ持って来て喰ったものさ。

お弁　お閻魔様や仏様は、ほんとうに何をする甲斐性もないのか知らん。仏体を盗み出す者などをどうかなされればよいに。

秀寛　序《つい》でにお目の前で女犯を犯す曲者をどうかなされればよいに。（また頰をちょいと撫でる）

お弁　（やや真面目に）お前そうお閻魔様を馬鹿にしなくってもいいわ。あんまりじゃないか。

秀寛　何があんまりだ。俺も小さい時には仏様やお閻魔様をエライものだと思って居たが、始終様子を見て居ると何の甲斐性もない事が分った。長老様や若僧がどんな悪いことをしても、どうする事も出来ないのだ。俺もこりゃ喰わせ者だと思ったからいつかお閻魔様の顔に唾を吐きかけて見たのだが、罰などは少しも当らない。それからは木の切れ同様に思って居る。そうだろう閻魔、木の切れに違いなかろう。どうだそれが口惜しけりゃ何とかして見ねえ。おい閻魔！　閻公！　閻吉！　（閻魔の頭をポカンと殴る）

お弁　まあ、お前！　そんな勿体ない事をおしでない。

秀寛　なあに、こんな物なんか。（足を揚げて閻魔の腹を蹴る）

お弁　（やや恐怖の声にて）今お閻魔様の目玉がギロリとしたようだよ。

秀寛　馬鹿な、そんな気の利いた芸当が出来るものか。（またポンと蹴る）
お弁　お前大概にして置きよ。わしゃ何だか気味がわるくなって来た。もしお前地獄があって御覧。
秀寛　坊主稼業をして居る者は、地獄があるなどとは夢にも思ったことがない。智徳院で閻魔堂をこさえたのも、隣りの大順寺の閻魔が藪入の時に、素晴らしく流行《はや》るのを見て長老様が羨《うらやま》しくなったからだ、つまり小僧の臍繰《へそく》りをしぼる道具さ、そうだろう閻公！　（またポンと蹴る）
お弁　お前も大抵におしよ。私は何だか寒気がして、身体がゾクゾクするから。おや御覧！　お閻魔様の目があんなに光って居るのじゃないか。
秀寛　（お弁の恐がるのを結句面白がって）なあに、気の故《せい》だよ。こんな物を恐がるより横町のむく犬でも恐がるがいい。あれならお前、物のはずみで喰いつくかも知れない。
お弁　でもお前、何時になくお顔が物凄いよ。
秀寛　じゃ。俺にあんまり打たれたので、頭痛がして居るかも知れない。いやそれよりも勢至菩薩を喰わされたので腹が病めるのだろう。とり出してやろうかな。（閻魔と同じ段に上り、口中に深く手をさし入れ仏体を探す）お前もこれからしっかりして、盗品の隠し場所だけにはならぬがいい、こんな図体をしながらカラ意気地がねえじゃないか。

小僧の臍繰りをしぼるだけが能じゃないぞ。おや！　喉にひっかかって仲々出ねえや。やあい閻公！　口をもっと開けねえか！

お弁　お前、お閻魔様の目玉がギロリと動いたようだよ。お前もう大概におしよ！　あれ、あんなに目玉が光って居るじゃないか。

秀寛　(剛情に閻魔に向って)手前《てめえ》もまだ女だけは、恐がらす事が出来ると見えるな。

お弁　(著しく恐怖の情を伴って)おやまた目が動いたよ。

秀寛　(尚剛情に)馬鹿な！　おや！　なかなか出ねえぞ。閻公！　もっと口を開けろったら。(到頭勢至菩薩の像を取り出す)ひどい事をしやがるなあ、こりゃお前、智徳院になくてはならぬ金無垢の勢至菩薩の尊像じゃ。

お弁　妾《わたし》は、お前があんまりお閻魔様を馬鹿におしだから、何か祟りでもなければいいがと思っている。

秀寛　そんな気の利いた閻魔様があって堪るものか。が待てよ、この勢至菩薩を、あの若僧共の花島町通いの軍用金にするのは何《ど》う考えてもいまいましいな。彼奴等に二束三文に売飛ばさせるよりかこの秀寛が、そっと隠して置く方がいくら勝《まし》だか知れやしない(と云いながら、秀寛仏像を懐の中に入れる。その時、若僧共が微酔を帯び小唄を歌いながら、帰って来るのが聞える。秀寛周章しながら)いや帰って来やがった！　さあ、お弁坊！

隠れるのだ。
(閻魔の後に、二人急いで隠れ了《おわ》る。若僧甲、乙、丙、丁帰って来る)
甲　ああいい心持だ。
乙　これから行けば時刻もいい。
丙　縄手通《なわてどおり》を、小唄で行くとはしゃれて居る。
甲　おまけに軍用金はたっぷりとある。(丁に)さあ、手前代物《てめえ》を出して呉れねえか。
丁　おっと、合点だ。(閻魔に近づき口中に手を入れる)おや!
甲　何《ど》うしたのだ。
丁　不思議だ。仲々手に触らねえぞ。
甲　退《ど》いて見ろ。そんな馬鹿な事があるものか。(甲、丁に代りて深く探《さ》ぐる)不思議だ。全くねえや。
乙　人が来る筈はないなあ。
丙　(稍《やや》恐怖を感じたるものの如く)不思議だ。半刻《はんとき》とは経って居ない中に、無くなる訳はないがなあ。
甲　(尚閻魔の腹中を探ぐりながら)狭い腹の中で、無くなる訳はないのだが。(丁に)手前確かに入れたろうな。

丁　確かだとも、皆見て居たじゃないか。

丙　（愈々《いよいよ》恐怖を感じ始めたる如く）智徳院の附紐《つけひも》閻魔と云って、昔赤ん坊を喰ったと云うお閻魔様だ。

甲　何を馬鹿な事を。（と云いながら、気味悪《わ》るそうに閻魔から離れる）

丙　だから、云わない事じゃない。俺は、初《はじめ》からそう云ったのじゃ、幾何《いくら》何でも勢至菩薩だけは勿体ないと。ありゃ、お前良然大僧正様の守本尊で、あらたかな御尊体だからな、いくら末世となっても、あの尊体に手を附けるのは、慎《つつ》しんだがいいと俺は初から思ったのだ。

丁　おい！　お閻魔様のお顔を見ろ！　凄い顔をして居るぜ。俺は何だか気味が悪くなった。

甲　何を馬鹿な事を云って居るのだ。

丙　俺は、何だか身体が顫《ふる》えて来た。ああ一刻もこんな処には居たくない。（後退《あとずさ》りながら扉の所へ来ると一散に駈け出す）

丁　俺も、身体がゾクゾクすらあ。お先へ御免だ。

乙　弱虫だな。が、俺もこうして居られない事があった。（躊躇して居たが、急に駈け出す）

す)

甲　皆弱い奴等だな。が、俺一人ここに居ても始まらない。(三人の後から続いて逃げ出

(お弁、秀寛の後より這い出て、逃げ出さんとす。秀寛後より追縋《おいすが》りて)

秀寛　何を恐いことがあるものか。彼奴等はまんまと俺に一杯担がれたのだ。

お弁　放してお呉れよ。妾《わたし》は身体が顫えて仕様がないんだよ。お前の傍に居るのも、何だか恐くなったのだよ。(と云いながら秀寛の手を振り切って去る)

秀寛　(ただ一人になって)馬鹿な奴が揃って居る。ハヽヽヽ。(と打ち笑う。その中に自分の笑い声の空しき反響に、ふと恐怖の念を生じたるものの如く)何だか俺も寒気がして来たな。(ふと閻魔の顔を見て)やっぱり恐い顔だ。一人で居ると、身体がゾクゾクして来らあ。何だか薄気味が悪くなって来た。どら俺も逃げ出そうかな。(急ぎ足に逃げ出そうとして、ふと懐の勢至菩薩に気が附き)ああこんな物を持って居ちゃ余計気味が悪いや。(と云いながら、仏像を取出し、閻魔の膝の上に安置し終りて、一目散に逃げ出す。その後に甲、乙、丙、丁四人帰って来る)

甲　だから、俺は云わねえ事じゃない。俺達の後から、お弁坊が逃げ出した所を見ると、確かに閻魔堂で、秀寛の野郎と又逢曳して居たのだ。秀寛の奴をとっちめれば勢至菩薩の行方だって分らない事はないのだ。

乙　尤もだ。何もお閻魔様を恐がる事はないのだ。
甲　（四人閻魔に近づいて、その膝の上に安置せられたる勢至菩薩の金色燦然たる端厳の姿を見る）
乙　（驚いて）ああ……あった。
丙　お！
丁　あった！
丙　ある。
甲、乙、丁　（ある霊感に打たれたる如く）不思議だ。ちゃんと安置してある。何と云う尊いお姿だ。
丙　（茫然と立ったまま言葉なし）………。
丙　我々の破戒をいましめるために、かかる不思議を現わし給うのじゃ。俺は、これ迄の所業をふっつりと改めるぞ。（蹲《うずく》まって、礼拝す）
丁　不思議だ。不思議だ。俺もふっつりと悪いことはしない積りじゃ。（跪《ひざまず》く）
甲、乙　（半信半疑ながら、二人に習って跪く）………。

――幕

父帰る

人物

黒田賢一郎　　二十八歳
その弟　新二郎　　二十三歳
その妹　おたね　　二十歳
彼等の母おたか　　五十一歳
彼等の父宗太郎

時

明治四十年頃

所

南海道の海岸にある小都会

情景

中流階級のつつましやかな家、六畳の間、正面に簞笥があってその上に目覚時計が置いてある。前に長火鉢あり、薬缶《やかん》から湯気が立って居る。卓子台《ちゃぶだい》が出してある、賢一郎役所から帰って和服に着更《きが》えたばかりと見え、寛いで新聞を読んで居る。母のおたかが縫物をして居る。午後七時に近く戸外は闇《くら》し、十月の初《はじめ》。

賢一郎　おたあさん、おたねは何処へ行ったの。

母　仕立物を届けに行《い》た。

賢一郎　まだ仕立物をしとるの、もう人の家の仕事やこし、せんでもええのに。

母　そうやけど嫁入の時に、一枚でも余計ええ着物を持って行きたいのだろうわい。

賢一郎　(新聞の裏を返しながら)この間云うとった口は何《ど》うなったの。

母　たねが、ちいと相手が気に入らんのだろうわい、向うは呉れ呉れ云うてせがんどったんやけれどものう。

賢一郎　財産があると云う人やけに、ええ口やがなあ。

母　けんど、一万や、二万の財産は使い出したら何の益《やく》にもたたんけえな。家《うち》でもおたあさんが来た時には公債や地所で、二、三万円はあったんやけど、お父さんが道楽して使い出したら、笹につけて振る如しじゃ。

賢一郎　(不快なる記憶を呼び起したる如く黙して居る)…………。

母　私《わし》は自分で懲々《こりごり》しとるけに、たねは財産よりも人間のええ方へやろうと思うとる。財産がのうても亭主の心掛がよかったら一生苦労せいでも済むけにな。

賢一郎　財産があって、人間がよけりゃ、なおいいでしょう。
母　そんな事が望めるもんけ。おたねがなんぼ器量よしでも家《うち》には金がないんやけにな。この頃の事やけに少し支度をしても三百円や五百円は直《す》ぐかかるけにのう。
賢一郎　おたねも、お父様《とうさん》の為に子供の時随分苦労をしたんやけに、嫁入の支度丈《だけ》でも出来る丈の事はしてやらないかん。私達《わし》の貯金が千円になったら半分はあれにやってもええ。
母　そんなにせいでも、三百円かけてやったらええ。その後でお前にも嫁を貰うたら私も一安心するんや。私は亭主運が悪かったけど子供運はええ云うて皆云うて呉れる。お父さんに行かれた時は何《ど》うしようと思ったがのう……。
賢一郎　（話題を転ずる為に）新《しん》は大分遅いな。
母　宿直やけに、遅うなるんや。新は今月からまた月給が昇《あが》る云うとった。
賢一郎　そうですか、あいつは中学校でよく出来たけに、小学校の先生やこしするのは不満やろうけど、自分で勉強さえしたらなんぼでも出世は出来るんやけに。
母　お前の嫁も探して貰うとんやけど、ええのがのうてのう。園田の娘ならええけど少し向うの方が格式が上やけに呉れんかも知れんでな。
賢一郎　まだ二、三年はええでしょう。

母　でもおたねを外へやるとすると、ぜひにも貰わないかん、それで片が附くんやけに。お父さんが出奔した時には三人の子供を抱えて何うしようと思ったもんやが……。

賢一郎　もう昔の事を云うても仕方がないんやけえに。

（表の格子開き新二郎帰って来る、小学教師にして眉目秀《すぐ》れたる青年なり）

新二郎　只今。

母　やあおかえり。

賢一郎　大変遅かったじゃないか。

新二郎　今日は調べものが沢山あって、閉口してしもうた。ああ肩が凝った。

母　先刻《さっき》から御飯にしようと思って待っとったんや。

賢一郎　御飯がすんだら風呂へ行って来るとええ。

新二郎　（和服に着更えながら）おたあさん、たねは。

母　仕立物を持って行っとんや。

新二郎　（和服になって寛ぎながら）兄さん！　今日僕は不思議な噂を聞いたんですがね。杉田校長が古新町で、家《うち》のお父さんによく似た人にあったと云うんですがね。

母と兄　うーむ。

新二郎　杉田さんが、古新町の旅籠屋《はたごや》が並んどる所を通っとると、前に行く六十ばかりの老人がある。よく見ると何《ど》うも見たような事があると思うて、近づいて横顔を見ると、家《うち》のお父さんに似て居たと云うんです。何うも宗太郎さんらしい、宗太郎さんなら右の頰にほくろがある筈じゃけに、ほくろがあったら声をかけようと思って、近よろうとすると水神《すいじん》さんの横町へ、コソコソとはいってしもうたと云うんです。

母　杉田さんならお父様《とうさん》の幼な友達で、一緒に槍の稽古をして居た人やけに、見違う事もないやろう。けどもうお前二十年にもなるんやけにのう。

新二郎　杉田さんもそう云うとったです。何しろ二十年も逢わんのやけに、しっかりした事は云えんけど、子供の時から交際《つきお》うた宗太郎さんやけに、まるきり見違えたとも云えん云うてな。

賢一郎　（不安な眸《ひとみ》を輝かして）じゃ、杉田さんは言葉はかけなかったのだね。

新二郎　ほくろがあったら名乗る心算《つもり》で居たのやって。

母　まあ、そりゃ杉田さんの見違いやろうな。同じ町へ帰ったら自分の生れた家に帰らんことはないけにのう。

賢一郎　然《しか》し、お父様《とうさん》は家の敷居は一寸《ちょっと》越せないやろう。

母　私《わし》はもう死んだと思うとんや、家出してから二十年になるんやけえ。

新二郎　何時《いつ》か、岡山で逢った人があると云うんでしょう。

母　あれも、もう十年も前の事じゃ。久保の忠太さんが岡山へ行った時、家のお父さんが、獅子や虎の動物を連れて興行しとったとかで、忠太さんを料理屋へ呼んで御馳走をして家の様子を聞いたんやて。その時は金時計を帯にはさげたり、絹物づくめでエライ勢であった云うとった。それからは何の音沙汰もないんや。あれは戦争のあった明くる年やけに、もう十二、三年になるのう。

新二郎　お父さんはなかなか変っとったんやな。

母　若い時から家の学問はせんで、山師のような事が好きであったんや。あんなに借金が出来たのも道楽ばっかりではないんや。支那へ千金丹を売り出すとか云うて損をしたんや。

賢一郎　(やや不快な表情をして)おたあさんお飯《まんま》を食べましょう。

母　ああそうやそうや。つい忘れとった。(台所の方へ立って行く、姿は見えずに)杉田さんが見たと云うのも何ぞの間違《まちがい》やろ。生きとったら年が年やけに、ハガキの一本でもよこすやろ。

賢一郎　(やや真面目に)杉田さんが、その男に逢うたのは何日《いつ》の事や。

新二郎　昨日の晩の九時頃じゃと云う事です。

賢一郎　どんな身なりをして居ったんや。

新二郎　あんまり、ええなりじゃないそうです。羽織も着て居らなんだと云う事です。
賢一郎　そうか。
新二郎　兄さんが覚えとるお父さんはどんな様子でした。
賢一郎　私《わし》は覚えとらん。
新二郎　そんな事はないでしょう。兄さんは八つであったんやけに、僕だってボンヤリ覚えとるに。
賢一郎　私は覚えとらん。昔は覚えとったけど、一生懸命に忘れようと、かかったけに。
新二郎　杉田さんは、よくお父様《とうさん》の話をしますぜ。お父さんは若い時は、ええ男であったそうですな。
母　（台所から食事を運びながら）そうや、お父様《とうさん》は評判のええ男であったんや。お父さんが、大殿様のお小姓をして居た時に、奥女中がお箸箱に恋歌を添えて、送って来たと云う話があるんや。
新二郎　何のために、箸箱を呉れたんやろう。はゝゝゝ。
母　丑の年やけに、今年は五十八じゃ。家《うち》にじっとして居れば、もう楽隠居をしている時分じゃがな。
（三人食事にかかる）

母　たねも、もう帰ってくるやろう。もうめっきり寒うなったな。

新二郎　おたあさん、今日浄願寺の椋《むく》の木で百舌《もず》が啼《な》いとりましたよ。もう秋じゃ。……兄さん、僕はやっぱり、英語の検定をとる事にしました。数学にはええ先生がないけに。

賢一郎　ええやろう。やはり、エレクソンさんの所へ通うのか。

新二郎　そうしようと、思っとるんです、宣教師じゃと月謝がいらんし。

賢一郎　うむ、何しろ、一生懸命にやるんだな、父親《ておや》の力は借らんでも、一人前の人間にはなれると云う事を知らせる為に、勉強するんじゃな。私も高等文官をやろうと思うとったけど、規則が改正になって、中学校を出とらな、受けられん云う事になったから、諦めとんや。お前は中学校を卒業しとるんやけに、一生懸命やって呉れないかん。

（この時、格子が開いて、おたねが帰って来る。色白く十人並以上の娘なり）

おたね　只今。

母　遅かったのう。

おたね　また次のものを頼まれたり、何かしとったもんやけに。

母　さあ御飯おたべ。

おたね　（坐りながら、やや不安なる表情にて）兄さん、今帰って来るとな、家《うち》の向う側に年寄の人が居て家の玄関の方をじーと見ているんや。（三人とも不安な顔になる）
賢一郎　うーむ。
新二郎　どんな人だ。
おたね　暗くて、分らなんだけど、脊《せ》の高い人や。
新二郎　（立って次の間へ行き、窓から覗く）………。
賢一郎　誰か居るかい。
新二郎　いいや、誰も居らん。
（兄弟三人沈黙して居る）
母　あの人が家を出たのは盆の三日後であったんや。
賢一郎　おたあさん、昔の事はもう云わんようにして下さい。
母　私《わし》も若い時は恨んで居たけども、年が寄るとなんとなしに心が弱うなって来てな。
（四人黙って、食事をして居る。ふいに表の戸がガラッと開く、賢一郎の顔と、母の顔とが最も多く激動を受ける。然《しか》してその激動の内容は著しく違って居る）
男の声　御免！
おたね　はい！　（然し彼女も起《た》ち上《あが》ろうとはしない）

男の声　おたかは居らんかの？
母　へえ！（吸い附けられるように玄関へ行く、以下声ばかり聞える）
男の声　おたかか！
母の声　まあ！　お前さんか、えろう！　変ったのう。
（二人とも涙ぐみたる声を出して居る）
男の声　まあ！　丈夫《たっしゃ》で何よりじゃ。子供達は大きくなったやろうな。
母の声　大《おお》きゅうなったとも、もう皆立派な大人じゃ。上《あが》ってお見まあせ。
男の声　上ってもええかい。
母の声　ええとも。
（二十年振りに帰れる父宗太郎、憔悴したる有様にて老いたる妻に導かれて室《へや》に入り来る、新二郎とおたねとは目をしばたたきながら、父の姿をしみじみ見詰めて居たが）
新二郎　お父様《とうさん》ですか、僕が新二郎です。
父　立派な男になったな。お前に別れた時はまだ碌《ろく》に立てもしなかったが……。
おたね　お父さん、私《わたし》がたねです。
父　女の子と云うことは聞いて居たが、ええ器量じゃなあ。
母　まあ、お前さん、何から話してええか、子供もこんなに大きゅうなってな、何より結構やと思うとんや。

父　親はなくとも子は育つと云うが、よう云うてあるな、は丶丶丶。

（併《しか》し誰もその笑《わらい》に合せようとするものはない。賢一郎は卓に倚《よ》ったまま、下を向いて黙して居る）

母　お前さん。賢も新もよう出来た子でな、賢はな、二十《はたち》の年に普通文官云うものが受かるし、新は中学校へ行っとった時に三番と降《さが》った事がないんや。今では二人で六十円も取って呉れるし、おたねはおたねで、こんな器量よしやけに、ええ処から口がかかるしな。

父　そら何より結構な事や。俺《わし》も、四、五年前迄は、人の二、三十人も連れて、ずーと巡業して廻っとったんやけどもな。呉《くれ》で見世物小屋が丸焼になった為にエライ損害を受けてな。それからは何をしても思わしくないわ、その内に老先が短くなって来る。女房子の居る処が恋しゅうなってウカウカと帰って来たんや。老先の長い事もない者やけに皆よう頼むぜ。（賢一郎を注視して）さあ賢一郎！　その盃を一つさして呉れんか、お父さんも近頃はええ酒も飲めんでのう。うん、お前丈《だけ》は顔に見覚えがあるわ。（賢一郎応ぜず）

母　さあ、賢や。お父さんが、ああ仰しゃるんやけに、さあ、久し振りに親子が逢うんじゃけに祝うてな。

（賢一郎応ぜず）

父　じゃ、新二郎、お前一つ、杯を呉れえ。

新二郎　はあ。（盃を取り上げて父に差さんとす）

賢一郎　（決然として）止めとけ。さすわけはない。

母　何を云うんや、賢は。

（父親、烈《はげ》しい目にて賢一郎を睨んで居る。新二郎もおたねも下を向いて黙って居る）

賢一郎　（昂然と）俺達《わし》に父親《てておや》がある訳はない。そんなものがあるもんか。

父　（烈しき忿怒《ふんぬ》を抑えながら）何やと！

賢一郎　（やや冷かに）俺達に父親があれば、八歳《やつ》の年に築港《ちっこう》からおたあさんに手を引かれて身投をせいでも済んどる。あの時おたあさんが誤って水の浅い処へ飛び込んだればこそ、助かって居るんや。俺達に父親があれば十の年から給仕をせいでも済んどる。俺達は父親がない為に、子供の時に何の楽しみもなしに暮して来たんや。新二郎、お前は小学校の時に墨や紙を買えないで泣いて居たのを忘れたのか。教科書さえ満足に買えないで写本を持って行って友達にからかわれて泣いたのを忘れたのか。俺達に父親があるもんか、あればあんな苦労はしとりゃせん。

（おたか、おたね泣いて居る。新二郎涙ぐんで居る、老いたる父も怒《いかり》から悲しみに移りかけて居る）

新二郎　併《しか》し、兄さん、おたあさんが、第一ああ折れ合って居るんやけに、大抵の事は我慢して呉れたら何《ど》うです。

賢一郎　（なお冷静に）お母《たあ》さんは女子《おなご》やけに何う思っとるか知らんが、俺《わし》に父親《てておや》があるとしたら、それは俺の敵《かたき》じゃ。俺達が小さい時に、ひもじい事や辛い事があっておたあさんに不平を云うとお母さんは口癖のように「皆お父さんの故《せい》じゃ、恨むのならお父さんを恨め」と云うて居た。俺にお父さんがあるとしたら、それは俺の子供の時から苦しめ抜いた敵じゃ。俺は十の時から県庁の給仕をするしお母さんはマッチを張るし、何時《いつ》かもお母さんのマッチの仕事が一月ばかり無かった時に親子四人で昼飯を抜いたのを忘れたのか。俺が一生懸命に勉強したのは皆その敵を取りたいからじゃ。俺達を捨てて行った男を見返してやりたいからだ。父親に捨てられても一人前の人間はなれると云う事を知らしてやりたいからじゃ。俺は父親から少しだって愛された覚えはない。俺の父親は八歳《やっつ》になる迄家《うち》を外《よそ》に飲み歩いて居たのだ。その揚句に不義理な借金をこさえて情婦を連れて出奔したのじゃ。女房と子供三人の愛を合わしても、その女に叶わなかったのじゃ。いや、俺の父親が居なくなった後には、お母さんが俺の為に預けて置いて呉れた十六円の貯金の通帳《かよいちょう》まで無くなって居ったもんじゃ。

新二郎　(涙を呑みながら)併し兄さん、お父様《とうさん》はあの通り、あの通りお年を召して居られるんじゃけに……。

賢一郎　新二郎！　お前はよくお父様《とうさん》などと空々しい事が云えるな。見も知らない他人がひょっくり這入《はい》って来て、俺達の親じゃと云うたからとて、直ぐ父に対する感情を持つことが出来るんか。

新二郎　併し兄さん、肉親の子として、親が何うあろうとも養うて行く……。

賢一郎　義務があると云うのか、自分でさんざん面白い事をして置いて、年が寄って動けなくなったと云うて帰って来る。俺はお前が何と云っても父親《てておや》はない。

父　(憤然として物を云う、併しそれは飾った怒りで何の力も伴って居ない)賢一郎！　お前は生みの親に対してよくそな口が利けるのう。

賢一郎　生みの親と云うのですか。あなたが生んだと云う賢一郎は二十年も前に築港で死んで居る。あなたは二十年前に父としての権利を自分で棄てて居る。今の私《わし》は自分で築き上げた私じゃ。私は誰にだって、世話になって居らん。

(凡《すべ》て無言、おたかとおたねのすすりなきの声が聞えるばかり)

父　ええわ、出て行く。俺だって二万や三万の金は取扱うて来た男じゃ。どなに落ちぶ

れたかと云うて、喰う位な事は出来るわ。えろう邪魔したな。（悄然として行かんとす）

新二郎　まあ、お待ちまあせ。兄さんが厭だと云うのなら僕が何《ど》うにかしてあげます。兄さんだって親子ですから今に機嫌の直る事があるでしょう。お待ちまあせ。僕がどなな事をしても養うて上げますから。

賢一郎　新二郎！　お前はその人に何ぞ世話になった事があるのか。俺《わし》はまだその人から拳骨《げんこつ》の一つや、二つは貰った事があるが、お前は塵一つだって貰っては居ないぞ。お前の小学校の月謝は誰が出したのだ。お前は誰の養育を受けたのじゃ。お前の学校の月謝は兄さんが、しがない給仕の月給から払ってやったのを忘れたのか。お前や、たねのほんとうの父親《てておや》は俺だ。父親の役目をしたのは俺じゃ。その人を世話したければするがええ。その代り兄さんはお前と口は利かないぞ。

新二郎　併《しか》し……。

賢一郎　不服があれば、その人と一緒に出て行くがええ。

（女二人とも泣きつづけて居る。新二郎黙す）

賢一郎　俺は父親がない為に苦しんだけに、弟や妹にその苦しみをさせまいと思うて夜も寝ないで艱難したけに弟も妹も中等学校は卒業させてある。

父　（弱く）もう何も云うな。わしが帰って邪魔なんだろう。わしやって無理に子供の厄介にならんでもええ。自分で養うて行く位の才覚はある。さあもう行こう。おたか！

新二郎　丈夫《たっしゃ》で暮せよ。お前はわしに捨てられて却って仕合せやな。

父　（去らんとする父を追いて）あなたお金はあるのですか。晩の御飯もまだ喰べとらんのじゃありませんか。

父　（哀願するが如く眸を光らせながら）ええわええわ。

（玄関に降りんとしてつまずいて、縁台の上に腰をつく）

おたか　あっ、あぶない。

新二郎　（父を抱き起しながら）これから行く処《とこ》があるのですか。

父　（全く悄沈として腰をかけたまま）のたれ死《じに》するには家《うち》は入《い》らんからのう。……（独言の如く）俺やってこの家に足踏が出来る義理ではないんやけど、年が寄って、弱って来ると故郷の方へ自然と足が向いてな。この街へ帰ってから、今日で三日じゃがな、夜になると毎晩家の前で立って居たんじゃが敷居が高うてはいれなかったのじゃ……併しやっぱり這入らん方がよかった。一文なしで帰って来ては誰にやって馬鹿にされる……。俺も五十の声がかかると国が恋しくなって、せめて千と二千と纏《まとま》った金を持って帰ってお前達に詫《わび》をしようと思ったが、年が寄るとそれだけの働きも出来んでな。……（漸く立ち上《あが》って）まあええ、自分の身体位始末のつかんことはないわ。

（蹌踉《そうろう》として立ち上り顧みて老いたる妻を一目見たる後戸をあけて去る。後四人暫く無言）

母　（哀訴するが如く）賢一郎！

おたね　兄さん！

（しばらくの間緊張した時が過ぎる）

賢一郎　新！　行ってお父様《とうさん》を呼び返して来い。

（新二郎、飛ぶが如く戸外へ出る。三人緊張の裡に待って居る。新二郎やや蒼白な顔をして帰って来る）

新二郎　南の道を探したが見えん、北の方を探すから兄さんも来て下さい。

賢一郎　（驚駭《きょうがい》して）なに見えん！　見えん事があるものか。

（兄弟二人狂気の如く出で去る）

――幕

藤十郎の恋

人物

坂田藤十郎　都万太夫座《みやこまんだゆうざ》の座元、三が津総芸頭と讃えられたる名人

霧《きり》浪《なみ》千《せん》寿《じゅ》　立女形《たておやま》、美貌の若き俳優

中村四郎五郎　同じ座の立役

嵐三十郎　同上

沢村長十郎　同上

袖崎源次　同じ座の若女形

霧浪あふよ　同上

坂田市弥　同上

小野川宇源次　同じ座のわかしゅ形

藤田小平次　同上

仙台弥五七　同じ座の道化方

服部二郎右衛門　同じ座の悪人形《あくにんがた》

金子吉左衛門　同じ座の狂言つくり

万太夫座の若太夫　万太夫座の持主

楽屋頭取

楽屋番　二、三人

その他大勢の若衆形、色子《いろこ》など

宗清《むねせい》の女中大勢

宗清の女房お梶　四十に近き美しき女房

その他重要ならざる二、三の人物

時　元禄十年頃

所　京師四条河原中島

第一場

四条中島都万太夫座の座附茶屋宗清の大広間。二月の末のある晩。都万太夫座の役者達に依って、弥生狂言の顔つなぎの饗宴が開かれて居る。百目蠟燭《ひゃくめろうそく》の燃えて居る銀の燭台が、幾本となく立て並べられて居る。舞台の上手に床の間を後に、どんすの鏡蒲団の上に、悠然と坐って居るのは、坂田藤十郎である。髪を茶筌《ちゃせん》に結った色白の美男である。下には、鼠縮緬《ねずみちりめん》の引かえしを着、上には黒羽二重《くろはぶたえ》の両面芥子人形《ふたつめんけしにんぎょう》の加賀紋《かがしぼり》の羽織を打ちかけ、宗伝唐茶《からちゃ》の畳帯をしめて居る。藤十郎の右には、一座の立女形たる霧浪千寿が坐って居る。白小袖の上に紫縮緬の二つの重ねを着、天鵞絨《ビロード》羽織に紫の野良帽子《やろうぼうし》をいただいた風情は、宛《さなが》ら女の如く艶めかしい。二人の左右に、中村四郎五郎、嵐三十郎、沢村長十郎、袖崎源次、霧浪あふよ、坂田市弥、小野川宇源次、藤田小平次、仙台弥五七、服部二郎右衛門、金子吉左衛門などが居ならんで居る。席末には若衆形や色子などの美少年が侍して居る。万太夫座の若太夫は、杯盤《はいばん》の間を、取り持って居る。

幕が開くと、若衆形の美少年が鼓を打ちながら、五人声を揃えて、左の小唄を隆達《りゅうたつ》節《ぶし》で歌う。

唄　「人と契るなら、薄く契りて末《すえ》遂げよ。もみぢ葉を見よ。薄きが散るか、濃きが散るか、濃きが先《ま》づ散るものでそろ。」

（歌い終ると、役者達拍手をして慰《ねぎら》う。下手の障子をあけ、宗清の女中赤紙の附いた文箱を持って出る）

女中　藤十郎様にお文《ふみ》がまいりました。

若太夫　（中途で受取りながら）火急の用と見える。（藤十郎に渡す）

藤十郎　（受取りて）おおいかにも、火急の用事と見えまする。一寸《ちょっと》披見いたしまする。皆の衆御免なされませ。なになに漣子《れんし》どの、巣林《そうりん》より、さて近松様からの書状じゃ。（口の中に黙読する、最後に至りて声を上げる）此度《こんど》の狂言われも心に懸り候《そろ》まゝかくは急飛脚を以て一筆呈上仕り候、少長《しょうちょう》どのに仕負けられては、独り御身様《おみさま》の不覚のみにてはこれなく、歌舞伎の濫觴《らんしょう》たる京歌舞伎の名折れにもなること、ゆめ〳〵御油断なきやう御工夫専一に願ひ上げ候。（暫く考えて又読み返す）京歌舞伎の名折れにもなること、うむ！　何の仕負けてよいものか。は、、……が、近松様も、この藤十郎を思わるればこそ、いかい御心労じゃ。

千寿　(言葉も女の如く)左様で仏《ござ》りますとも、此度の狂言には、遉《さすが》の近松様も、三日三晩、肝胆を砕かれたとの事じゃ。ほんに、仇やおろそかには思われぬわいのう。

弥五七　(道化方らしく誇張した身振で)さればこそ前代未聞の密夫《みそかお》の狂言じゃ。傾城買《けいせいかい》にかけては日本無類の藤十郎さまを、今度はかっきりと気を更《か》えて、密夫にしようとする工夫じゃ。傾城買の恋が春の夜の恋なら、これはきつい暑さの真夏の恋じゃ。身を焦《こが》すほど烈《はげ》しい恋じゃ。

四郎五郎　夏の日の恋と云うよりも、恐ろしい冬の恋じゃ、命をなげての恋じゃ。

三十郎　命がけの恋じゃとも。まかり違えば、粟田口で磔《はりつけ》にかからねばならぬ恐ろしい命がけの恋じゃ。

源次　昨日も宮川町を通って居ると、われらの前を、香具売らしい商人が二人、声高に話して行く。傾城買の四十八手は、何一つ心得ぬことのない藤十郎様が、密夫の所作を、どなに仕活《しいか》すか、さぞ見物衆をアッと云わせることだろうと、夢中になっての高話じゃ。

長十郎　藤十郎の紙衣《かみこ》姿《すがた》も、毎年見ると、少しは堪能し過ぎると、悪口を云いくさった公卿衆だちも今度の新しい狂言にはさぞ駭《おどろ》くことで仏りましょう。

二郎右衛門　それにしても、春以来大入続きの半左衛門座の中村七三郎どのに、今度の狂言で一泡吹かせることが出来ると思うと、それが何よりもの楽しみじゃ。半左衛門座に、引き附けられた見物衆の大波が、万太夫座の方へ寄せ返すかと思うと、それが何よりの楽しみじゃ。

四郎五郎　そうは申すものの、新しい狂言だけに、藤十郎さまの苦心も、並大抵ではあるまい。昔から、衆道《しゅどう》のいきさつ、傾城買《けいせいかい》、濡事《ぬれごと》、道化と歌舞伎狂言の趣向は、大抵極《き》まって居たものを、底から覆すような門左衛門さまの趣向じゃ。それに京で名高い、大経師《だいきょうじ》のいきさつを、そのまま取入れた趣向じゃもの、この狂言が当らいで何としようぞのう。

若太夫　(得意になりながら)四郎五郎さまの云われる通りじゃ。(藤十郎の前に、いざり寄りながら)前祝いに、もう一つ受けて下されませ、傾城買の所作は、日本無類の御身様じゃが、道ならぬ恋のいきかたは、又格別の御趣向が厶《ござ》りましょうな。は、、、。

藤十郎　(役者たちの談話を聴いて居る頃から、だんだん不愉快な表情を示し始めて居る。若太夫の差した杯を、だまったまま受けて飲み乾す)

千寿　(藤十郎の不機嫌に気が附いて、やや取りなすように)ほんに、若太夫の云う通り、藤十郎様にはその辺の御思案が、もうちゃんと附いて居る筈じゃ。われらなどただ藤十郎様を頼りにして、傀儡《くぐつ》のように動いて行けばよいのじゃ。

若太夫　（千寿の取りなしに力を得たように）今度の狂言に比べますと、大当りだと云う傾城浅間ケ岳の狂言などは、浅墓《あさはか》な性もない趣向でムりまする。密夫《みそかお》の狂言とは違《さすが》は門左衛門様でムりまする。それに附けましても、坂田様にはこうした変った恋の覚えもムりましょうな、はゝゝゝ……。

藤十郎　（先刻《さっき》から、益々不愉快な悩ましげな表情をして居る。若太夫の最後の言葉に傷つけられたようにむっとして）左様なこと、何のあってよいものか。藤十郎は、生れながらの色好みじゃが、まだ人の女房と懇《ねんご》ろした覚えはムらぬわ。

若太夫　（座興の積りで云ったことを真向から、突き放され、興さめ黙ってしまう）

千寿　（再び取りなすように）ほんに、坂田様の云われる通りじゃ、この千寿とても、主《ぬし》ある女房と懇ろしたことはないわいな。

他の役者たち　（皆一斉に笑う）……………。

弥五七　それは誰とても同じ事じゃ。女旱《ひで》りがすれば格別、主ある女房に云い寄って、危い思いをするよりも宮川町の唄女《うたいめ》、室町あたりの若後家、祇園あたりの花車《かしゃ》、四条五条の町娘、役者の相手になる上藹《じょうろう》たちは、星の数ほどあるわ。はゝゝ。

源次　だがのう。一盗《とう》二妾《しょう》三婢《ひ》四妻《さい》と云うて、盗み喰いする味は、また別じゃと云うほどに、人の女房とても捨てたものではない。

長十郎　さては、そなたには覚えがあると見える。

源次　何の覚えがあってよいものか。だがのう、磔が恐ければ、世に密夫《みそかお》の沙汰は絶えようものを、絶えぬ証拠は、今度の狂言に出るおさん茂右衛門じゃ。色事の道は又別じゃ。はゝゝゝ。

若太夫　（自分の悄気《しょげ》たことを、隠そうとして）座が淋しい。さあ……若衆達、連舞《つれまい》など舞わしゃんせ。

三、四人の若衆　あいのう。（立って舞い始める）

藤十郎　（黙々として、ひそかに狂言の工夫をめぐらす如き有様なりしが、一座の注意が連舞に惹かれたる間に、ひそかに座を立つ。正面の障子をあけて、静かに廊下に出ず）

（若衆達は、舞いつづけて居る。鼓の音が、烈しく賑かになる。役者たちも、浮れ気味になる）

弥五七　（可笑《おか》しき様子にて立ち上《あが》りながら）わしも連舞いの群に入ろうぞ。

四郎五郎　美しき若衆達と、禿げた弥五七どの。これは一段と面白い取り合わせじゃ。鼓はわしが打とうぞ。

（若衆達と一緒に弥五七道化たる身振にて舞う。皆笑いさざめく裡に、舞台廻る）

第二場

宗清の離座敷。左に鴨の河原の一部が見える。右に母屋の方へ続く長い廊下がある。絹行灯の光が美しい調度を艶かしく照して居る。

幕が開くと、藤十郎は右の廊下を、腕組みをしながら歩いて来る。時々、立止まって考える。廊下の柱に靠《もた》れて考える。又々、二、三歩、歩みながら、簡単な所作の形を附けて見たりする。漸く離座敷に来る。障子を開けて、人は居らぬかと確《たしか》めた後静《しずか》に這入《はい》る。懐中から書抜きを取出す。

藤十郎　（書抜きを読みながら、形を附けて見る）かくなり果つるからは、縦令《たとい》水火の苦しみも……（工夫附かざる如く、書抜きを投げ出して考え始める。立って女の手を取る如き形をして見る。又書抜きを開いてじっと見詰める）死出《しで》三途の道なりとも、御身《おんみ》とならば厭はゞこそ……（又絶望したる如く、書抜きを投げ捨てて頭を抱えて沈思する。気を更えて立ち上り、無言にて動いて見る。工夫遂に附かざる如く、後へ手を突いて坐りながら、低い嘆息の言葉を洩《もら》す。到頭工夫を一時中止したる如く、床の間に置いてあった脇息《きょうそく》を手を延ばして取り、それに右の肱を靠せながら、身を横にする）

（暫く何事もない。母屋の大広間で打って居る鼓の音や、太鼓の音などが、微かに聞えて来る。藤十郎は、静に目を閉じる。ふと廊下に人の足音が聞える。藤十郎は、一寸目を開き、又書抜きを顔に当て、寝た振をしてしまう。廊下に現れたのは、宗清の女房お梶である。足早に近づくと、何の会釈もなく障子を開ける。藤十郎の姿を見て駭《おどろ》く）

お梶　あれ、藤様《とうさま》で厶《ござ》りましたか。いかい粗相をいたしました。御免下さりませ。（直《す》ぐ去ろうとする。ふと、気が附いたる如く）ほんとに女子供の気の附かぬ。このように冷える所で、そうして御座っては、御風邪など召すとわるい、どれ、私が夜の具《もの》をかけて進ぜましょう。（部屋の片隅の押入から夜具を出そうとする）

藤十郎　（宗清の女房であると知ると、起き直って居ずまいを正しながら）おおこれは、御内儀でありましたか。いかい御雑作じゃのう。

お梶　何《な》んの雑作で御座りましょう。さあ横になってお休みなさりませ。

（藤十郎はふと、お梶の顔を見る。色のくっきりと白い細面に、眉の跡が美しい。最初は恍然として居た藤十郎の瞳が、だんだん険しく険しくなって来る。お梶は、藤十郎の不思議な緊張に少しも、気附かぬように、羽二重の夜具を藤十郎の背後からふうわりと著《き》せる）

お梶　さあ、お休みなさりませ。彼方《あっち》へ行ったら、女どもに水なと運ばせましょうわいな。（何気なく去ろうとする）

藤十郎　（瞳がだんだん光って来る。お梶の去るのを、じっと見て居たが、急に思い附いたように後から呼びかける）お梶どの。お梶どの。ちと待たせられい。

お梶　（一寸駭いたが、併《しか》し無邪気に）何ぞ御用があってか。（と坐る）

藤十郎　（夜具を後へ押しやりながら）ちと、御意を得たいことがある程に、もう少し近く来てたもらぬか。

お梶　（少し不安を感じたる如く、もじもじして余り近よらない。が、やはり無邪気に）改まって何の用ぞいのう。おほゝゝゝ。

藤十郎　（低いけれども、力強い声で）ちと、そなたに聞いて貰いたい仔細があるのじゃ。もう少し、近う進んでたもれ。

お梶　藤様としたことが、又真面目な顔をして何ぞ、てんごうでも云うのじゃろう。（いざり寄りながら）こう進んだが、何の用ぞいのう。

藤十郎　（全く真面目になって）お梶どの、今日は藤十郎の懺悔を聴いて下されませぬか。この藤十郎は二十年来、そなたに隠して居たことがあるのじゃ。それを今日は是非にも聴いて貰いたいのじゃ。思い出せば古い事じゃ、そなたが十六で、われらが二十の歳《はたち》の秋じゃったが、祇園祭の折に、河原の掛小屋で、二人一緒に、連舞《つれまい》を舞うたことがあるのを、よもや忘れはしやるまいなあ。（じっとお梶の顔を見詰める）

お梶　（昔を想う如く、やや恍然として）ほんにあの折はのう。

藤十郎　われらが、そなたを見たのは、あの時が初めてじゃ。宮川町の歌女《うたいめ》のお梶どのと云えば、いかに美しい若女形でも、足下にも及ぶまいと、兼々《かねがね》人々の噂には聴いて居たが、初めて見れば聞きしに勝るそなたの美しさじゃ。器量自慢であったこの藤十郎さえ、そなたと連れて舞うのは、身が退《ひ》けるほどに、思うたのじゃ……。（じっと、さし俯く）

お梶　（顔を火の如く赤くしながら、さし俯いて言葉なし）

藤十郎　（必死に緊張しながら）その時からじゃ、そなたを、世にも稀なる美しい人じゃと思い染めたのは。

お梶　（差し俯きながら、愈々《いよいよ》うなだれて、身体をかすかに、わななかせる）…………。

藤十郎　（恋をする男とは、何《ど》うしても受取れぬほどの澄んだ冷たい眼附で、顔さえ擡《もた》げぬ女を、刺し透すほどに、鋭く見詰めながら、声丈《だけ》には、烈しい熱情に顫《ふる》えて居るような響を持たせて）そなたを見染めた当座は、折があらば云い寄ろうと、始終念じては居たものの、若衆《わかしゅ》方《がた》の身は、親方の掟が厳しゅうてなあ、寸時も己が心には、委せぬ身体じゃ。ただ心丈は、焼くように思い焦がれても、所詮は機《おり》を待つより外はないと、思い諦めて居る内に、二十《はたち》の声を聞かずに、そなたはこの家《や》の主人、清兵衛殿の思われ人となってしまわれた。その折のわれらが無念は、今思い出しても、この胸が張り裂くるように、苦しゅうおじゃるわ。（こう云いながら、藤十郎は座にも堪えぬげに、身悶えをして見せる。が、彼の二つの眸《ひとみ》だけは爛々たる冷たい光を放って女の息づかいから、容子《ようす》を恐ろしき迄に、見詰めて居る）

お梶　（やや落着いた如く、顔を半ば上げる。一旦蒼ざめ切ってしまった顔が、反動的に段々薄赤くなって来て居る。二つの眸は火の如く凄《すさま》じい）…………。

藤十郎　（言葉丈は熱情に顫えて）人妻になったそなたを、恋い慕うのは、人間の道ではないと心で強う制統しても、止まらぬは凡夫の思《おもい》じゃ。そなたの噂をきくに附け、面影を見るにつけ、二十年のその間、そなたのことを、忘れた日はただ一日もおじゃらぬのじゃ。（彼は舞台上の演技にも、打ち勝ったほどの巧みな所作を見せながら、而《しか》も人妻をかき口説く恐怖と不安とを交えながら、小鳥の如く竦《すく》んで居る女の方に詰めよせる）が、この藤十郎も、縦令《たとい》色好みと云わるるとも、人妻に恋をしかけるような非道な事はなすまじいと、明暮《あけくれ》燃えさかる心を、じっと抑えて来たのじゃが、われらも今年は四十五じゃ。人間の定命《じょうみょう》はもう近い。これほどの恋を……二十年来忍びに忍んだこれほどの恋を、この世で一言も打ち開けいで、何時《いつ》の世誰にか語るべきと、思うに附けても、物狂わしゅうなる迄に、心が擾《みだ》れ申してかくの有様じゃ。のう、お梶どの、藤十郎をあわれと思召さば、たった一言情ある言葉を。なあ！　お梶どの。（狂う如く身悶えしながら、女の近くへ身をすり寄せる。が瞳だけは刃のように澄み切って居る）

お梶　わ……っ。（と云ったまま泣き伏してしまう）

藤十郎　（泣き伏したお梶を、じっと見詰めて居る。その唇のあたりには、冷たい表情が浮んで居る。が、それにも拘らず、声と動作とは、恋に狂うた男に適わしい熱情を持って居る）のうお梶どの。そなたは、藤十郎の嘘偽りのない本心を、聴かれて、藤十郎の恋を、あわれとは思わぬか。二十年来、忍びに忍んで来た恋を、あわれとは思さぬか。さりとは、強いお人じゃのう。

お梶　（すすり泣くのみにて答えず）…………。

（二人ともおし黙ったままで、暫くは時刻が移る。灯を慕って来た千鳥の、銀の鋏を使うような声が、手に取るように聞えて来る）

藤十郎　（自嘲するが如く、淋しく笑って）これは、いかい粗相を申しました。が、この藤十郎の切ない恋を情《つれ》なくなさるとは、さても気強いお人じゃのう、舞台の上の色事では、日本無双の藤十郎も、そなたにかかっては、たわいものう振られ申したわ。は、は、は、は、は、は。

お梶　（ふと顔を上げる。必死な顔色になる。低い消え入るような声で）それでは藤様《とうさま》、今仰しやったことは皆本心かいな。

藤十郎　（遉《さすが》に必死な蒼白な面をしながら）何の、てんごうを云うてなるものか。人妻に云い寄るからは命を投げ出しての恋じゃ。（浮腰になって居る、彼の膝が、微かに顫える）

（必死の覚悟を定めたらしいお梶は、火のような瞳で、男の顔を一目見ると、いきなり傍の絹行灯の灯を、フット吹き消してしまう。闇の裡に恐ろしい躊躇と沈黙とが、二人の間にある。お梶は身体を、わなわな顫わせながら、男の近づくのを待って居る。藤十郎の顔も眼が上《うわ》ずってしまって、足がかすかに顫える。漸く立ち上《あが》るとお梶の方へ歩みよる。お梶必死になる。が、藤十郎は、その傍をスルリと通りぬけて、手探りに廊下へ出る）

お梶　（男の去らんとするに、気が附いて）藤様！　藤様！　（と低く呼びながら、追い縋《すが》ろうとする）

（藤十郎、お梶の追うのに気附いて、背後の障子を閉める。お梶障子に縋り附いたまま、身を悶えつつ泣き崩れる。藤十郎やや狼狽しながら、獣の如く足早に逃げ去る。お梶の泣く声に交じるように千鳥の声が聞える）

第三場

第二場より七日ばかり過ぎたる一日。都万太夫座の楽屋。上手に役者達の部屋々々の入口が見える。その中で一番目立つのは、梅鉢の紋の附いた暖簾のかかった藤十郎の部屋である。真中に、楽屋番の部屋がある。下手に万太夫座の舞台に通ずる出入口がある。浅黄の暖簾が垂れて居る。彼方の舞台にては幕が開く前と見え、鼓と太鼓と笛の音とが継続して聞える。幕が開くと、狂言方や下廻りの役者達が、五、六人左右に忙しく行き交う。楽屋番が、衣裳腰の物などを、役者の部屋へ運んで行く。

万太夫座の若太夫が、藤十郎の部屋から出て来る。出会頭に頭取と挨拶する。

頭取　おめでとう厶《ござ》んす。今日も明六つの鐘が鳴るか鳴らぬに、木戸へは一杯の客衆で厶りまする。

若太夫　めでたいのう。ほんに藤十郎どのじゃ。密夫《みそかお》の身のこなしが、とんとたまらぬと京女郎たちの噂話じゃ。

頭取　これでは、半左衛門座の人々も、あいた口が、閉《ふさ》がらぬことで厶りましょう。この評判なら百日はおろか二百日でも、打ち続けるは定《じょう》でムりまするのう。

若太夫　何にしてもめでたい事じゃのう。楽屋中よく気を附けてのう。粗相のないようにのう。こんな大入りの時に限って、火事盗難なぞの過ちがありがちでのう。

頭取　へいへい合点でムりまする。

（二人左右に別れる。下手の出入口から、丁稚を連れた手代風の男が入って来る）

手代風の男　（頭取を呼びかけて）ああもしもし。藤十郎様のお部屋は、何処でムりまするか。

頭取　どちらからじゃ。お部屋は直ぐ彼処《あすこ》じゃが。

手代風の男　四条室町の備前屋の手代でムりまする。

頭取　おお室町の大尽のお使いでムりまするか。さあ！　お通りなさりませ。左から二つ目の部屋じゃ。

手代風の男　なるほどな、梅鉢の紋が附いて居りますのう。

（手代風の男、藤十郎の部屋へはいって行く。藤十郎の部屋の直ぐ隣から、大経師以春《だいきょうじいしゅん》に扮した中村四郎五郎と召使お玉に扮した袖崎源次とが出て来る）

四郎五郎　（源次の袖を捕えながら、一寸所作をして）何《ど》うも、お前にじゃれかかる所がうまく、行かぬのでのう。今日は三日目じゃが、まだ形が附かぬでのう。昨日藤十郎どのに、教えを乞うて見ると、自分で工夫が肝心じゃと、云わしゃれた。さあ、幕の開く前に、もう一度稽古に附き合うてたもらぬか。

源次　おお安い事じゃ。何度でも附き合おう。藤十郎どのに、工夫を訊《たず》ねると何時も、強《きつ》い小言じゃ。みんな自分で工夫せいとはあの方の極《きま》り文句じゃ。

四郎五郎　おお一昨年の事じゃ、山下京右衛門が、江戸へ下る暇乞《いとまご》いに藤十郎どのの所へ来て、わがみも其許《そこもと》を万事手本にしたゆえに、芸道もずんと上達しましたと云われると、藤十郎どのは何時ものように、一寸顔を顰《しか》められたかと思うと、「人の真似をする者は、その真似るものよりは必定劣るものじゃ。そなたも、自分の工夫を専一にいたされよ」とにこりともせずに真向からじゃ。あの折の京右衛門どののてれまき方を、思い出すと今でも可笑しくなるのじゃ。

源次　藤十郎どのから、お小言を喰わぬ前にもう一工夫して見よう。

四郎五郎　（急に芝居の身振をなし）これさ、どっこいやらぬ。本妻の悋気《りんき》と饂飩《うどん》に胡椒はおさだまり、何とも存ぜぬ。紫色はおろか、身中が、かば茶色になるとても、君ゆえならば厭わぬ。

源次　（応じて芝居の身振りをしながら）どうなりとさしゃんせ。こちゃおさん様に云うほどに。あれおさん様おさん様。

四郎五郎　(やはり身振りを続けながら)やれやかましいその外《ほか》おさんわにの口、くちの序《ついで》に口々(急に役者に立ち返りながら)何《ど》うもここの所が、うまく行かぬのじゃ。

(芝居茶屋の花車女に案内され、若き町娘下手の入口より入って来る)

花車女　おお源次さま。丁度よいところじゃ、それそれこの間一寸お耳に入れた東洞院《ひがしのとういん》の近江屋のお嬢様で厶《ござ》りまする。

源次　(四郎五郎に、気兼ねをしながら)もう、幕が開きますほどに、又にして下さりませ。

花車女　ほんに情ないことを、云われますのう。折角楽屋まで、来られましたのに、一寸言葉なりと交して下さりませ。

源次　(もじもじしながら、娘に対して)ほんに、ようお出でなさりました。

町娘　(同じく恥じらいながら、黙って頭を下げる)

花車女　さあ一寸私の茶屋まで、入らせられませい。ほんの一寸じゃ、手間はとらせませぬほどに。

源次　そうはして居られませぬわい。もう直ぐ開きまする。

花車女　何のまだ開きまするものかいのう。さあ御座りませ。(無理に源次の手を取りて、下手の入口より娘を伴うて去る)

（助右衛門に扮した仙台弥五七、手代丁稚に扮した三、四人の俳優と揃うて、右手より出て来る）

甲　この頃の娘は、油断がならぬ事じゃ。役者を慕うて楽屋まで、のめのめとは入《い》って来る。

乙　それにしても、袖崎どのは果報じゃ。男知らずの町娘から、あのように慕われては、満更憎うはあるまい。はゝゝゝ。

丙　それにしても、見物人のどよみよう。小屋が、割れるような大入と見える。

四郎五郎　（相手の源次を失うて、ぼんやり立って居たが）江戸の少長《しょうちょう》に、この大入りの様子が見せたいのう。

弥五七　ほんにそうじゃ。この狂言に比べると、浅間ケ岳の狂言などは、子供だましじゃ。

四郎五郎　浅間ケ岳に立つ煙もだんだん薄うなって行くのじゃ。はゝゝゝ。

（霧浪千寿、美しいおさんに扮して、静かに部屋から出て来る。金剛が附いて居る）

弥五七　昨日一寸ある所で、聞いた噂じゃが、藤十郎どのは、今度の狂言の工夫に悩んだ揚句、ある茶屋の女房に恋をしかけ、密夫《みそかお》の心持や、動作《しぐさ》の形を附けたと云う事じゃが、真実《ほんとう》かのう。

四郎五郎　わしは、しかとは知らぬが、千寿どのは、聞いたであろう。その噂は真実かのう。

千寿　そんな噂は、わしも人伝《ひとづて》には聞いたがのう。藤様は、口をつぐんで何も云われぬのでのう。が、あの宗清で顔つなぎの酒盛があった晩の事じゃが、藤様は狂言の工夫に屈託して、酒宴《さかもり》の席を中座され、そなた達は、追々酔いつぶれて、別間へ退かれた後の事じゃのう。藤様が、蒼い顔して、息を切らせながら、酒宴《しゅえん》の席へ帰って来られると、立てつづけに、大杯で三、四杯呷《あお》ってから云われるのに、「千寿どの安堵めされい。狂言の工夫が附き申した。」と、云われたが、平生の藤様とは思われぬほどの恐い顔附じゃったが、あの晩に……。（と千寿が首を傾けて居るとき、下手の入口から宗清のお梶が、ひそかに入って来るのに気がついて、口をつぐむ）

弥五七　（役所《どころ》の道化振りを発揮して）これは、これはお梶どの。ようお出でなされました。一寸お尋ねしまする。藤十郎どのが、狂言の稽古の相手は貴女《あなた》様では御座りませぬか。

お梶　（緊張しながら、而《しか》もつつましやかに）何で御座りまする。藪から棒のお尋ねで御座りまするのう。

弥五七　（矢張り道化た身振りで）藤十郎どのが、今度の狂言の稽古に、人の女房に偽りの恋をしかけ、靡《なび》くと見て、逃げたとの事で御座りまする。もしやお心当りが御座りませぬか。

お梶　（つつましやかに、態度をみださず）偽りにもせよ、藤十郎様の恋の相手に、一度でもなれば、女子《おなご》に生まれた本望で御座りますわい。

弥五七　よくぞ仰せられた。はゝゝ。

千寿　（やや取りなすように）ほんに、日頃から貞女の噂高いそなたでなければ、さしずめ疑《うたがい》がかかる所で御座りますのう。楽屋へ御用で御座りまするか。さあお通りなさりませ。

お梶　あのう。嵐三十郎さまに、お客様からの言伝を。

千寿　さようで御座りまするか。さあ、お通りなさりませ。

（お梶会釈して通り過ぎる。役者の部屋の方へ行かんとして、部屋を立ち出でたる藤十郎と顔を見合わす。二人とも、瞬間的に立ち竦《すく》む。お梶一寸目礼して行き過ぎる。藤十郎、暫く後姿を見詰むる）

四郎五郎　（藤十郎の立ち出でたるを見て）今も、そなた様の噂をしてじゃ。今度の狂言について、楽屋の内外《うちそと》に拡がった噂を、御存じか。

藤十郎　（座元らしい威厳を失わないで）一向聞きませぬな。

弥五七　噂の本尊のそなた様が知らぬとは、面妖な。

千寿　藤様には云わぬがよいわいな。

弥五七　云わいでも、何時かは知れる事じゃ。藤十郎さま、お聞きなさりませ、今度の狂言の工夫にそなた様がある人妻に恋をしかけたとの噂じゃ。

藤十郎　(快活に笑って)埒もない穿鑿《せんさく》じゃ。いつぞやも、わしが、嵐三十郎の手負武者を介抱すると、あまり手際がよいと云うて、やれ藤十郎は外科の心得があるなどとやかましい沙汰じゃ。心得がのうても、心得のあるように真実に見せるのが、役者の芸じゃ。油売りになれば、油売った心得がのうても、油売りになって見せるのは芸じゃ。密夫《みそかお》の心得がのうて、密夫の狂言が出来ねば、盗人の心得がのうては盗人の狂言は出来ぬ訳合《わけあい》じゃ。公卿衆《しゅ》になった心得がのうては、舞台の上で公卿衆にはなれぬ訳合じゃ。埒もない沙汰じゃ。口性《くちさが》ない京童《きょうわらべ》の埒もない沙汰じゃ。そのような沙汰が伝《つたわ》っては、藤十郎の身近に居る人様のお内儀に、どのような迷惑をかけようも計られぬわ。かまえて、打ち消して下さりませ。

千寿　ほんに藤様が云われる通りじゃ。

弥五七　道《さすが》は藤十郎様じゃ。なるほどなあ。心得がのうては狂言が出来ぬとなれば、役者は上《かみ》は摂政関白から下《しも》は下司下郎のはしまで一度はなって見なければ、役者にはなれぬ筈じゃ。なるほどなあ。

手代風の男　（藤十郎の部屋から出て来て）それでは、失礼いたしますで御座りまする。

藤十郎　御苦労で御座りました。大尽様に、よう礼を云うて下さりませ。

（手代風の男丁稚と共に去る。幕の開くこと愈々近くなりしと見え、道具方楽屋方等の往復繁《しげ》くなる）

藤十郎　（千寿を顧みて）千寿どの。あの闇の中で、そなたと初めて手を取り合うとき、今少し逆上した風を見せてたもらぬか。女はあのようなときは、男よりも身も世もあらぬように逆上するものじゃほどにのう。

千寿　（素直に）あいのう、合点じゃ。今日は作者の門左衛門様も、御見物じゃほどに、一段心を籠めて見ますわいのう。

藤十郎　さあ、もう幕が開くに程もあるまい。

（千寿の手を取りて行かんとす。急に、楽屋内が騒ぎ出す。「自害じゃ。自害じゃ。女の自害じゃ。」と道具方や下廻りの役者達、役者の部屋の方へ駈け込む）

頭取　（周章《あわ》てて駈け込みながら）ああ、声を立ててはならん。見物が騒ぎ出すと、舞台の方がめちゃくちゃじゃ。静かに、静かに。（皆の後から奥の方へ這入る）

弥五七　（やっぱり道化方らしいやや上ついた態度で）はて面妖な。自害、しかも女の自害とは。楽屋には、牝猫一疋《ぴき》居らぬ筈じゃがのう。

千寿　(同じく不思議そうに)女の自害！　はて女の自害！

藤十郎　(思い当ることある如く、やや蒼白になりながら黙って居る)…………。

(道具方楽屋番など、お梶の死体を担いで来る。口々に「宗清のお内儀じゃ」と云う)

千寿　(駭いて駈け寄りながら)なに！　宗清のお内儀！　(ふと気が附いたように、藤十郎の方を振り返る)…………。

藤十郎　(千寿の振り返った眼を避くるように、目をそらして居る)…………。

弥五七　いかにも宗清のお内儀じゃ。短刀で胸の下をたった一突じゃ。

四郎五郎　今ここで話して行かれたのに、瞬く間の最期じゃ。藤十郎さま、御覧なされませ、いかな仔細かは分りませぬが、女子《おなご》には稀な見事な最期じゃ。

藤十郎　(引き附けられたように、歩み寄りながら、じっと死顔に見入る。言葉なし)…………。

若太夫　(息せきながら、駈け込んで来る)何事じゃ。何事じゃ。なに女の自害！　やあ宗清のお内儀じゃ。いかな仔細かも知らぬが、なにも万太夫座の楽屋で、自害せいでもよいのを。

千寿　ほんに、楽屋に死にに来ないでも。(ふと、藤十郎の顔を見て黙る)…………。

弥五七　こんな不吉な事が、世間に知れると、折角湧き立った狂言の人気に、傷が附かぬものでもない。

若太夫　ほんにそれが心配じゃ。皆様、他言は無用にして下されませ。

藤十郎　（黙って死骸を見詰めて居たが、急に気を更えて）何の心配な事があるものか。藤十郎の芸の人気が女子《おなご》一人の命などで傷つけられてよいものか。（千寿の手をとりながら）さあ、千寿どの舞台じゃ。

千寿　（真実の女の如くやさしく）あいのう。

藤十郎　（つかつかと舞台の上へ急いだが、また引返して死体を一目見、遂に想い決したる如く、退場す。同時に幕の開く拍子木の音が聞えて静かに幕が下る）

――幕

敵討以上

人物

中川三郎兵衛　浅草田原町に屋敷を持てる旗下の士、五十歳位

中川実之助《じつのすけ》　その子、嫡子。第一幕にて四、五歳、第三幕にて二十六歳

市九郎《いちくろう》　最初の幕にて、中川家の仲間《ちゅうげん》、第二幕にて強盗になって居る、第三幕には坊主になって居る

お弓　最初の幕にては三郎兵衛の愛妾、第二幕にては市九郎の妻

旅行せる若き夫妻

馬士《まご》　権作

石工《いしく》、百姓、百姓の娘など

時　江戸時代、安永から延享へかけての出来事

所　第一幕――江戸、第二幕――木曾山中、第三幕――耶馬渓《やばけい》
（仮に後代の称呼に従う）

衣装と道具に就て――衣裳は呉服店の広告人形に著《き》せるが如き、仕立下しの華美なるを避けたし、温雅にして目立たざるほどよろし。第一幕の大道具も小成金の住宅の如く安手に新しきを避けたし。

第一幕

江戸田原町中川三郎兵衛の邸《やしき》。安永三年の秋の初《はじめ》、月夜の晩。
最初、幕の中にて、「おのれ！　不埒者奴《め》！」と云う烈《はげ》しい怒号と、太刀が鞘走《さやば》しる音と、バタバタと云う足音がした後幕が上《あが》る。幕上れば中川三郎兵衛の家の離座敷。左手に竹垣あり、その上にやや遠く母家が見える。前栽には秋草が生えて居る。左と正面とが廻縁《まわりぶち》に囲まれたる座敷、左寄りに床の間あり、床の間には鎧櫃《よろいびつ》が飾られて居る。床の間の横には、茶箪笥が置いてあり、茶箪笥の右には、二枚折の屏風が立ててある。幕の開いた時、半白の頭をした三郎兵衛は、太刀を振翳《ふりかざ》して、市九郎を一刀両断にしようとあせって居る。市九郎は縁の柱を楯にして、逃がれようともがいて居る。妾《めかけ》のお弓は、そっと屏風の後の襖を開いて、其処《そこ》から逃げ延びようとする積りらしい。

市九郎　（必死な懸命な顫《ふるえ》えを帯びた声で）御容赦なさりませ、不義では厶《ござ》りませぬ、毛頭不義ではムりませぬ。（そう云いながら、逃げ路を物色して居るのであるが、庭には垣根が周《めぐ》らされて居る上、若《も》し庭に下りると相手に太刀を振う自由を与えそうなので、必死に柱を楯に取って居る）

三郎兵衛　（沈痛な而《しか》も必死な声で）申すな、申すな、この期《ご》に及んで、命を助かろうなどと未練者奴《め》！

市九郎　無実でムりまする。無実でムります。大《だい》それた……。お部屋様と、そのような……。大それた事を……。

三郎兵衛　くどい！

（飛び込み様《ざま》、柱を避けて打ち下す。市九郎身を躱《かわ》して右に避く。三郎兵衛、太刀を引いて、右より斬り下す。市九郎左に避く）

三郎兵衛　（いらって）面倒なッ！

（柱を廻る、市九郎も、それに従って、グルグル三、四回周りし後、市九郎遂に柱より追い退けられ、庭に下りて一周り逃げ廻る。が、垣根の柴折戸《しおりど》は、鎖《とざ》されて居る。若し開けようとすれば、後から浴びせられるのは必定なので、また引き返して、三郎兵衛をやり過して座敷へ飛び上《あが》り襖より逃れようとするとき、ふと置いてある燭台に手がかかる。其処を三郎兵衛が、追い縋《すが》って肩口に薄手を負わせる）

市九郎　ああっ！

(悲鳴を挙げると、思わず燭台を手にして立ち向う。燭台の灯消えて、周囲は月光に照らされた薄暗になる)

三郎兵衛　おのれ！　主《しゅ》に手向い致すか不埒者奴が！

(前よりも、もっと烈しく斬りかかる。数合《すうごう》の凄《すさま》じき打合あり。市九郎追い詰められて、危くなる。三郎兵衛の太刀先遂に市九郎の小鬢《こびん》を傷つける)

市九郎　おおっ！

(悲鳴を挙げて、決死の形相となり、猛然として戦い始める。まず燭台を相手に抛附《なげつ》ける。その尖端が、三郎兵衛の面部を打ったため、三郎兵衛タジタジとなってひるむ。その暇に、市九郎は帯びて居る脇差を抜き放つ。無言の必死な決闘が始まる。三郎兵衛の太刀は、時々天井を掠めるので不利である。切り合いながら、二人とも縁側に近づく。先《ま》ず縁側に出た市九郎は、不覚にも足を滑らして片膝を付く。三郎兵衛得たりと、斬り下ろそうとしたが、あせった為《た》め誤って縁側と座敷の中間に垂れて居る鴨居に深く切り込む。市九郎天の助けとばかり、片膝をつきながら、横に敵の脇を払う。三郎兵衛悲鳴を挙げながら、よろめき倒れる。市九郎、魂の抜けたる如く、縁側にへたばって、低いうめき声を出して居るばかりである……二、三分の間、死にかかって居る三郎兵衛と市九郎のうめき声が聞える外、舞台に何の動作もない。市九郎は、漸く顔を上げて、まだビクビク動いて居る主人の死体を見て居る。それが、ピタリと動かなくなると急に悔恨の情に駆られたるものの如く脇差を取り直して、腹を寛ろげようとする。その時、座敷の隅の屛風が揺れる。お弓の顔が現われる。蒼白で、身体は、ガタガタと微かに顫えて居るが、そうした内心の恐怖を努めて隠そうとして居る)

お弓　(市九郎の自殺しようとするのを、尻目にかけながら)ほんとうにまあ、何《ど》うなる事かと思って心配したよ。お前が真二つにやられた後は、追っつけわたしの番じゃあるまいかと、屛風の蔭で、息を凝《こら》して見て居たのさ。余程逃げ出そうか、逃げ出そうかと思ったのだが、斬られそうになって居るお前への義理もあってね。が、ほんとうに命拾いだったね。お互様に、悪運が尽きないんだよ。こうなっちゃ、一刻も猶予しては居られないから、在金《ありがね》をスッカリさらって、高飛びをする事だね。まだ母家《おもや》の方では、気が附かないようだから、支度をするのは、今の裡だよ。さあお前、在金を探して見ようじゃないか。

市九郎　(女が喋舌《しゃべ》って居る間に、何時《いつ》の間にか自殺を思い止《とど》まって居る。が、まだ茫然として途方にくれて居る)ああ飛んでもねえ事をしてしまった。大それたお主殺《しゅごろ》しだ。

お弓　(男の云うことを相手にしないで)お前、述懐なんかの幕じゃないよ。男らしくもない、さあしゃんとおしよ。わたしは支度をして来るから、お前はお金を探してお呉れよ。

市九郎　ああ飛んでもねえ。お主殺しだ。お主殺しだ。磔《はりつけ》のお主殺しだ。

お弓　（市九郎を引き起すようにしながら）一刻を争う九死の場合じゃないか。さあ、早く支度するのだよ。

（市九郎、女に操らるる如く、立ち上《あが》り、三郎兵衛の死骸を遠く避けながら、茶簞笥に近づきて探し始める。血の手形が、桐の白い木目にところどころベタベタと附く。お弓、次の間へ行って暫くして風呂敷包みを持って、直《じ》きに帰って来る）

お弓　幾何《いくら》あったの。

市九郎　（声を落しながら）二朱銀の五両包みが、たった一つさ。

お弓　（自分でも茶簞笥に近よりながら中を引っ掻き廻す）こんな端金《はしたがね》が、何《ど》うなるものかね。鎧櫃を探して御覧！　軍用金とやらを、入れてあるかも知れないよ。

市九郎　（前よりは、やや元気になって、鎧櫃を開けて鎧を持ち上げて振って見ながら）ここもからっぽだ！

お弓　（いまいましそうに）名うての始末屋だから、瓶にでも入れて土の中へでも、入れてあるのだろうよ。急場の間には合《あい》やしない。さあ、大抵のところで、切り上げて、人目にかからない前に、行くとしよう。

（市九郎、血に汚れた手を、手水鉢にて洗いながら帯をしめ直す）

お弓　（ふと三郎兵衛の死骸に、目をやりながら）これでも二年近くも、お世話になった旦那だ！　どら、一寸《ちょっと》拝んで行こう。（立ちながら、片手を上げて拝む）

市九郎　（黙ったまま、跪《ひざま》ずいて、死骸に向って両手を合せる）…………。

（二人行きかかる）

お弓　裏門の鍵は持って居るだろう。

市九郎　お役目だ。腰から離した事はねえ。

お弓　お誂《あつらえ》向きだわねえ。（艶然と笑う）

（月光は益々冴えて居る。二人が柴折戸をあけて出かかると、母家の方で乳母が歌う声がする。「お月様いくつ、十三七つ、まだ年や若い、油買いに茶買いに――」いたいけな男の子の声が、それを繰り返して歌う）

市九郎　（柴折戸を出ようとして、男の子の歌う声にじっと聞きとれる）ああ坊っちゃんだ！

お弓　（柴折戸を出ながら）お前さん！　何をぼんやりして居るんだよ。（と強く男の手を引く）

（二人去ってしまう。月の光の裡に、母家の方で尚歌いつづけて居る裡に、静かに幕）

第二幕

第一場

木曽街道鳥居峠にて、市九郎とお弓とが営める茶店の店先。第一幕より二、三年の後。藁葺《わらぶき》の大なる家、右手半分は土間になって居る。左手半分は壁になって居る。壁にも入口が附いて居る。土間には、草餅、羊羹、乾柿など並べてある。二つの細長き腰掛あり、障子には、そば、かん酒と書いてある。背景は、一面の杉林。家を覆うて一株の老桜あり。蕾がふくらみ始めて居る。幕開くと、馬士《まご》の権作、家の横手の杉に馬を繋ぎ、腰掛に腰をかけながら、店の奥に向って次の如く話して居る。

権作 こう姐御《あねご》！ そう因業《いんごう》なことを、云わんと置け、勘定は勘定、商売は商売じゃねえか。この春先の景気で、一儲けすりゃ、滞りの勘定位はキレイさっぱり払ってやろう。さあ、文句は云わねえで、清く一本つけて呉れねえか。

（答なし）

権作 こう姐御！ そう意地わるくするもんじゃねえ。勘定と云ったって、高《たか》が一両か、一両二分かだろう。もう少し旅の衆が出盛《でさか》って見ねえ、それっぱかしの目腐《めくさ》れ金《がね》は、二日か三日の働き高じゃねえか。

お弓　（姿は見えないで）お前さんが、稼いだ金を神妙に妾《わたし》の家へ持ち込むような御仁だったら、五両でも十両でも文句を云わずに、貸して上げるわさ。二分はおろか二朱の金でも手にすると、藪原へ行って安女郎を買うか、チョボ一ですってしまう外、能のねえお前さんじゃないか。

権作　（怒って、腰掛を離れながら）利いた風な事を、ぬかしやがるない。手前《てめえ》達のような悪党夫婦が、お天道様の真下で、恐れ気もなく暮して行けるのは、何方様《どなた》のお目こぼしだと思って居るのだい。へん、忘れもしねえ、一昨年の秋の彼岸の翌《あ》くる日さ、藪原の宿《しゅく》の手前で、人殺しがあると云うから行って見ると、殺されて居るのは六十ばかりの旅の年寄さ。可哀そうに、衣類から道中差まで、スッカリ淩《さら》われて居る後に、落ちて居るのが煙草入《たばこい》れさ。年寄持の品じゃねえと、心を止めて見ると駭《おどろ》いた。何処かに見覚えのある品物さ。よくよく見ると、見覚えのあるのも道理、木曽山中じゃ滅多に見られない江戸細工の煙草入れさ。

お弓　（まだ姿を現わさないで）その話でお前さんは、何度酒にしたか分らないじゃないか。そう云うなら妾の方でも云い分があるんだ。月日《つきひ》は、お前さんのように、ハッキリとは覚えて居ないが、何でも去年の夏の事さ、抜け参りが流行《はや》って、この街道筋を、唐笠に道中杖一つの道者達が、ひっきりなしに続いた時さ。日暮方にまだ十六、七の小娘が、シクシクと泣きながら駈け込むから家へ入れて容子《ようす》を聞くと、駭くじゃないか。鳥居峠の登り口で、行き合わせた馬士に手籠めに遭い、路用の金《かね》をそっくり持って行かれたのだとさ。その馬士の人相を聞いて見ると、眉毛が芋虫のように太くって……。

権作　（苦笑いをしながら）へへん！　その話なら、此方《こっち》から附け足したい事があるんだ。泣きながら駈け込んで来た小娘を、深切《しんせつ》ごかしに騙《だまくら》かして、福島の茶屋女に叩き売ったのは誰だったのだ。

お弓　お前ばかりに、うまい汁を吸われて堪るものか。お前さんが、上手《うわて》に出りゃ此方だって上手に出るのだ。だがなあ、権作さん、「狐獲られて狸安からず」と云う諺を、お前聞いたことがあるかい。妾、常々そう思って居るんだよ。万一暗い処に入るようなことがあったら、可成《なるべく》連れの多い方がいいからね。お前さんや、あの奈良井の辰蔵なんて云う人は、そうしたお交際《つきあい》もしてお呉れだろうね。

権作　（去ろうとして）脅かしやがるない。俺なんか何《ど》んなにヒドイ目にあっても、高々永牢だ。お前さん夫婦のような獄門首と、並べられて堪るもんか。（憤然として、馬を解いて去らんとす）

お弓　（初めて土間の方へ現れて、権作の飲みたる茶碗を片づけながら）権作さん！　お茶代を置く金《かね》もないのかい。

権作　（いまいましそうに）口のへらない女郎《めろう》だな。

（鈴の音をさせながら去る。やや月並なれども、権作の歌う木曽節を聞かせてもよし。お弓、茶道具を神妙に片づけて居る。この時、左の入口より、市九郎生欠伸をしながら出て来る。第一幕よりもやや険兇《けんきょう》の相を帯び、古びたる黄八丈《きはちじょう》の着物に三尺帯を締めて居る。お弓、夫を見ると荒々しく）

お弓　もうお前、八つを廻って居る時分だぜ。なんぼ用がない身体だって、あんまりじゃないか。少し性根を入れ更《か》えて、おっつけ一仕事してお呉れでないと、お鳥目《ちょうもく》だっていくらも、残って居やしないんだよ。

市九郎　（やや不機嫌に、お弓を見返しながら）あたたかいお天道様だな。もう、スッカリ春だな。

お弓　（腰掛に腰をかけて休みながら、煙草を喫《す》い始める）何を呑気な事を云っておいでだ。長い長い冬籠りで、去年の秋に稼いだ五十両も、幾何《いくら》も残って居やしないんだよ。お前と妾《わたし》とで、日に二升近くも御酒をいただくんだから、無理もないんだが。

市九郎　（頭を垂れながら）その故《せい》でもあるめいが、この頃は何《ど》うも頭が重くって、気がめいっていけねえ。春先の生あたたかいのが、却って身体に悪いのかも知んねえなあ。

お弓　（もどかしそうに）そんな事よりも、お前さん、いい鳥のかかり次第しっかりして呉れなきゃ、いけないよ。

市九郎　おい煙草を一服吸わして呉んねえ。

（お弓、自分が喫って居た煙草と煙管《キセル》を市九郎に渡す。市九郎入口の横の壁を背にしながら蹲《うずく》まって、煙草を喫って居る。若い旅の夫婦が近づいて来る）

若き夫　ああもう、藪原の宿《しゅく》が見えてもよさそうだな。

若き妻　麓では一里も登れば、目の下に見えると云うて居りましたが。

若き夫　疲れはしないかい。

若き妻　いいえ。

若き夫　茶店がある。一服して行こう。

（お弓二人を見ると満面の笑みを以て迎える）

お弓　さあ、何うぞ、おかけなさいまし。さぞお疲れで厶《ござ》いましょう。この街道は山坂ばかりで厶いますのにお足弱《あしよわ》がお連れでは、さぞ不自由で厶いましょう。

若き夫　（妻と共に、腰をかけながら）この峠は、街道一の切所《きりしょ》じゃと聞いたが、もうこれからは下りで厶いましょうな。

お弓　はあはあ、もう下りで厶《ござ》いますとも。御覧あそばせ、あの谷が開けて、麦畑が拡《ひろが》って居る所が厶りましょう。

若き夫　(延び上《あが》りながら)なるほど。

お弓　あの真中にある松並木が、藪原に入る街道で厶ります。ほれほれ、あの夕日に光る大屋根が見えましょう。あれが宿の入口にある妙本寺と云う寺で厶ります。

若き夫　なるほどな。もう二里とあるまいな。

お弓　二里は愚か、一里と少しで厶りますな。ゆっくりお休み遊ばしても、暮六つ前には、楽にお着きになれまする。

若き夫　藪原の名物はお六櫛《ぐし》、たしか、そうでありましたな。

お弓　そうで厶りまする。お帰《かえり》の道中では、たんとお買い遊ばしませ。

(この間、お弓は茶を饗し、菓子を出す。若き妻は、折々市九郎を気味悪く振り返る)

お弓　時に何方《どちら》迄の旅で厶りまするか。

若き夫　左様、伊勢参宮から、京へ上って、名所めぐりをする積りじゃが、時宜に依っては大和《やまと》へも廻ろうかと思って居りまする。

お弓　日数から云うても、お費用《いりめ》から云うても、結構な思召立《おもいたち》で厶りますな。それにしても、お供の衆が見えませぬが。

若き夫　何処へ行っても、そう云うて、不審を打たるるのじゃが、有様《ありよう》は心利いた下男を伴うて出たのじゃが、松本のお城下迄参ると急に病み附いたので、代りの者を呼ぶのも費《ついえ》なのでその儘宿屋へ残したまま、立って来ましたのじゃ。

お弓　水入らずの方が、結局気楽でムりましょうな。

若き夫　（妻を見返りて、意味もなく笑う）一休みしたほどに、さあ行きましょう、もうほんの一息じゃ。

お弓　まあ、ごゆっくりなさいませ。日は高うムります。

若き夫　早う宿屋に着いた方が何かに附けて便宜じゃ。これはいかい雑作になった。お茶代はここへ置きまするぞ。（去ろうとする）

お弓　有難うムりまする。お帰りに、是非お立ち寄りなさいませ。それでは、道中御無事に。

（お弓、しばらく二人を見送って居る、市九郎は、漠然として煙草を喫《の》みつづけて居る。お弓急に気が附いたように、奥へ駈け入ったかと思うと、市九郎の脇差を持って、駈《か》け出して来る）

お弓　（刀を夫の肩の辺へ、差し付けながら）さあ！　お前さん！

市九郎　（空とぼけたように不機嫌に）な、な、何をするのだい。

お弓　（少し語気を荒らげて）おとぼけじゃないよ。仕事だよ。大切な仕事じゃないか。

市九郎　（厭な顔をしながら）何だ！　あの人達をかい！　思いやりのねえ。（お弓を跳ね退《の》けるように立ち上《あが》る）

お弓　何が思いやりがねえのだい。お前さんこそ、思いやりがねえじゃないか。妾《わたし》が、先刻《さっき》から、何《ど》うかして少しでも長く引き止めようと、あせって居るのに、アッケラカンと煙草なんか喫ってさ。さあ！　ぐずぐずして居ないで、オイソレと行っておいで。

市九郎　（やや強く）おらあ！　厭だ。相手にもよりけりだ。ああした楽しそうな夫婦者を、とっちめるなんていくらこうした稼業でも、余り罪作りだからねえ。

お弓　お前さんのように、年寄りは厭だの、子供は嫌いだの、夫婦者はいやだのと云って居た分には、此方《こち》との商売は上ったりだよ。仏心《ほとけごころ》のついた盗賊位《ぬすっと》、厄介なものはありゃしない。……お前さんも考えて見るがいい。妾だって昔は満更捨てた女でもなかったのだよ。馬道小町とまで、浅草界隈で、人に騒がれた妾が、木曽の山奥まで流れて来て、山猿同様のしがねえ暮しをして居るのも、一体誰の為だとお思いなのだえ。みんなお前さんという主殺《しゅごろ》しの悪党を、亭主にして居る為じゃないかえ。

市九郎　（首をうなだれたまま、黙って、つっ立って居る）…………。

お弓　お前さんのお交際《つきあい》をして上げる代りにはさ、日に三度々々のおまんまと、好きなお御酒《みき》は文句なしに飲まして呉れる位の分別はして呉れても、満更罰も当るまいじゃないか。

市九郎　(やや憤然として)大きな口を利くじゃねえ。手前《てめえ》に云い分がありゃ、俺の方にだって云い分はあるんだ。中川様のお邸で、年期を無事に勤め上げて、御家人の株でも、買っていただこうと、御主人大事に勤めて居た神妙な俺を、迷わして、おそろしや！　お主様《しゅさま》を手にかけさせたのは、一体何処の何奴《どいつ》だと思って居るのだ。

お弓　(あざ笑って)ふふん！　面白くもない。妾に迷おうと迷うまいと妾の知った事じゃないじゃないか。そんな過ぎさった昔のことを、クヨクヨ思い暮すより、毒を喰《くら》わば皿と云うじゃないか。おいしい酒でも浴びるように飲んで居たいわね。どうせお主様を、手にかけた、この脇差じゃないかい、今更、人一人二人助けたって罪の軽くなるお前さんじゃないだろう。……(やや相手を宥《なだ》めるように)それに、あの人達をやってしまわなければいけないと云うのじゃないよ。打ち見た所まだ世間を知らねえ豪家の若旦那らしいから、荒療治をしなくたって、白刃で脅しさえすりゃ、身ぐるみ捲き上げるのは雑作もない事じゃないかえ。考えて御覧！　五十両百両と纏《まと》まった金《かね》を懐にした旅馴れないお客様は、そう繁々と通るものじゃないよ。それに妾のほしいのは！　あの女の方が着て居た小紋縮緬さ！　妾もあんな着物に偶《たま》には手が通して見たいわさ。

市九郎　(漸くお弓から、脇差を受け取りながら)鬼の女房に鬼神と云うが、手前の方が悪党は二、三枚上だ。仕方がねえ、行って来よう。

お弓　（市九郎の背をポンと叩きながら笑って）いやな人だねえ。屈託顔《くったくがお》なんかしてさ。

市九郎　酒を持って来い。冷《ひや》でいいから。

お弓　行って来てからにおしな。おかんをして置くから。

市九郎　持って来いったら。

お弓　（奥へ入って不承不承に酒を持って出て来る）可哀そうだなんて思って居ると、兎角どじをやるものだよ。

市九郎　（無言にガツガツと樽の口から、むさぼり飲む）ああ苦い酒だ。（樽を地に抛《なげう》ちながら急いで去る）

お弓　（後を見送りながら）お伊勢まいりから、京上《きょうのぼ》りという長い旅なら、五十両は間違いない。（急に身顫いさせながら）日が入りかけると、まだ寒い。（山寺の鐘の声が聞えて来る）おやもう暮六つの鐘かしら。（幕静かに下る）

第二場

前場より、一刻ばかり過ぎたる後。前場と同じ場所、同じ家。前場の舞台を右に転じたるが如き舞台。茶店の奥の部屋。左にも入口あり。戸外には月が出て居る。お弓はただ一人蓮葉に坐りながら三味線を取出して爪弾きをして居る。が、幕が上《あが》ると、直《す》ぐ糸が切れるので、乱暴に放り出してしまう。煙草盆を引き寄せて自棄《やけ》に煙草を喫いつづける。

市九郎登場する。小脇に衣類を束にして、かい込んで居る。時々後を振り返る。自分の家に近づくと、ホッとしたように、入口の敷居に腰を下す。

お弓　(耳聡く聞き附けて)誰！　誰！　お前さんかい！

市九郎　(黙ったまま返事をしない)…………。

お弓　(立ち上りながら)誰！　誰！　(障子を開ける)何だ！　やっぱりお前さんじゃないか。そんな所にぐずぐずして居ないで早くお上りよ。思いの外に早かったねえ。

市九郎　(上へ上る。が、やっぱり黙ったままで居る)…………。

お弓　首尾は？　上首尾？　(市九郎の持って居る衣類を取上げて見ながら)おお無傷だねえ。お前さんも、よっぽど仕事がうまくなったねえ。おお、いい紋縮緬だね。いくら品がよくっても、血がはねて居る着物なんか、いくら妾《わたし》だって、禁物だが、さあ、ゆっくりお寛《くつろ》ぎよ。ちゃんとおかんもつけてあるから、一杯飲みながら、話を聞こうじゃないか。

市九郎　（蒼白な顔をしながら、黙ったまま座に着く）……ああ疲れた――。

お弓　ああお前さん、またくよくよして居るんだねえ。やっぱりやってしまったのかい。その方が、いっそ片がついてキレイさっぱりだよ。

市九郎　（頻《しきり》に重く頭を振りながら）ああいけねえ。追い脅し丈《だけ》で、命は助けてやろうと思ったが、女の方が、血迷って、「あれ茶店の亭主だ。」と口走るものだから、仕方なしにやってしまった。ああ何だか腹の底が、底力がなくなった。ああ、一杯ついでおくれ。

お弓　それでお前さん、お鳥目《ちょうもく》はいくらだったのだい。

市九郎　（懐から、二つの胴巻と、男物と女物との財布を出しながら）道中を心配したと見え、夫婦で別《わ》けて持って居るのだ。まだ勘定して見ねえが、手答えじゃ四十両だな。

お弓　どれお見せ。（その場へ浚い出しながら）小判が三十枚に二分銀が二十枚、二朱銀が三、四十枚あるよ。ザット五十両。近頃にない豊年だね。（衣類を膝の上に乗せながら）それに衣裳が嬉しいわねえ。緋縮緬の長襦袢に、繻珍《シュチン》の昼夜帯《ちゅうやおび》だね。（ふと気が附いたように）一寸お前さん、頭の物は何《ど》うおしだえ。

市九郎　頭の物？　頭の物とは何だい。

お弓　そうだよ。頭の物だよ。あの女の頭の物だよ。

市九郎　（黙して答えず）…………。

お弓　紋縮緬の着物に、緋縮緬の長襦袢じゃ、頭の物だって擬《まが》い物の櫛や笄《こうがい》じゃあるまいじゃないいか。妾《わたし》は、先刻《さっき》あの女が、菅笠を取った時に、チラと睨んで置いたのさ、瑇瑁《べっこう》の対《つい》に相違なかったよ。

市九郎　（黙したまま答えず）…………。

お弓　（のしかかるようになって）お前さん！　まさか取るの忘れたのじゃあるまいね。瑇瑁だとすれば、七両や八両が所は、たしかだよ。あんな金目《かねめ》のものを取って来ないなんて、駈け出しの泥棒じゃあるまいし何の為の殺生をするんだよ。あれ丈の衣裳の女を殺して置きながら、頭の物に気が附かないなんて、お前さんは何時から、こうした商売を、お始めなのだえ。どじをやるのにも、程があるじゃないか。何うお思いなんだえ。何とか云って御覧よ。

市九郎　（苦々しげに）むごたらしい事を云うじゃねえか。身ぐるみ剝がして来たのだから、髪かざり丈は、せめて女のたしなみに冥途まで、附けさせてやったって、満更罰《ばち》も当るめえぜ。

お弓　へへん、利いた風なお説法はよしなさいよ。あのまま捨てて置きゃ、野伏《のぶ》せりの乞食位が濡手で粟の拾い物になるのじゃないか。さあ、一走り気軽に取っておいで。

市九郎　(女に対する烈しい憎悪を起しながら)女は女同志、男は男同志と云うことがあるが、手前《てめえ》も殺された女の身になって見るがええ。少しは女同志で可哀相とは思わねえのかい。

お弓　(嘲笑的に)ほほう、鬼の眼に涙とは、よく云ったものだ。そんなに可哀そうなら、その豆しぼりの手拭で、グッとやらなければいいのに。

市九郎　(ゾッとしたように、自分の腰に下げた手拭を取りはずしながら)ああつくづくこうした仕事が厭になって来た。

お弓　それもどじな仕事をやるからだよ。四の五の云わずに、さあお前さん！　一走り行っておいでよ。夜に入ったら、犬の子一疋《ぴき》通らない街道筋だ。まだその儘になって居るのに違いないから、一走り行って来るんだよ。折角、此方の手に入ったものを遠慮するには当らないじゃないか。又遠慮する柄でもないじゃないか。

市九郎　(黙々として応ぜず)…………。

お弓　おや！　お前さんの仕事のアラを拾ったので、お気に触ったと見えるねえ。くどいようだが、本当に行く気はないんだね。十両に近い儲け物を、みすみすふいにしてしまう積りだね。

市九郎　（黙々として答えず）…………。

お弓　いくら云っても行かないのだね。それじゃ、私《わたし》が一走り行って来ようよ。場所は何時もと同じ処だろうね。

市九郎　（吐き出すように）知れたことよ。藪原の宿《しゅく》の手前の松並木さ。

お弓　（立ち上《あが》って、裾をはし折りながら）じゃ一走り行って来よう。月夜で外はあかるいし……本当に世話のやけるお泥棒だ。（庭へ降り、草履をつっかけて行きかけんとす）

市九郎　（振り向いてギロリと女を睨みながら）手前本当に行くのかい。

お弓　行くのが何《ど》うかしたのかい。

市九郎　悪事にも程があるものだぜ。

お弓　（戸外へ出ながら）へん、大きな世話だ。ああ、いい月夜だ。（小走りに去る）

市九郎　（立ち上って）ああ到頭行ってしまいやがった。（戸外へ出る）熊笹を分けて走って居る恰好は、人間じゃありゃしねえなあ。死体につく狼のようだな。（しばらく跡を見送った後蹌踉《そうろう》として家に入る、膳に附いてあった徳利を取って、一気に飲み干す）ああ魔だ、俺にくっ憑いて居る魔だ。（頭を抱えしばらく身をもだえる、ふと傍《そば》にあった男物の衣類に目を附け、触って見た手を灯に透かして見る）血だ。やっぱり血が附いて居る。（茫然として前方を見詰める）グッとやった時に、白い二つの手が蛇か何かのように俺の手に捲きつきやがった。ああ堪らねえ。（不快な記憶を払いのけんとし、身もだえする。しばらくしてふと気が附いたように）そうだ。彼女《あのおんな》の帰らない中《うち》だ。（立ち上《あが》って押入れより二、三枚の衣類を取り出す。手早く風呂敷に包む。ふと女が膳の横に置いて行った盗んだ金の財布に目が附く。懐に収める）ああ百年の恋も醒めてしまったな。（急ぎ足で戸外に出る。ふと懐の金に手をやる。立ち止まって考える。二、三歩後帰《あとずさ》りして考える。到頭憤然としてとって返し）汚れた金《かね》だ！（つよく家の中に投げ込む。財布より飛び出た小判は燦然たる光を放って、家の中に散乱する。市九郎は一散に走り去る）

——幕

第三幕

第一場

第二幕より、二十年余を隔てし延享二年の春。所は、九州耶馬渓《やばけい》青の洞門《どうもん》（便宜のため後代の称呼を用う）洞門の入口。右手に岩石が削られて、山国川《やまくにがわ》の流《ながれ》の一部が見えて居る。他は、舞台一面稍《やや》灰色を帯びた岩壁、岩壁の中央に、高さ三間横四間位の洞穴が口を開けて居る。周囲には小さい石塊がぞろぞろ落ち散って居る。川に寄って、杉の若樹が数本生えて居る。岩壁の端れを、桟道が危く伝って居る。鎖を力に渡る、鎖渡しである。幕が開くとやや身分のあるらしい老人、物売の女、馬を連れた百姓が危げに鎖渡しを順次に渡って来る。渡ってしまうと皆舞台にて暫《しば》らく休息する。

老人　(ホットしたように石に腰をかけながら)年に一度宇佐の八幡様へお参りの心願を立てたのもええが、この鎖渡し丈《だけ》はいつもいつも命がけの難所じゃ。この頃は風も吹かいで桟《かけはし》が掛けかえたばかりで新しいから、命の心配はないものの年寄には、足元が危うて、危うて。

物売の女　妾《わたし》などは、樋田郷《ひだごう》のもので、毎日一度は通い馴れて居りますけれど、雨の日で桟の滑る時とか、風で桟が揺れる時にはほんまに命がけで御座んすのう。

百姓　(馬を引きながら、漸く桟道を、渡って来て)ああ大骨を折らせたな。中途で、暴れ出すまいかと思って、ビクビクものじゃったわい。

物売の女　(百姓に)作蔵さん、ほんまに、気を附けないかんぜ。馬を連れる時は、ほんまに危いけに。去年の柿坂の新右衛門さんのように、馬諸共《もろとも》に、ころげこむと命が無《ね》えからのう。

百姓　(冗談に)せめて、お前との相対死《あいたいじに》じゃ、浮名も立つけれど、馬との相対死じゃほんまに犬死にじゃけにな。

(洞窟の入口から、石工《いしく》が二人石塊を担って来る)

百姓　やあ、庄どん。えろう、精が出るのう。ちっとは捗《はか》が行ったかのう。

石工の一　(石塊を下し、その上に、腰かけながら)俺が来た時とちっとも変って居らんわい。相手が大磐石《だいばんじゃく》の岩じゃけに、半年や一年で物の十間と、彫れはせんわい。

百姓　そうじゃろう。そうじゃろう。俺などは初《はじめ》は針の穴からお天道様をのぞくほどの及びも附かぬ仕事じゃと思って居ったのじゃ。それにしても感心なのは、了海様の御辛抱じゃ。初は、気違坊主じゃの騙《かた》りじゃなぞと、俺などは若い時には了海様の後から、小石の一つ二つは、ぶっ喰《くら》わしたことがあるのじゃ。が、あの御辛抱には、みんなが頭を下げてしまったのじゃ。郡奉行様の御褒美が下ってからは、石工の数も倍になったと云うのう。

石工　今日日《きょうび》じゃ、八分通りはくり貫いたから、もう一息じゃ。了海様は、この頃は夜もロクロクに枕には就かれぬのじゃ。

老人　わしも、何《ど》うかしてこの刳貫《くりぬき》が出来る迄は、生き延びて居たいと思うのじゃ。この向きじゃ、わしの願いも叶いそうじゃ。

百姓　山国七郷の百姓が、今では頸《くび》を長うして出来るのを待って居るのじゃ。わしも植《うえ》附《つけ》でも済んだら、今年もお手伝いしようと思っとるんじゃ。了海様丈《だけ》に働かせては冥加《みょうが》が恐ろしいからのう。

（この時、下手より又数名の百姓登場す）

百姓の二　（洞穴の入口に行きて、耳を聳《そばだ》てながら）ああ深うなっとるのう。これでも、二、三年前《ぜん》までは、鎚の音が入口まで聞えて来たものじゃが。

百姓の三　深うなっとる。深うなっとる。俺はもう一年半と云う見込で、隣村の林八と賭をしたが、この向きじゃ、わしの勝《かち》だな。

百姓の四　太い野郎じゃのう。了海様が、土にまみれて働いて仏《ござ》らっしゃるのに、罰が当るぞえ。

百姓の三　なに、了海様は了海様で、俺は自分の罪亡《ほろぼ》しにして居ることじゃ。お前たちが恩に被《き》ることはないと、口癖のように仰しゃるじゃろう。

百姓の四　何の罪滅《ほろぼ》しの為だけに、こんなどえらい事が出来るものか。みんな衆生済度と云う御本願があるからじゃ。俺も、暇になったらお手伝いじゃ。

百姓の三　偽《うそ》を云え。お前は、毎年々々お手伝いじゃと云いながら、一度も鎚をとったことはないじゃろう。

百姓の四　お前だって同じ事じゃないか。

（百姓達が、話して居る間に、実之助《じつのすけ》登場する。質素なる旅姿、木綿の旅合羽を着て居る。洞穴を見ると、やや興奮した体にて、周囲の地形を見、右手に行く鎖渡しを見て引き返し洞穴の中を見る。この間百姓達の注意を引きつつあり）

実之助　（漸く百姓の二に話しかく）卒爾《そつじ》ながら、少々物を訊《たず》ねる。この洞窟の中に、了海と申す出家が居るそうじゃが、しかと左様か。

百姓達　（口々に）居らないで何《ど》うしようぞ。了海様なら、この洞窟の主《ぬし》同然の方じゃわ。

実之助　左様か。それなら、尚訊ぬるが年の頃は、およそ何程じゃ。

石工の一　（いぶかしげに未知の武士を見ながら）了海様ならもう五十を越した方じゃ。やがて六十に手の届く方じゃ。

実之助　（落著《おちつ》いて）生国は、越後柏崎じゃと聞き及んだが。

石工の一　へえ、何でも雪の沢山降る国じゃと云うことで。

実之助　若年の折、江戸で奉公いたしたとは聞かなかったか。

石工の二　ああ聞いたことがある。俺に一度江戸の浅草観世音の繁昌を語って下さったことがある。

実之助　（漸く緊張しながら）よくぞ教えて呉れた。して、この洞窟の出入口は、ここ一ケ所か。
石工の一　ほう、それは知れたことじゃ。向うへ口を開けるために、了海様は塗炭《とたん》の苦しみをして居られるのじゃ。
実之助　奥行は凡《およ》そ幾町ぞ。
石工の二　そんなことを訊かされて、何にせらるるのじゃ。
実之助　（少しく思案して）了海殿とやらに、御意得《ぎょいえ》たいのじゃ。（つかつかと奥へ入ろうとする）
石工の一　お待ちなされませ。初めてのお人では歩かれませぬわい。石が、彼方《かなた》にも此方《こなた》にも突き出て居る上に、穴なども折々ありまする。
実之助　それでは、其方《そなた》に頼みがある。越後からはるばる尋ね参った者じゃと云うて取次《とりつい》では呉れられぬか。
石工の二　それでは、俺が一走り行って来よう。（馳《か》け入る）
百姓の二　了海様の身寄の方で厶《ござ》りますか。了海様にはこの山国七郷の者が、みんなないかい御恩になって居ります。忝《かたじけの》う思って居ります。（頭を下げる）
老人　（進み出でながら）越後と九国の端とでは、お聞き及びにもなりますまいが、了海様は、この谿《たに》七郷の者には、持地《じち》菩薩さまのように有難い方で厶《ござ》ります。御恩になって居ります。（頭を下げる。他を顧みて）御身寄の御武家様じゃ。みんなお礼を申し上げい。（皆一斉に頭を下げる。実之助精神的にやや困惑しながら軽く応ずる）

老人　まさか。お子様ではムりますまい。甥御様でムりますか。よう御尋ねて御座らしゃった。一体何処でお聞きになりましたか。

実之助　武者修業の傍《かたわら》、諸国を尋ね廻ったが、当国の字佐の八幡にて、人手《ひとづて》に聞きました。

老人　それこそ真に神様のお引き合せじゃ。

百姓の二　今年で、二十年でムります。長い間、一心不乱にお働きになりました。何でも、お若い時に罪業をお重ねになった罪滅《ほろぼ》しだと仰せられて、この頃では、夜まで鎚を振《ふる》って居られまする。

実之助　（半ば独言のように）重ねた罪業の罪滅しと云うのか。だが主殺《しゅごろ》しの悪逆は消えまいて。（ハ、、、、と嘲る如く笑う）

老人　お主殺しまで。ほほう。が、それもあの御精進では消えて居りましょう。

実之助　消えて居るか消えて居ぬか、今に分明いたすであろうぞ。（ハ、、、、と冷笑する）

（人々やや実之助を疑い始める。各々の間に私語を始める。その時、了海が石工二人に両手を取られながら、出て来る。実之助ひそかに目釘《めくぎ》をしめす。肉悉《ことごと》く落ちて骨露《あら》われ、脚の関節以下は、殊に削ったようである。破れたる法衣に依って僧形《そうぎょう》とは知れるものの、頭髪は長く延びて、皺だらけの顔を掩《おお》うて居る。眼は灰色の如く濁って居る。洞窟の外へ出ると目が眩むと見え、よろめく。百姓達了海を見ると膝をついて礼をなす）

石工の二　（了海を介抱しながら）お危うムいます。

了海　（手で探るように）何処に居られるのじゃ。何処に居られるのじゃ。

石工の二　それそこでムります。直ぐそこでムります。

了海　（実之助の姿をおぼろに見出したように）何方《どなた》様でムりましたか、老眼衰えはてまして弁《わきま》え兼ねまする。

実之助　（敵の衰えはてた姿を見て、やや駭《おどろ》き最初の擬勢を、くじかれたように）そこ許《もと》が、了海どのと云わるるか。

了海　仰せの通りでムります、して、貴方《あなた》様は。

実之助　（やや興奮しながら）了海とやら、如何《いか》に、僧形に身を窶《やつ》すとも、よも偽《いつわり》は申すまい。汝市九郎と呼ばれし若年の頃、江戸表に於て主人中川三郎兵衛を打って立退《たちの》いた覚《おぼえ》があろう。

了海　（罪を悔い、しかもその罪から救われて居ることを示すような落着いた、しかし謙虚な口調で）厶《ござ》ります。厶ります。して、それを仰せらるる貴方様は。

実之助　そちも忘れは致すまい。三郎兵衛の一子実之助じゃ。

了海　（潸然《さんぜん》と涙をこぼす）実之助様！　覚え居りまする。よく覚え居りまする。お父上を打って立退きました者、この了海奴《め》に相違厶りませぬ。

実之助　主を打って立ち退いたる非道の汝を打つ為に、十年に近い年月を、艱苦辛苦の裡に過したわ。このところにて、会うからは、もはや逃れぬところと、尋常に勝負いたせ。

了海　長い御辛苦で厶りました。申訳が厶りませぬ。身の罪滅《ほろぼ》しばかりを考えて居りました。貴方様に、これほどの御辛苦をかけようとは、思いませんでした。いざ、お斬り遊ばせ。（やや眼が見え始める）お顔がやっと見えました。お父上様の御無念のお顔が眼に見えるようで厶ります。いざお斬り遊ばせ。お聴き及びも厶りましょうが、これなる刳貫《くりぬき》は了海奴が、罪亡《ほろぼ》しに掘り穿《うが》とうと思いました洞門で厶りまするが、二十年の年月をかけて、九分迄は出来上りました。了海が身を果てましても、はや一年とはかかりませぬ。いざ、お斬りなされい、お身様《みさま》の手にかかりこの洞門の入口に血を流して人柱となり申さば、思い残すことは厶りませぬ。

実之助　（感動しながら、素志《そし》を曲げまいと努めて）よい覚悟じゃ。いかに、善果を積もうとも悪逆の報《むくい》は免れぬわ。最後の念仏を申すがよかろう。

（百姓や石工達は、事件の急激なる回転に、最初は茫然として居る。中頃了海の身が、危険であると悟る。一人の石工が、奥へ知らせにはいる）

石工の二　おおい、みんな出て来い。（洞門の中を見て大声に叫ぶ）

（石工達、手に手に鉄鎚を下げ、わめきながら、そして実之助を遠巻きにし、了海を庇護してしまう。了海、石工の庇護を脱して実之助に近づかんとあせる。それを制しながら）

石工の頭　了海様を何とするのじゃ。

実之助　（大勢を見て、刀を抜きはなつ。八方に目を配りながら）その老僧は、某《それがし》が親の仇じゃ。端なく今日廻り合うて、本懐を達するものじゃ。主殺《しゅごろ》しの極重悪人を庇うて神仏の罰を受くるな。

石工の頭　（傲然《ごうぜん》と）敵《かたき》呼ばわりは、まだ浮世に在る裡の事じゃ。見らるる通り、了海殿は出家の御身で厶るぞ。その上、山国谿七郷は愚か、豊後肥後山国川の流《ながれ》に添う村々の者どもには、仏とも仰がれる方じゃ。其方様などにムザムザと打たせてなるものか。

実之助　（全く激昂して）申すな。申すな。仮令《たとい》出家致そうとも、主殺しの大罪は八逆の一つじゃわ。その方《ほう》達が、邪魔いたさば片っ端から、死人の山を築いて呉れるのじゃ。

（実之助怒って斬り込もうとする。石工達ワッと叫んで一斉に鉄鎚を振り上げる。百姓達は小石を拾って、投げるべく身構えする）

了海　（必死になってもがく）皆の衆お控えなさい。この御武家に石一つ指一本加えたら、了海はその人を恨みまするぞ。永々了海を助け呉れられたよしみに、ただこの儘に討たさせて下されよ。了海討たるべき覚え十分厶《ござ》る。了海がこの刳貫《くりぬき》を掘ろうと云う心持も、今ここで討たれようと云う心持も同じじゃ。刳貫の成就は目に見えて居る。その上、かかる孝子のお手にかかれば、了海の本懐この上はないのじゃ。皆の衆お控えなされ。

石工の頭　それじゃと申しまして、貴方様の討たれるのを傍で、みすみす見過すことが出来ましょうか。

了海　了海が討たれるのを見て下さるより、その暇に石一片でも、砕いて下さる方が、この了海には最後の念仏よりも有難い。さあ！　お引取り下されい！

石工の二　そりゃいかぬ、貴方様が死なれては、このどえらい思い立ちも、何《ど》うなるか知れたものでない。貴方様が、見て御座らっしゃればこそ、ビクともせぬ大磐石と夜昼かけての戦《たたかい》が出来るのじゃ。貴方様に、死なれては今迄掘り抜いた洞門が一夜の中に埋もるようなものじゃ。

石工達　(口々に)そうじゃ、そうじゃ。ことわりじゃ。ことわりじゃ。

百姓の二　そうじゃ。そうじゃ。長い間の俺達の楽しみが、ふいになってしまうのじゃ。今了海様に死なれてなるものか。

実之助　是非に及ばぬ。この上妨げいたす者は、誰彼の容赦はない。

(実之助、石工達の中に斬り込もうとする。石が霰《あられ》のように飛んで来る。タジタジとなる)

了海　(身もだえしながら)その方達《ほう》はこの了海に、生きながら、地獄の責苦を見せるのか。了海の身の罪の為に、孝心深き御武家を傷つけようとするのか。石一つ御武家様に当てて見よ。了海は、舌を噛み切ってでも即座に相果てて見せますぞ。

(石工百姓達、石を投ずることを止める。実之助了海を望んで斬り込もうとする。石工百姓達又烈しく抵抗す。老人列を離れて実之助の前へ進む)

老人　お待ちなされませい。貴方様のお心も、御尤もで厶ります。が、石工達百姓達の心も、やっぱり尤もで厶りまする。が、お心を静めてよくお聞き遊ばしませ。貴方様がいくらあせっても、向うは四十人にも近い人数《にんず》が厶ります。それに、こうして居る中に、近在近郷の人々は了海さまの大事じゃと申して、段々駈け附けて参りまする。貴方様がいかほど武芸の上手でおありなされても、人数には叶いませぬ。さあ、ここは御思案で厶ります。なあ、御武家様！　この刳貫は了海様一生の御大願で厶ります。

二十年に近き御辛苦に、心身を砕かれたので御座りまするのじゃ。いかに御自身の悪業とは申しながら、大願成就を目前に置きながら、お果てなさるること如何《いか》ばかり無念で御座りましょう。皆の衆が、了海様を庇うのも、矢張りその為で御座ります。長くとは申しませぬ。この刳貫《くりぬき》の通じ申す間、了海様のお命を私共に預けて下さりませ。御覧の通りの御身体で御座りまする。逃げかくれなどのなされる御身体では御座りませぬ。刳貫さえ通じました節は、御存分になさりませ。

石工、百姓達　尤もじゃ。尤もじゃ。

老人　皆もあのように申して居ります。この場は一先《ひとま》ずお引き取りなさりませ。若《も》しお待ちになると云えば、御滞在のお宿も御世話いたしましょう。皆の衆、しかと誓いなされ。その期《ご》に及んで、屹度《きっと》変易《へんえき》せぬように。

石工達、百姓達　誓うた。誓うた。しかと誓うた。

老人　了海様いかがで御座りまするか。

了海　御武家様の御辛苦を思えば、わしは一日も生き延びとう思いませぬ。

老人　それではなりませぬ、貴方様のお命は、この刳貫を刺し貫く仏様の錐のようなものじゃ。刳貫の成就する迄は軽々とお捨てになってはなりませぬ。御武家様！　お聞きになりましたか。御思案は如何で御座りまするか。

実之助　（何事をか思案したる後）了海の僧形にめで、その願《ねがい》を許して取らそう。束《つが》えた言葉を忘れまいぞ。

石工の頭　何の忘れてよいものか。一分《ぶ》の穴でも、一寸《すん》の穴でも、この刳貫が向うへ通じた節は、その場を去らず了海様を討たさせ申そう。さあ了海様、思わぬ事に手間を取りました。いざ仕事にかかりましょう。

了海　いや俺《わし》は、この場で……。

（了海の留《とど》まらんとするを、石工達担ぐように拉《らっ》してしまう。実之助、無念らしく見送る）

老人　さあ、お宿へ案内いたしましょう、ああ言葉を束えて置けば、了海様には勿体ないが、網に這入《はい》った魚《うお》で御座ります。ただ時期をお待ちなさりませ。

実之助　（無念の形相にて、洞門を見ながら）了海は夜は何処に宿るのじゃ。

老人　夜も昼もありませぬ。お疲れになれば、坐ったまま岩に靠《もた》れてお休みになります。人間の為《な》さることとは思われませぬ。

実之助　左様か。（思案して）今宵は、七日か八日か。

老人　七日で御座ります る。

実之助　（独言のように）子の刻には月も入るのう。ハヽヽヽ。（微かに笑う）

――幕

第二場

時と場所　第一場と同じ日の夜、洞門の内部。

情景　舞台一面刳貫《くりぬ》かれたる岩石、舞台右端がこの洞門の行き詰りで、その岩面に面して了海を初め数人の石工達が鎚を振って居る。焚火がちろちろ燃えて居る。幕の開く前より鎚の音が聞える。幕があくと、みんな一斉に手を休める。

石工の一　皆が一緒に手を休めると、急に静けさが身に浸みて来るのう。

石工の二　道理じゃ、地の中へ幾町ともなく来て居るのじゃからのう。

石工の三　今宵は、みんな了海様のお傍《そば》に居ぬと、あの昼の武士《さむらい》が、合点せずに又狙いに来るかも知れぬ。

石工の一　それゃ念もない事じゃ。樋田郷まで人をやって、武士が宿って居る宿の周囲《まわり》には、ちゃんと寝ずの番を附けてあるのじゃ。

石工の二　ああもう、亥の刻だろう。手がしびれるように痛むのう。

了海　（しわがれた低い声で）尤もじゃ、今日は岩の焼き方が、足りなかったと見えて、滅相岩が堅かったのう。ああもう皆の衆、小屋へ引き上げさっしゃれ。了海も、もう休もう。さあ皆の衆、引き上げさっしゃれ。

石工の三　それじゃ、みんなお暇《いとま》をするとしよう。了海様も、もうお休みなされませ。さあ、わしが夜の具《もの》を取って来て進ぜよう。

（石工の三、走り去りて、やがて蓆《むしろ》と汚き夜具を持って来る。程よき所に敷く）

了海　ああ忝《かたじ》けない。それじゃ皆の衆、わしが先《さ》きへ御免蒙るぞ。（了海寝ようとする）

石工の一　それじゃ、了海様又明朝お目にかかりまするぞ。

石工の二　御免なさりませ。

石工の三　御免なさりませ。

（石工遠く去る。了海暫く眠る振りして、又むくむくと起きる）

了海　（合掌して低声に観音経を誦す）真観清浄観《しんかんしょうじょうかん》。広大智慧観《こうだいちえかん》。悲観及慈観《ひかんきゅうじかん》。常願常瞻《じょうがんじょうせん》仰《ごう》。無垢清浄光《むくしょうじょうこう》。慧日破諸闇《えにちはしょあん》。能伏災風火《のうふくさいふうか》。普明照世間《ふみょうしょうせけん》。悲体戒雷震《ひたいかいらいしん》。慈意妙大雲《じいみょうたいうん》。澍甘露法雨《じゅかんろほうう》。滅除煩悩焰《めつじょぼんのうえん》。過去の罪業報《むく》い来て実之助様のおわせられたからは、命は風前の灯《ともしび》じゃ。生ある中に、一寸《すん》なりとも一尺なりとも、掘り進まいでは叶わぬ処じゃ。懈怠《けたい》を貪《むさぼ》る時ではない。

（岩面に膝行し、前より、烈しく打ち下す）

了海　（声を励まして）諍訟経官処《じょうしょうきょうかんじょ》。怖畏軍陣中《ふいぐんじんちゅう》。念彼観音力《ねんぴかんおんりき》。衆怨悉退散《しゅおんしったいさん》。妙音観世《みょうおんかんぜ》音《おん》。梵音海潮音《ぼんおんかいちょうおん》。勝彼世間音《しょうひせけんおん》。是故須常念《ぜこしゅじょうねん》。念々勿生疑《ねんねんもっしょうぎ》。観世音浄聖《かんぜおんじょうしょう》。於苦悩死厄《おくのうしやく》。能為作依怙《のういさえこ》。

（狂えるが如く、打ち進む。暫くすると、実之助が舞台の左端から忍び寄って来る。右に太刀を抜きそばめ、左手を地につきながら、徐《しず》かに徐かに忍び寄って来る。了海は夢にも知らざる如く、更に観音経を誦しつづける。実之助走り寄らんとして逡巡す。暫く太刀を振り翳《かざ》して切らんとし、しかも相手の一心不乱なるを見て討ちがたく遂に刀を、鞘に収めて去らんとす）

了海　（急に振り顧りて）実之助様！　何故お斬り遊ばされませぬか。

実之助　（了海に不意に言葉をかけられて、やや狼狽して言葉なし）………。

了海　昼間の仕宜は、さぞ御無念に御座りましたろう。いざお斬り遊ばしませ。今こそ妨げいたすものは御座りませぬ。邪魔の入らぬ中、いざお斬りなさりませ。

実之助　了海とやら、この上はいさぎよく、この刳貫《くりぬき》成就の折を相待とうぞ。敵《かたき》を眼前に控えながら、武士《さむらい》たるものが、手を拱《むな》しゅうする無念さに、束《つか》えた約束をも反古《ほご》にいたし、ただ両断にいたさんと忍び寄ったれども、其方が一心精進のけ高さに、瞋恚《しんい》の炎も、打ち消されて、高徳の聖《ひじり》に対し忍び寄る夜盗の如く獣の如く窺い寄る身があさましゅうて、太刀を取る手が、心ならずも鈍ったわ。この上は心長く其方が本願を達する日を相待とうぞ。

了海　(手を突きて平伏しながら)極重悪人の拙僧に、大願成就の月日を、借して下さりまするか。忝《かたじけ》のう御座りまする。この上は、身を粉に砕いて、明日明後日にも刳開《くりひら》く心にて、鎚を振《ふる》うで御座りましょう。御孝心深き貴方様に長い御辛苦をかけまして、申訳はありませぬ。お許し下さりませ。お許し下さりませ。

(了海、実之助に近よりながら、頭を下げる)

実之助　敵同志となるも、宿世《すくせ》の業と申すことじゃが、いかに了海とやら、拙者もただ空しく、この地に止まって、其方達の働くを見るより、及ばずながら、鎚を取って、一片二片《ひとかけふたかけ》の岩なりとも、削り取って得させよう。其方が本懐の日が、近くなるのは、取もなおさず拙者が本懐の日が近づくのじゃ。

了海　(感激しながら)よい所にお気が附かれました。貴方様の御助力は百万の味方よりも頼もしゅう御座りまする。貴方様のお顔を見て居れば、この了海奴《め》も、片時も鎚が休められませぬわい。

実之助　ただ徒然《つれづれ》に瞋恚のほむらに心を爛《ただ》らせて居るよりも、世のため人のために、鎚を振うて居る方が、この実之助にも心安いと云うものじゃ。さらば、了海どの、刳貫の開くまでは、味方なれど。

了海　おお、一寸《すん》でも二寸でも、向うへ通りましたその節は、ただ両断になさりませ。そなた様の本懐と、了海奴《め》の本懐とが、成就する日が待ち遠しゅう御座りまするわ。

実之助　それ迄は、敵《かたき》同志が肩を並べて、鎚を振うも、又一興であろう。

（二人相見て淋しく笑う）

第三場

時と場所　前と同じく洞門の内部。前場より一年余を経過したる延享三年九月十日の夜。

情景　前場とやや異《ことな》り、了海と実之助とが、相並んで舞台の中央に座を占め、互にたゆまず鎚を振って居る。

実之助　えいっ！

了海　おおっ！

実之助　えいっ！

了海　おおっ！

実之助　（一寸《ちょっと》手をやすめて）石工達は、はや去り申したな。

了海　（同じく手を休めて）石工達も、今日は終日身を粉にして働き申した。実之助様、そなたももう休まさせられい！　もう九つを廻りましたわ。もう御引き上げなさりませ。

実之助　なかなか。夜更くると共に、心神澄み渡って精力は、又一倍じゃ。

了海　昨夜も、あのようにお働きなされたものを、今宵はちと早目にお引き上げなさりませ。

実之助　それは、其方に云いたいことじゃ。六十に近い御坊よりも先《さ》きに、われらが引き上げてよいものか。

（鎚を振り上げて又「えいっ」と打ち下す）

了海　おおっ。（と応じて打つ）

（暫く二人とも打ち続ける）

了海　（又手を止めて）昨日石工の一人が、鎚音の合間に、かすかな鳥銃の音を耳にしたと申して居ったが、御身様《おみさま》はお耳にされましたか。

実之助　身共は、鳥銃の音は、耳にせねども、一昨日の晩であったか、かすかに瀬鳴《せなり》の音を聞いたように覚ゆれども、それも鎚を持つ手を休めてふとまどろんだ折の、夢かも知れぬのじゃ。

了海　御身様が来られてからも、もう一年に近い。ああ待ち遠しい事で御座る。まして、この一月二月了海の身も心も、漸く衰え果てまして、力も十が一も出ぬように成り申した。今日明日と頼まれぬ命のように覚えまする。万が一、鎚を持ちながら、息が絶え果てるなどの事がありましたら、身の無念は兎も角、御身様に申訳のたたぬことと、精神を励ましては居りますれど、ああ今は、はや了海が辛抱の縄も切れ申した。ああ岩よ。この一念に微塵《みじん》となれ。（烈しく打ち下す）

実之助　ただ不退転の勇気じゃ。この期《ご》に及んで、退転なさば九仞《じん》の功も、一日にかくるのじゃ。心を確《たしか》にお持ちなされい。今となっては、ただ精進の外は御座らぬ。えいっ！（烈しく打ち下す）

了海　いかにも、御身様の仰せの通《とおり》じゃ。一下の鎚にも懈怠《けたい》疑惑の心があってはならぬわ。念彼観音力《ねんぴかんおんりき》！　おおっ。（打ち下す）

（二人相並んで、烈しく打ち下す）

了海　ああっ。（と鎚を捨てて、右手を左手にて握る）

実之助　（駈け寄って）如何《いかが》なされた。如何なされた。

了海　殊《こと》の外に脆い岩で、力余って拳迄が貫き申した。（ふと、了海岩面に開かれた穴に気が附く）御覧なされい！　不思議な穴が、開き申したぞ。

実之助　（穴の所に近づきながら）不思議じゃ、風が通うわ。

了海　（狂気の如く）何々風が通うとは。（鎚を振り上げて、烈しく打ち続く。岩それに従って崩れて洞になる）崩れる。崩れる。快く崩れるぞ。

実之助　（了海と並んで、狂気の如くに鎚を振う）貫《つらぬ》けるわ。快く貫けるぞ。

了海　ああ風が通う。風が通う。さては刳貫《くりぬ》き了《おお》せたのか。実之助様、とくと御覧なされい。

実之助　（半身を穴から突き出しながら）ああ正しく大願成就なるぞ。ほのかに光が見えますわ。闇の中に、かすかに光るは山国川の流《ながれ》に相違ない。了海どの、正しく大願成就なるぞ。

了海　（うめく如く言葉を発し得ず、ただ手を合掌して身をもだえる）…………。

実之助　見える！　見える！　聞える！　聞える！　川の流が聞ゆるぞ。目の下に闇にもほのじろく見ゆる。まぎれもない街道じゃ。了海どの、お欣《よろこ》びなされい。

了海　（初めて声を挙げて哄笑す）あな嬉しや。天上界へ生き乍ら、昇る心持がする。眼も耳も衰えて、川の流も聞えねど、ほの明《あか》りは見えまするぞ。あな嬉しや。嬉しや。嬉しや嬉しや。心の中が、煮えくり返るように嬉しい。（了海身悶えする）

実之助　（了海の手をとりながら）尤もじゃ、尤もじゃ。たった一年手伝うても、この嬉しさは分るのにまして二十余年の艱難辛苦、仏神も嘉納《かのう》ましましまして、今宵本懐を遂げらるるのも、元よりその処じゃ。実之助も嬉しゅう御座るわ。

了海　（ふと考え附いて）身の嬉しさに取りまぎれて、申し遅れました。今宵こそ約束の日じゃ、いざお斬りなされませ。了海奴《め》も、かかる法悦の中に往生いたすなれば、未来は浄土に生《うま》るること、必定疑《うたがい》なしじゃ。いざお斬りなされい。

実之助　（了海の突いた手をとりながら）了海どの、もはや何事も忘れ申した。二十年来肝を砕き身を粉にする御坊の大業に比べては、敵《かたき》を討つ討たぬなどは、あさましい人間の世の業だ。実之助も御坊の傍《かたわら》の一年の修業を積んだ仕合せに、修羅の妄執を見事に解脱《げだつ》いたしたわ。見られい。月が雲を破ったと見え、月の光がさして来た。

了海　（穴より顔を出しながら）おお嬉しや。嬉しや。老眼にも山国川の流がほのかに、見え申すわ。

実之助　この月の光が、御坊には即身成仏の御光のように輝き申すわ。この実之助に取ってても妄執を晴らす真如《しんにょ》の光じゃ。ああ快い月影じゃ。御坊を討つ代りに、この岩をこう打とうぞ。（傍なる長き柄の鎚を取り、力任せに打つ。岩石崩れ落ちて、山国川一帯の山河の夜の姿が見える）

了海　げに快い月影じゃのう。（又心付いて）いざ実之助様、お斬りなされませ。明日《あす》ともなれば、石工共がまた妨げ致そうも知れぬ。いざお斬りなされ。

実之助　（近よる了海の手を取って）何をたわけた事を申さるる。あれ見られい！　柿坂あたりの峰々まで、月の光に浮んで見えるわ。ああ大願成就思い残す方もない月影じゃ。

（二人手を取って、月の光に見惚れる）

了海　（やがて念珠を取り出してもみながら）南無頓生菩提！　俗名中川三郎兵衛様。了海奴が、悪逆を許させ給え。（泣きながら頭を下げる）

実之助　恩讐は昔の夢じゃ。手を挙げられい。本懐の今宵をば、心の底より欣び申そう。あな嬉しや嬉しや。嬉《よろこ》ばしや。

（二人相擁して泣くところにて）

――幕

時勢は移る

序　幕

第一場

人物

杉田源右衛門　六十

源　之　丞　その子、二十九

お　あ　さ　その妻、五十一

お　ゆ　き　その娘、十九

山　崎　東　伍　おゆきの許婚者、二十七

その他重要ならざる二、三の人物

所　四国の某藩、徳川家の親藩

時　慶応の末年

事情と舞台

官軍が、国境に迫って来る。一藩は恭順か佐幕かの議論に、沸騰している。今日も、城中で朝廷に恭順を奏するか、それとも宗家のために、官軍を引き受けて一戦するかに就て、評定が開かれている。藩の家老にして、軍奉行を勤める杉田源右衛門の家。七百石の食禄を取れども、頗《すこぶ》る質素なる家作り、源右衛門の妻おあさと娘のおゆき、縁側近く相対して縫物をしている。

床の間には、鎧櫃《よろいびつ》が置かれてい、長押《なげし》には長短二本の槍が掛けられている。

おゆき　（縫物の手を止めて）もうお母様、お手許が見えんじゃろう。
おあさ　ああ行灯《あんどん》を点《つ》けて貰おうかのう。
（おゆき立ち上《あが》り、納戸より行灯を取り出し、灯心をかき立てて点火する）
おあさ　眼の力が弱うなって、糸をみみそに通すのに骨が折れる。
おゆき　もう、お休みなさんせ。お母様は、今日本当によくお精が出ました。
おあさ　お前もよく出たのう。――が、こうあせって、おこしらえを急いでも、今年中に婚礼が出来るかしらん。
おゆき　…………。
おあさ　こんなに世の中が、騒がしゅうなって、土佐の兵隊が何時《いつ》押し寄せてくるかも知れん云うと、この先どんなことがあるかも知れん。万一戦《いくさ》にでもなると、東伍どのも直《す》ぐ出なならぬと、昨日も云うて居られたからのう。
おゆき　（針を無意識に動かしている）…………。
おあさ　観音寺までは、土佐の兵隊が入っとると云う噂じゃのう。
おゆき　本当にいくさが、始まるのかしら。

おあさ　お前のお父様などは、どうあっても一いくさせないかん云うて、昨日も槍や刀の手入をしておいでになった。
おゆき　何《ど》うしても、いくさになるのかしら。
おあさ　御家中にも、お父様のような一徹者が多いからのう。
おゆき　どうして、戦《いくさ》せないかんのだろう。
おあさ　何うして云うて、将軍さまと禁裡《きんり》さまとが、天下争いをしておいでになるのじゃもの。
おゆき　お上は、孰《ど》ちらへお附きになるのかしら。
おあさ　侍従様は、田安様からの御養子じゃけに、御本家の将軍家には、弓を引かれん云うておいでになるのじゃけど、それかて禁裡さまにお手向いする気は、毛頭無いのじゃ。そうじゃけに御家中が、二つに意見が分れて、評定がもめるのじゃ。
おゆき　こんなとき、兄さんが家に居ると、少しは気強いのじゃけど。
おあさ　いや、こんなとき、源之丞が居るとどんなことになるか知れん。またお父様と、どんな怖《おそろ》しいいさかいをするかも知れん。
おゆき　あの時、何うして兄さんは、お父様とあんな大喧嘩をしたのかしら。
おあさ　考えていることが、丸切り反対じゃからのう。あのとき、怖しかったのう。お父様が刀を抜いて、源之丞を追い廻すのだもの。刀が、鴨居に支《つか》えなかったら源之丞は何うなっているか知れん。
おゆき　兄さんは、おたっしゃかしら。
おあさ　たっしゃで、居て呉れればいいと思うけれど、なにさま気性の烈《はげ》しい、向不見《むこうみず》じゃから、何うなっているか分らん。お前のお父様と兄さんとは、考えていることは、南と北のように、反対じゃけれど、気性は生き写しじゃからのう。自分がこうと思ったことには生命《いのち》でも気でも惜しみはせんからのう。
おゆき　天誅組に、お入りになったと云うのは、噂丈《だけ》かしら。
おあさ　天誅組に入って居たとも云い、寺田屋騒動のときに居合わしたとも言い、京都で新撰組の者に斬られたとも言うけれども、みんな確かな証拠はないのじゃ。
おゆき　生きていて下されば、どんなに嬉しいか知れはしない。
おあさ　お父様は、今でも口癖のように、あんな不埒者は、何うなっても介意《かま》わん云うておじゃるけれども、心の裡ではやっぱり忘れられんと見えて、時々源之丞のことを思い出して居られるような御容子《ごようす》じゃ。この頃時々ぼんやり考え込んでおいでになる時なぞ、屹度《きっと》源之丞のことを思い出して居られるのじゃ。お母様には、ちゃんとそれが分る。

（二人しばらく言葉なし）

おゆき　お帰りが遅いのう。

おあさ　御評定が、もめているのじゃろう。今日で、戦《いくさ》をするかせぬかが定《き》まるのじゃけに。

（母子再び言葉なし。夕闇が、だんだん家の周囲を閉《とざ》す。行灯の灯が、漸く明るくなる。ふと庭の植込に人の影がうごく。源之丞である）

源之丞　母上！　母上！

（最初は聞えない）

源之丞　母上！　母上！

（娘のおゆき、先に気が付く。駭《おど》ろいて、母の袖を引いて耳打する）

おあさ　（駭きながら気丈に）誰じゃ。何者じゃ。

源之丞　（周囲を見廻しながら、急に現われて、縁側に手をつく）母上。源之丞で御座る。

おあさ　（驚駭《きょうがい》して）まあ！　源之丞。

おゆき　おお兄さん！

おあさ　まあ、お前よく帰って来たのう。よく無事で居て呉れたのう。妾《わたし》は、お前のことを、どんなに心配したか知れやせん。まあ、無事で何よりじゃ。

源之丞　母上にも、おたっしゃで何よりじゃ。おゆきたっしゃで結構じゃのう。して、お父上は。

おあさ　(急に眉をひそめて)まだ、お出先からお帰りにならぬ。

源之丞　それでは、しばらくここに居てお話しいたしましょう。お父上が、お帰りになる気勢《けはい》がしたら直ぐ立ち去りましょう。

おあさ　お前の身の上を、どれほど案じたか分りゃせぬぞ。お父上には、内緒でも、せめて手紙の一つもことづけて呉れればよいものを、家出してから、何の音沙汰もないのじゃからのう。

源之丞　お申訳ムり《ござ》ませぬ。私も母上のこと、又妹のこと思い出さぬでもムいませぬが、何さま忙しゅうて、去年の秋は江戸に下り、夏から秋にかけては、長州から九州へ渡って居りましたから。

おあさ　して、今度帰ったのは、お父さまにお詫びをして、この家を継いで呉れるためかい。

源之丞　(苦笑して)源之丞には、家のことなどは念頭には御座りませぬ。大君の御国《みくに》、みかどの御国のことだけしか、念頭には御座りませぬ。

おあさ　(源之丞の云うことが、分らぬ如く)それならお前は何しに帰って来たのじゃ。家に落付いて、私達を欣《よろこ》ばして呉れるためではなかったのか。

源之丞　いいえ、そうでは御座りませぬ。家に落着く、それはこの日本国中が、落着いてから、帰って参っても遅うは御座りませぬ。どうぞ、今しばらくの間、源之丞におひまを下さいませ。

おあさ　（あきらめて）して、お前は何処に在宿じゃ。

源之丞　向地からの漁船に乗り、先刻《さっき》西浜に着いたばかりで御座ります。

おあさ　家に落着くためではのうて、何の用に帰って来たのじゃ。

源之丞　精《くわ》しくは、申上げられませぬ。が、無益《むやく》の戦《いくさ》を止め、家中一統に、間違った道に踏み込まさないようにと、帰って参りました。父上は、今日いずれにおいでになりました。

おあさ　お城へ上《あが》って居られるのじゃ。

源之丞　さよう、それでは先刻西浜の漁師どもが、申していたことは、本当で御座りまするな。城中で大評定があると云う噂は。

おあさ　何でも、その様な容子じゃ。

源之丞　して、一藩の気勢《けはい》はいかがで御座りますか。禁裡さまへ、お味方しますか、それとも御宗家たる将軍家へ。

おあさ　妾達《わたし》には、そんなことは何にも分りませぬ。が、お前のお父様は、御宗家たる公方様へ弓を引く不忠者めがと、口癖のように云うて居られる。

源之丞　（失望して）左様で御座りまするか、お父様はまだそんなことを云って居られますか。

おあさ　源之丞！　お前また、お父様と、云い争いをしに、帰って来たのじゃなかろうのう。

源之丞　…………。

おあさ　お父さまは、お前のことを、口に出しては、何にも云われんけど、心の裡では随分案じて居られるのじゃぞ。あの意地張の強いお父様じゃけに、初《はじめ》の裡は私達が、お前の噂をすると、噂をする云うて、一寸《ちょっと》でも口に出すと、声を立てて怒って居られたが、今では私達がヒソヒソとお前の噂をすると何となく御機嫌がいいらしいのじゃ。九月十一日はお前のお誕生じゃろう、今年も、その日の朝になって今日は源之丞の誕生日じゃ、何処に居てでもいいから、無事に居て呉れればいいと、妾が心の裡に祈っていると、朝お目覚めになったお父さまが、「赤飯が喰いたくなった」と、こう仰しゃるじゃないか。（おあさ、かすかに泣く。おゆきも、それに連れて、すすり泣きの声を洩《も》らす）お父さまのお心の裡を察して、早くお父さまにお詫びをして、家へ帰っておくれ。お母さんには、勤王とか、佐幕とか、そんな難《むず》かしい議論よりも、親子が揃うて楽しく暮すのが、一番幸福に思うのじゃ。それが、一番いいことのように思うのじゃ。

源之丞　私もそう思います。そんな時代にしたいのです。親子が満足して、幸福に暮せるような時代にしたいのです。が、世の中に間違《まちがい》があると云うことが解ると、それを黙っては見ていられないのです。間違った者が天下の権を擅《ほしいまま》にして、正しい者が虐げられていると云うことが分ると、私はそれを黙って見ていることが出来ないのです。世の中に間違があると云うことを知りながら、黙って見て居ると云うことは卑怯な……ああこんなことは申上げるのではなかった。ああお母様、私は五日の裡に、京へ引返さなきゃいかないのです。が、只今は、どうも空腹で堪えられません。どうも空腹で……何か喰べるものをいただきたいのです。

おあさ　そうだろう。忍んで、来たのじゃからのう。おゆき、お前は台所へ行って、そっとおむすびをこさえて、持っておいで。召使どもには、悟られぬようにのう。

おゆき　はい、畏《かしこま》りました。

おあさ　お父様は、お前が出奔すると、大変お怒りになって、直ぐお前の勘当届をお出しになったのを知っているか。

源之丞　知って居ます。が、そんなことは何でもありません。

仲間の声　（遥かに）お帰りで御座います。
おあさ　ああお帰りじゃ。お前は、その辺にかくれておいで。いや、あの離れの四畳半へ。あすこは〆切りになって、誰も行かないけに。直ぐ後から、食事を持たしてやるけに。
源之丞　承知しました。
（源之丞微笑を洩しながら奥へかくれる）
（源右衛門、脊《せ》高き老人、身体はやや衰えたれども、元気は一杯で、麻の上下《かみしも》を付け、右の手に刀を下げながら入って来る）
おあさ　（縫物をしまって挨拶する）用事にまぎれて、お出迎いが遅なわりました。お帰り遊ばしませ。
源右衛門　（ややいらいらしげに）早う着換を持って来い。
（いらいらしく、上下をかなぐり捨てる。烈しい音をさせながら、刀架に刀を置く）
（おゆき着換を持って来る）
源右衛門　（着物を換えながら）女中共を山崎へ遣わして東伍を呼んで参れ。
おあさ　何ぞ、火急な用で御座りまするか。
源右衛門　うん、急用じゃ。お前達には、先に申して置くが、東伍とおゆきとの縁談は、破談にいたしたぞ。

おあさ　（駭《おどろ》いて）ええっ！

おゆき　（声は出さざれども驚き甚《はなはだ》し）…………。

おあさ　それは、またどう云う訳で御座りますか。

源右衛門　（妻には答えず）おい誰か居らんか。誰か居らんのか。

女中　（出て来る）はい。

源右衛門　山崎へ参ってな、ちと火急な用事があるほどに、東伍どのに直ぐ見えるように云え。

女中　はい。（去る）

おあさ　東伍殿を呼び付けて、何《ど》うなさるので御座いますか。

源右衛門　破談を申し渡すのじゃ。

おあさ　東伍殿が、何ぞお気に障るようなことをいたしましたか。

源右衛門　不《ふ》所存者《しょぞんもの》だから、縁を切ってやるのじゃ。今日城中の御評定で、御親藩たる御縁つづきに依って、この度はお家《いえ》の御運をかけ、山内京極の兵を引受けて、一戦致すよう、中上げたに、何事ぞ東伍を初《はじめ》、家中の若武士《わかざむらい》が百余名連判の上で、官軍への恭順を申上げている。何と云う卑怯者共じゃ。命《いのち》の惜しい卑怯者どもじゃ。祖先以来、お手厚い禄をいただいた者が、命を捨てるのは、こう云った時の御奉公より、外にはないではないか。戦《いくさ》ときけば、第一に走《は》せ向うべき若武士どもが何と云う不埒な、不忠な、卑怯な、ええ思い出すだけでも、苦々しい奴じゃ。

（源之丞、ひそかに植込の中にて、聴いている）

おあさ　それで、御評定は何うなりました。

源右衛門　みんな、どいつも此奴《こいつ》も、臆病風に腸《はらわた》を吹《ふか》れて、首鼠《しゅそ》両端を持し、一身一家の安穏ばかりを思って居る腰抜ばかりじゃから、俺と矢野《やの》主馬《しゅめ》と、二人で大義名分を説いて、到頭一戦に及ぶことに、藩論が定《きま》ったのじゃ。

（植込の中の源之丞、駭いて身を進める）

おあさ　それではいよいよ戦争で御座りまするか。

源右衛門　お前達、ちゃんと覚悟をして置かな、ならんぞ。何時なんどき籠城になるかも知れん。

おゆき　戦争になりましたら、味方が勝になりましょうかしら。

源右衛門　心配するな、今御当家が、将軍家のために、旗を挙げると、紀州が動き、芸州が動き、姫路の酒井侯が動く。（ふと、其処に源之丞が、置忘れてあった扇子に目を付ける）何じゃ。見なれぬ扇子じゃのう。（開いて見る）うん見事な筆蹟じゃな、なに、聞説中原虎狼横。
孰先慷慨唱勤王。
腰間頻動双竜気。
欲向東天吐彩光。
なに、南海の志士、杉田源之丞の嘱に依って、薩藩小松帯刀。（源右衛門、鋭く妻及《およ》び娘を見る）おあさ、この扇子の持主は誰じゃ。誰じゃ、申して見い。この扇子の持主は誰じゃ。
おあさ　（色を失って言葉なし）…………。
源右衛門　持主は誰じゃ申して見い！
おあさ　…………。
源右衛門　なに申さぬ。そちは、勘当した源之丞を引き入れたな。俺に、ひそかに引き入れたな。
おあさ　申訳御座りませぬ。
源右衛門　して、源之丞は何処に居る。何処へかくした。
おあさ　お探しになってどうなさります。
源右衛門　改心いたせば勘当を許して、今度の戦《いくさ》の先手《さきて》にしてやる。改心いたさぬとあらば、叩き斬って、軍陣の血祭にしてやる。何処じゃ、何処に隠したのじゃ。申せ、申せ。

おあさ　それは申し上げられませぬ。

源右衛門　なに云わぬ！　（手を延《のば》して、妻の髪に手をかけんとす）

源之丞　（植込より気軽に飛び出す）父上、母上をおいじめになってはいけません。

源右衛門　うん、源之丞だな。（怒《いかり》の裡に、一味のなつかしさを蔵している）

源之丞　お久しゅう御座ります。

源右衛門　まだ、殺されては居なかったのか。果報な奴め！

源之丞　なかなか。そう手軽には、殺されませぬ。

源右衛門　馬鹿者め！　何しに立ち帰った。

源之丞　京都で承りましたところ、当藩の君臣達、進退に迷っていると聴きましたから、一大事と思いましたので、取るものも取敢《とりあえ》ず、帰国いたしました。一藩の帰嚮《ききょう》を誤らぬよう、家中に遊説いたし、当松平家の社稷《しゃしょく》を全うしたいと思うています。

源右衛門　進退に迷っているなどと、たわけたことを申すな。藩論は今日の御評定でしかと決定したぞ。

源之丞　それは結構で御座りますな。して如何様《いかよう》に。

源右衛門　如何様に定《きま》ったもない！　御親藩同様の御当家が、将軍家に敵対する土佐、京極の手を引き受けて、干戈《かんか》に及ぶのは、至当の事じゃ。

源之丞　（嘆息して）お父様には、まだお目が覚めませぬな。

源右衛門　（怒って）なに、目が覚めぬ。親に向って、不埒なことを申す奴、（刀架の刀に手がかかる）直れ、それへ。

源之丞　いいえ、直りませぬ。源之丞の命は、まだ外に使い道が御座りますからな。

源右衛門　なにを！

源之丞　そう、お怒りなされず、気を静めてお聴きなされえ。お父上は、失礼ながら、かような田舎に御座るゆえ、まだ日本国中の形勢は、お判りになって居らぬのじゃ。勤王討幕の声は、潮のように、天下に充ち満ちて居りまするぞ。この潮に逆らうのは昇る日の光を妨げるほどの、愚かなことだと云うことが、お判りになりませぬか。

源右衛門　なにを申す。勤王なんどと申すことは、薩長の奴輩《どはい》が将軍家を倒して、我自ら天下の権を握ろうとするための口実じゃ、術数じゃ。その口実に迷うて将軍家に弓を引くと云うような、愚かなことがあるものか。彼等の口車に乗って、将軍家を倒して見い。その後に現われるものは、決して王政の復古ではないぞ。必ず毛利か島津かの天下じゃ。建武の中興を見ても直ぐ判ることじゃ。かような口車に乗って、親藩同然の御当家の家来たる貴様が、将軍に手向うなどは、敵の甘言に乗って、味方の大将の首を狙うのと同然じゃ。これほど、明《あきら》かな道理が、貴様に分らないのか。

源之丞　(冷《ひや》やかに)さような事を申す人達に、幾人も逢いました。勤王攘夷は、薩長が幕府を倒し天下を私《わたくし》するための口実じゃと。薩長の中にも、左様なことを考えて居る者がないとは申しませぬ。がそんな人達は、自分達が策略のつもりで、点けた火が、自分達では、何《ど》うすることも出来ないほど大きくなって居るのを知らない愚かな人々で御座りまする。勤王は、もはや時の勢で御座りまするぞ。勤王の勢に逆《さから》う者は、その下敷になって、踏み砕かれてしまう外はありますまい。三百年の太平を誇った幕府が、この言葉に依ってグラグラと揺ぎ出したのが、お父様のお目に入りませぬか。再度の長州征伐をどう御覧になりました。幕府の衰亡の姿と、禁裡のお勢のすさまじいことが、お父さまのお目には見えませぬか。幕府が倒れ、天子の御世《みよ》になるしるしが到る処にありありと見えています。かようなときに、まだ御宗家が大事じゃの、勤王は口実などと仰せあって、順逆の道をお誤りになることは、お父さまだけの御損では御座りませぬぞ。そうした議論こそ、当松平家を亡《ほろぼ》すばかりでなく、世の勢を逆に押して無用な血を流す間違った議論で御座りまするぞ。土佐の兵を引き受けて、一戦なさろうなどとは片腹痛い仰せじゃ。今年の春、山内侯が上海《シャンハイ》へ人を遣《つかわ》し、舶来の元込銃《もとごめじゅう》を千二百挺ばかりお買い求めになったことを、御存じありませぬか。精鋭な元込銃の前に、槍と刀との武士《さむらい》どもを並べるのは、弓の上手の前に尺二の的を並べるようなものじゃ。ハヽヽヽヽヽ、これほどのことをお父上には……。

源右衛門　おのれ！　父を軽んじ、御家を思わぬ不忠者め！　不孝者め！

（刀架の刀を引寄せる、源之丞、少しも怖れず）

源之丞　かような時勢がお判りになりませぬかな。時勢の移り行く様が、お目には見えませぬかな。新しい時勢の潮に乗って当松平家のお家を安泰にすると共に、一家の経《けい》綸《りん》を天下に行うことが我々志あるものの、取るべき道では御座りませぬか。

源右衛門　（源之丞に捕えられたる利腕《ききうで》を放たんともがきながら）貴様は一身の出世のために薩長の徒の尻馬に乗って、御宗家へ弓を引くのだな。

源之丞　（絶望して）ハヽヽヽ。お父様にはこれほど明かな名分が、ハヽヽヽ。

源右衛門　父を嘲笑いたすのか。おのれ！

（刀の柄に手をかける）

源之丞　左様なことをなされても、もはや恐れる源之丞では御座りませぬぞ。三年前の源之丞とは源之丞が違いますぞ。

源右衛門　お前は、折角藩論を覆すために来たのだな。

源之丞　御家を亡《ほろぼ》し、人を殺す、順逆を誤った戦《いくさ》は、源之丞一命を賭しても止《とど》めますぞ。

源右衛門　（激憤して刀を抜く）おのれ！　戦の血祭にしてやる。

（源之丞に斬りかかろうとする。おあさとおゆき、源右衛門に縋《すが》り付く）

源右衛門　放せ！　放せ！　（妻と娘とを蹴放《けりはな》さんとすれども離れず、意気やや緩む）

おあさ　（夫を漸く制して）源之丞！　武士の家に生れた其方《そなた》が、父上のお言葉に背くと云うことがあるものか。

源之丞　お母さま、それもみなこの御城下に無益《むやく》な血を流したくないからじゃ。負けると定《きま》った間違った戦に……。

源右衛門　なにを！

おあさ　源之丞、言葉が過ぎますぞ。

（父子尚烈しく対しているときに、仲間《ちゅうげん》があわただしく駈け込んで来る）

仲間　矢野さまより、急な書状が参りました。（書状を出す）

源右衛門　（妻を介して書状を受取って読む）何《な》に、火急の用あり、即刻御来宅被下度《くだされたく》……うむ。（仲間に）使《つかい》の者は帰ったか。

仲間　いや、待って居ります。

源右衛門　よし、即刻伺うと云え。おあさ、矢野殿へ行って来るから、倅を一歩たりとも外へ出すな。

おあさ　（肯く）あのう御夕食は。

源右衛門　お城で、御酒《ごしゅ》をいただいたから、まだ空腹ではない。その上に心がせく。

（源右衛門、袴を付け羽織を着る）

源右衛門　源之丞、一足でも当邸《やしき》を出れば、目付に申付けてひっくくるぞ。

源之丞　（苦笑して）なに逃げもかくれも致しませぬ。

（おあさ、おゆき、源右衛門を送って去り、直ぐ引返して来る）

おあさ　まあ、いい仲裁じゃったのう。

源之丞　お母さま、お腹が空いています。どうぞ、先刻《さっき》お願《ねがい》したものを。

おあさ　ああ、ついうっかり忘れていました。ああおゆき、お前おむすびを持っておいで。

おゆき　はい。（立ち上って去り、握り飯を持って帰って来る）

源之丞　（つづけざまに二つ四つ喰いながら）やっぱり家《うち》の御飯はおいしいなあ。お母様、家のおいしい味噌漬はありませぬか。

おあさ　まあ、虫おさえに、少し喰べておいで。もう、お父様に分ったのじゃから、後でちゃんと膳をこさえて上げるから。

源之丞　（ふと憂慮を帯びて）矢野と云うのは、あの矢野主馬どので御座るのう。（考え込む）火急の用事！　公用なれば、私宅へ呼ぶ筈はない。今日の評定に就ての火急の用事なら、私宅へ呼ぶ筈はない。お母様今まで、こんなお使が見えたことが御座りまするか。

おあさ　いいえ。

源之丞　今日は城中で大評定があった日じゃのう。お父さま達が、強硬に開戦を唱えたので、家中が不承無承承諾した。あやしいな、こいつは。

おあさ　ええ何じゃ、何ぞ思い当ることがあるのかい。

源之丞　備前池田侯の家老、赤木総右衛門が殺《や》られたのも、城中の評定からの帰りがけじゃ。

おあさ　ええ、何じゃ。

源之丞　お父上さえなければ、開戦説は一たまりもあるまい。お母様、若武士《わかざむらい》どもは何と申して居りました。

おあさ　何でも、血気の若武士が、百人も連署して朝廷への恭順を申上げたと云うので、お父さまは、火のように怒って居られた。東伍どのも、一味《いちみ》したと云ってエライ御立腹で、おゆきとの縁を切ろうと仰しゃるのじゃ。

女中　（入って来る）山崎さまへ行って参りました。東伍さまは、お留守で御座ります。

おあさ　ああ、御苦労、それで言伝《ことづて》は伝えて置いたのう。

女中　はい。

源之丞　ああ東伍にも久しく逢わぬな。彼奴《あいつ》には逢って話して見たいな。彼奴には、俺の勤王論をよく吹き込んで置いたからな。……だが矢野主馬からの使！

おあさ　お前、その矢野さまのお使が、何《ど》うしたと云うのじゃ。

源之丞　（黙っている）………。

おあさ　お前、お父さまのお身の上に、何ぞ不吉なことが、あるとでも思うのかい。

源之丞　矢野殿の屋敷は、内町《うちまち》だな。お濠端《ほりばた》を通って、三番丁を右に。うむ、七本松へ出るな。……お母様、矢野の使は怪しい、合点が行かぬ。まさしく勤王を唱える者のいつわっての誘いじゃ。

おあさ　ええっ、それはまことか！

源之丞　私《わたし》の虫が知らせる。私の虫が知らせる。そうに違いない。

おあさ　ええっ！　そんなら早く、駈け付けて、駈け付けて。

源之丞　お母さま、私にお父さまを救えと、仰しゃるのですか。もし、私がお父さまの子でなかったら、お父さまを殺すのは、私かも分らない。時勢に逆《さから》って、時勢を妨げるものが、その力に砕かれるのは自然の数《ことわり》じゃ。それを救うことはない。それを救うのは、やっぱり時勢に逆うのじゃ。お父さまのような考え方が、お家を亡《ほろぼ》し、多くの人々をなやませるのじゃ。若武士《わかざむらい》が、お父さまを狙うのは正しい。親子でなかったら、この源之丞が手にかける。

おあさ　（狂乱して）まあ、何を云うのだい。父親が九死の場合に。

おゆき　お兄さま、どうぞ、お父様を。

おあさ　さあ！　早く、お前は、槍を持たしては、藩中に稀な腕利きじゃけに。

源之丞　（長押にかけた手槍を取って手渡そうとする）

お母さま、私は無益《むやく》な戦《いくさ》を止《や》めて、松平家を救い、無用な血潮を流さないために、わざわざ走《は》せ帰ったのです。その私が、戦争を起す発頭人のお父様を……。親子は親子、大義は大義じゃ。

おあさ　お前、何を云うのじゃ。現在の父、肉親の父親が……。おおおゆき、お前は工藤さまへ行っておいで、佐竹さまへも。

おゆき　はい。（駈け出す）

仲間　（色を変えて駈け付けて来る）奥様大変で御座りまする。

おあさ　何うしたのじゃ。何うしたのじゃ。

仲間　矢野さまのお屋敷へ行く途中、七本松まで行きましたところ、覆面の者が五、六人で旦那を取り囲みました。

おあさ　ああ、源之丞！

源之丞　（憤然として立ち上り）なに七本松！

（一散に駈け出す）

おあさ　ああ源之丞が間に合って呉れればええが。

第二場

舞台、城下七本松。遥に士族の屋敷が、闇の中に並んでいる。淋しき広場。源右衛門、手を負いながら、四人を相手にして斬り結んでいる。烈しき太刀合せ。

源右衛門　なに奴だ！　名を名乗れ！　名を。

（四人無言のまま、烈しく斬り込む）

源右衛門　さては、御高恩を忘れ、御宗家に弓を引かんとする姦賊どもだな。

（四人更に烈しく斬り込み、源右衛門、斬り斃《たお》さる。源之丞、まっしぐらに走って来る。四人

狼狽し、二人逃げ二人止る）

源之丞　父上！　父上！

（答なきに依って、父の死骸に取り付く）

源之丞　うむ、遅かったな。

（立ち上《あが》りざま逃げんとする、若者の一人に斬り付く。太刀先、肩をかすりたるまま、そのまま逃げ延《のび》る。源之丞憤然として、一人残りし若者に立ち向い、一刀の下に斬り倒す）

源之丞　父の敵《かたき》、思い知れ！

手負いたる者　なに源之丞どのか。

源之丞　なに貴様は東伍か。

（駭《おどろ》いて介抱する。深手と見え、力なく倒れんとする）

源之丞　なぜ、貴様父上を斬った。勤王党の人々が、父上を斬るのは無理はない。だが貴様が手を下さいでも、いいではないか。

東伍　（苦しき呼吸にて）ゆるして呉れ。籤《くじ》だ！　籤が当ったのだ！　云い訳をすると卑怯に当るからなあ。

源之丞　そうか、胸中は察しるぞ。だが、手は深いぞ。

東伍　うむ、介錯してくれ。

源之丞　何か遺言はないか。

東伍　ない。

源之丞　おゆきに何か云ってやれ。

東伍　ただよろしく云ってくれ。新しい御世《みよ》に会わないで死ぬのが、残念じゃ。

源之丞　貴様とは、話したかったのじゃ。大君の世になるのは、もう半年とはかからぬぞ。有栖川の宮の錦旗は、この二十日に京都を出るのじゃ。俺は、参謀附の一人じゃ……(弱る手負をかき起しながら)父上が死ぬ。が、父上の時代も死ぬのじゃ。俺達の時代が来るな。東伍お前を殺したのは、残念だ。が、死ね！　欣《よろこ》んで死ね。お前は新しい御世の磔《はりつけ》じゃ。俺は生きて、お前と二人分の働きをしてやるぞ。

――幕

(この戯曲は、序幕第二幕第三幕の連絡対照に依り時勢の推移を示さんこと作者が意図なり。されば序幕のみを離して発表すること、作者の忍びざる所なれど、便宜上これを発表せり。序幕なれども一幕物としても完成せるつもりなり)

岩見重太郎

（An Allegory）

人物

伊東　瓦　　江州《ごうしゅう》新田《にった》村に道場を開ける剣客、六十に近し

村松平左衛門　　伊東の高弟、同村の豪農、五十を越えたる老人

村松平太郎　　その子、伊東の弟子、年齢二十五、六の若者

下男重助　　村松家の召使——実は天下の豪傑岩見重太郎——

赤星主膳
大日《だいにち》五郎左衛門
岡野新之丞
金谷三郎左衛門
長尾監物
吉長八左衛門
（以上）六人組と称する道場荒しの剣客

山崎七郎次　　伊東の弟子

その他重要ならざる人物多勢

所　江州新田村

時　豊太閤在世当時

第一場

伊東亙の道場。拭き浄められたる板の間、正面に床の間があり、八幡大菩薩の軸がかかっている。その前に神酒《みき》が供えてある。正面の羽目板に、「兵法心得之事」「稽古日日之事」など云う貼り紙がある。下手に木刀掛があり木刀が幾本となくかかっている。幕開く。中央に道場の主、伊東亙が病気の体にて衰弱した顔をして坐って居る。上手に、赤星大日以下、六人の武者。これに対抗するように村松平太郎以下六人の弟子が坐って居る。その背後に、多くの門人が固唾《かたず》を呑んで控えて居る。

伊東　(稍々《やや》苦しげな呼吸)昨夜も申上げた通《とおり》、折角お立寄り下されたに、拙者折悪しく病中にて、残念ながらお相手いたしかぬる。未熟な門弟ども、とてもお相手にはなるまいが、一手宛《ずつ》御教授下さらば恐悦じゃ。

赤星　尾州清洲からの道中、江州の新田村には、神影流《しんかげ》の達人、伊東亙殿が道場を開かれ居ると聞き、楽しみにして参ったに、御病中とは残念至極じゃ。お見受け申した所、血色も悪くはないが、御病中とならば是非に及ばぬ。それ各々方仕度いたそうでは御座らぬか。御門弟方との仕合も、又一興で御座ろうぞ。あはは……。

大日　(羽織を脱ぎ捨てながら)われ等が訪ね参る諸国道場の主《あるじ》、大抵は病気、差支え、でなければ、他出だ。あはあは、、。

(門弟達気色ばむ)

村松平太郎　何と云わるる。今一度申されて見い。

大日　幾度にても申す。われ等が訪ね参る諸国道場の主、多くは病気、差支え、他出じゃと申すのじゃ。あは、、。

村松　なに！　聞き捨てならぬ一言。然らば当道場の主伊東先生が作病《さくびょう》でもして、貴殿達との立合を避けられたとでも申すのか。

大日　左様《そう》とは申さぬ。ただ、今迄の例を申して居るのじゃ、あはあはあは……。

村松　(口惜しがる)貴殿のお相手は、拙者所望じゃ。

大日　相手にとって、不足じゃが、望みとあらば、叶えて遣わす。

村松　何を！

(村松、憤然として立ち上《あが》ろうとするのを、横に居る山崎七郎次が止める)

山崎　村松氏、先《ま》ずお静まりなされい。それでは立合でなくて、喧嘩じゃ。武術の試合に遺趣があってはならぬ。お静まりなされい。
村松　とは申せ。
山崎　はて穏やかに、順番をお待ちなされい。
（村松、漸く座に返る）
伊東　大日《だいにち》氏とやら、諸国道場の主、貴殿達がお尋ねになると、多くは、病気になるとは笑止千万の話じゃ。この伊東一隆斎に於ては、年こそ寄ったれ、痩せ腕の皺を伸して、お相手仕る筈なれど、今年卯月の始めより、中風の気味にて肝腎の右の腕が利かぬのじゃ。作病とお蔑《さげ》すみあらばあれ！　八幡！　この一隆斎には毛頭邪《やま》しい処が御座らぬ。拙者お相手仕《つかま》つらいでも、門弟達には、未熟なれども、拙者の太刀筋が流れて居る。御広言は偖置《さてお》いて、先ずお立ち合いなされい。それ、柳田、その方《ほう》第一にお相手致せ。
赤星　面白い伊東殿のお言葉じゃ。然らば、お弟子達のお手の内、神影流の太刀筋を拝見致そう。吉長氏、貴殿先ずお立ち合い下されい。
吉長　承知致した。
（吉長、柳田の二人、各々列を離れて、さし向い、一礼して立ち上り気合を激しく打ち合う。柳田、籠手《こて》をしたたかに打たれる）

柳田　参った。

吉長　これは失礼。あはは。

赤星　あはは、柳田氏とやら。仲々のお腕前じゃが、まだ修業が、ちと足りぬとお見受申した。切角《せっかく》お励みなされい。

（赤星、金谷三郎左衛門に目配せする）

伊東　（稍々興奮して）それ、近藤氏！

金谷　拙者お相手を。

（位を取って、容易に動かない。暫く睨み合った末、激しく数合《すうごう》の立ち合いの後、近藤肩口を打たれる）

近藤　参った。

大日　金谷氏、何時《いつ》も乍《なが》らの早業じゃ。天晴れ、天晴れ。

伊東　次に、山崎氏、心を静かに、落着いて立ち合いなされい。

山崎　ははッ。（木刀を持って、前に出る）

赤星　長尾氏、貴殿お出で下されい。

（二人、立ち合った後、山崎、面を打たれる）

山崎　参った。

伊東　（激して）佐々木氏、お出なされい。

赤星　岡野氏、貴殿お引受け下されい。

（二人、数十合立ち合いたる末、佐々木破れる）

伊東　三田村氏、貴殿お出なされい。

（三田村、木刀を提げ、無言にて出て来る）

赤星　お相手は、拙者が致そう。

（二人立ち合ったる末、又々三田村が破れる）

赤星　神影流のお手の筋とは、これか。お見受け申せば伊東殿の御高弟のようじゃが、まだ腕前はお若い。修業が肝腎じゃ。だが、中気の先生のお稽古では、修業の程も心細い。

伊東　（無念の形相凄まじく、急き込んで）村松氏。御身《おみ》一人じゃぞ！　十三の年から、当道場で鍛え上げた腕前を見せて呉れ。残ったのは御身一人じゃぞ。この一隆斎の流風が、興るも廃るも御身一人じゃぞ。

村松　仰せには及ばぬ。摩利支天の化身にてもあれ、見事打ちひしいで見せ申す。いざ、大日氏、お出でなされ。

大日　（嘲笑し）あはは。御身最前から見受くる処、百姓面じゃな。鋤鍬持つ手で、木刀を持って居る生兵法が大怪我の元なのじゃ。拙者の木剣で、頭の骨を打ち砕かれない前に、引き下がったがお手前の為であろうぞ。

村松　なに、云わして置けば、様々の雑言《ぞうごん》。多言は要らぬ。腕で来い、腕で。

大日　何を百姓の小倅め。

（二人、激しく立ち合う。平太郎、必死の勢いにて打ってかかる。長き激戦の後、平太郎、肩口を打たれる。平太郎無言にて尚戦う）

大日　参ったか。

村松　まだ。まだ。

大日　剛情な奴め。

（激しく立ち合ったる末、平太郎再び肩口を打たれる）

村松　参った。（漸く太刀を引く）

（大日、更に踏み込んで、面を強く打つ。平太郎の額から血が流れる）

村松　（額を抑えながら）無念じゃ。

大日　はて、よい気味じゃ。その傷を記念に、これから兵法を廃《よ》して、百姓にせいを出すがよい。そんな生優しい刀の振り方で、武士の身体が打てると思うか。

（平太郎、傷を抑えながら呻吟して居る）

赤星　伊東氏、もう門弟の方は御座らぬか。
伊東　(無念を堪えながら)残念ながら、免許の者は、これだけで御座る。
赤星　それでは、御門弟達に、流れて居ると云う貴殿の太刀筋は、これで御座ったのか。あはゝゝ。鳥無き里とは申し乍ら、斯様な稽古で、剣道師範などとは、片腹痛い事で御座る。お気の毒乍ら剣道指南の看板は拙者達申し請けて帰る。
村松　(傷の痛みを抑え乍ら)余りと云えば、理不尽な申し分。
赤星　異存があるなら、腕で来い、腕で。
(門弟達、残念がる)
大日　腕ずくの異存なら、聞いてやる。でなければ、看板を外して帰るは、武道の習いじゃ。
村松以下門弟達　何を！　(皆刀に手をかける)
大日、赤星等　(刀を引き寄せ)面白い。抜くなら、抜いて見ろ。
(山崎七郎次、同僚達を宥《なだ》める)
山崎　早まってはならぬ。刀を抜いてはならぬ。我々の腕前の未熟の致す処、残念乍ら仕方御座らぬ。刀を抜いて、身命を賭する場合ではない。拙者にお任せなされい。
(尚、逸《はや》る門弟達を押静め乍ら、大日赤星の方へ来る)

山崎　各々方のお腕前、揃いも揃うてお見事なものじゃ。当道場抔《など》は、百姓郷士共の倅が、ほんの片手間に武術修業を致す処なれば、碌なお相手も致し兼ねるのは、始めから分った事で御座る。そうお蔑みなされいで、当道場に暫く御滞在、我々に一手二手の御教授を下されたい。失礼乍ら御出立の節には、お草鞋抔は、御不自由のないよう、我々にて御合力致す。

赤星　(態度を改め)そう仰しゃるなれば、お話がよく分った。我々抔も、最初から喧嘩を買いに参ったのでは御座らぬ。諸国修業の道々、琵琶湖見物の序《ついで》に、一、三日、お宿など願いたくて罷《まか》り越したのじゃ。そのお志で、至極満足じゃ。大日氏、さっきから、いかい雑言を致したな。

大日　いかにも、ついした行懸りから、喧嘩沙汰に相成り、大人気のう存じ居った。

山崎　早速の御承諾で、恐悦じゃ。それでは何卒奥の離れの方へ。

村松　山崎氏、我等不承知で御座るぞ。

山崎　何故《なにゆえ》。

村松　我々ならば兎も角、病中の伊東先生を雑言致した方々と、同席は愚か、一手二手の教授抔とは思いも寄らぬ事じゃ。

赤星　ええ何を!

山崎　村松氏、拙者にお任せ下されい。貴殿の心中は察しる。が、ここの処は、拙者にお任せ下されい。先生は、御病中じゃ。肝腎の腕の利かぬ御病中じゃ。先生の御病気に免じて、何事も御辛抱下されい。先生の御病中、万一の事があっては、我々が相済まぬ。

村松　いや、勘弁ならぬ。ものには勘弁なる事と、ならぬ事がある。病中とは云え、先生の御心中を察すればよい。当道場が受けた恥は、我々の血によって、雪《すす》ぐ外は御座らぬ。

山崎　そうなくてはならぬ処じゃが、貴殿には、平左衛門と云う親がある。母御もある。その上貴殿は、一人息子じゃ。伊東先生にも、お嬢様があり、奥様がある。我々にも、妻子眷族《けんぞく》がある。一旦真剣を抜くと、木刀の仕合のようには参らぬ。一旦の怒りは、強いとは申せ、親の敵《かたき》でもなく、深い意趣遺恨があると云うのでもない。少し堪忍して置くと、その額の傷痕が間もなく消えるように間もなく消えるものじゃ。ここの処は、拙者にお任せなされい。御身《おみ》の云い分は後にて幾らでも聴く。

村松　いや、ならぬ。ならぬと申せばならぬ。たとい、斬り死に致すとも、真剣の立合いを致す。

山崎　はて困った。誰かある、誰か、村松殿の御親父を呼んで来い。

門弟の一人　さっき、小作の作蔵が、走り帰りましたから、御子息の怪我を知り、直《す》ぐとこれへ参るで御座ろう。

他の一人　（立ち上《あが》りて、戸外を見乍ら）ああ参られた。下男を連れ、土橋を渡って来られるのは、慥《たし》かに平左衛門殿じゃ。

赤星　腕ずくなら腕ずく、扱いなら扱い、鬼の面なら鬼の面、菩薩の面なら菩薩の面、どちらでもお出しなされい。

大日　その小倅に、真剣を抜かして見るのも一興じゃろう。「参った。」では済まぬからな。

村松　おのれ！（真剣を抜きかかる）

山崎　はて、お待ちなされい。御親父も見えると云うに。

村松　とは云え、口惜しう御座る。

（平左衛門、下男重助、実は岩見重太郎を連れて来る。平左衛門は、白髪を混《まじ》えたる老人。重助は、六尺に近き偉丈夫《いじょうふ》。但し顔は稍々痴鈍な風をして居る）

平左衛門　（道場へ入り乍ら、急き込んで）平太郎いかが致した。

村松　父上。残念で御座る。眉間をこの様に傷《きず》つけられた上、様々の雑言を受けて御座る。その上に当道場の看板を外そうと云う理不尽な申し分。

平左衛門　いかにも。それで其方《そなた》は如何《いかが》致すと云うのじゃ。

村松　看板を取られては、先生の恥辱故《ゆえ》、刀にかけても渡すまじい所存を堅め申した。

平左衛門　尤もじゃが、（相手を見返し、相手が悪いと云ったような表情をする）早まる処ではない。

山崎　流石《さすが》は平左衛門殿じゃ。拙者もそれを申して居ったのじゃ。先生御病中に万一の事あっては一大事じゃ。何も刀にかける許《ばか》りが能ではない。通り雷は、……いや、この場合は兎に角、円く収めるに限る。いざ、赤星氏、大日氏、奥の間へお通り下されい。

村松　父上迄が、そのような事を仰しゃる！　平太郎は無念で御座る。

大日　口惜しければ、抜いて来い。

村松　抜かいでか。（抜こうとする）

平左衛門　平太郎控えたがよい。

大日　あはゝゝ。弱い犬は、兎角吠えたがるものじゃ。

平太郎　おのれ！

（平太郎、刀に手をかける。重助、末座より駆け出して、平太郎を止める）

重助　若旦那、お待ちなさい。この重助にお任せなされい。いや、なに、そこのお武家達。

（赤星、大日等、屹《きつ》となって見返る。一座の者驚く）

平左衛門　重助、控えい。お前が出る所でない。

山崎　下郎、下《さが》れい、無礼じゃ、下れい。

重助　いや、下らない。俺は、そのお武家達に用がある。聞けば、腕ずくで、道場の看板を持って行くと云う。面白い持って行って貰おう。

山崎　気が狂ったか。控えい。

重助　いや、控えぬ。気は狂っては居ない。

（重助を捕えようとしてかかる山崎を、片手ではねのける。山崎、一間半ばかり、よろめいて倒れる）

重助　お武家達、返事がないのは不承知か。

大日　下郎と存じ、相手にしなければ、付け上り、雑言を致す。それへ直れい。木刀で打ち殺して呉れる。

重助　面白い。打ち殺して貰おう。

（重助、前へ出る）

平左衛門　重助、控えい。無礼じゃ。控えい。

重助　いや、黙って見て居て下されい。此麼《こんな》御武家は、両刀を手挟《たばさ》んだ丸太も同然だ。さあ打ち殺して見い。

大日　何を。

（真向から打ち下す。重助、体をかわすと等しく、利き腕を捕え、肩に担いで板の間へ叩き付ける。大日、悶絶して了《しま》う。岡野、吉長、金谷の三人、木刀を取って一斉にかかる。重助飛鳥の如く、身をかわし、三人を左右に取って投げる。みんな打ち処が悪いと見え起き上《あが》れないで、苦しがって居る）

赤星　下郎、推参な。

（立ち上りさま、打ってかかるのを、直ぐ利き腕を捕え、床に叩きつけ、起き上るのを起さずに上から腰を掛ける。重助、赤星のたぶさを摑んで、頭を揺り動かし乍ら）

重助　貴様が、この連中の頭領だな。僅かの腕前を鼻に掛け、武術修業とは名のみ、諸国の道場を押し廻って金銭を強請《ゆす》り居る山賊に等しい奴め。斯様な未熟の腕前にて、道場を荒す抔《など》とは、片腹痛い、今日唯今、改心致さばよし、いやと申さば、この儘に捻り殺すぞ。（咽喉を強く圧する）

赤星　（苦しがる）許されい。許されい。謝まった。謝まった。

重助　本心か。

赤星　本心じゃ。
重助　本心ならば、許してやる。仲間の者を引き連れ、即刻当地を立ち去れよ。
赤星　畏《かしこ》まった。
重助　じゃ許してやる。命冥加《いのちみょうが》な奴じゃ。
（赤星這々《ほうほう》の態《てい》にて起き上《あが》り、大日その他の者を起し、何か耳に口を付けて囁く）
赤星　伊東先生、今日は、いかい失礼致した。御無礼の段、平《ひら》に御許し下されい。当道場を荒す抔《など》云う所存は毛頭なかったが、ついした言葉の間違《まちがい》から斯様な事になって、誠に相済まぬ。御縁があったら又御目にかかろう。
伊東　（さっきからの事件を、無言の裡に堪え忍んで居たが、事件の急激な転回に吻と安心したように）何事も拙者病《やまい》の故と御勘弁下されたい。
赤星　御挨拶痛み入る。門弟衆、さらばじゃ。
（六人支度を整えて帰り去ろうとする）
重助　お武家達は、何方《いずれ》へ行かれる。
赤星　京へ参るのだ。
重助　うん、宜しい。
（六人、遺恨を含むような態度にて、帰り去る。今迄、重助の武勇に感激して黙然たりし門弟

共「わっ」と声を立て乍ら、重助の傍に駆け寄る）

門弟甲　はて、無双の勇力《ゆうりき》じゃ。

門弟乙　人間業《わざ》とは思われぬ。

門弟丙　力量と云い、兵法と云い、抜群じゃ。

平左衛門　（重助の前に進み出で乍ら）唐崎で御身《おんみ》の水死を助けた折から、お武家ではないかと疑って居たが、斯様な豪傑とは夢にも存じ寄らなかった段、平にお許し下されい。この上は、本名を名乗られ、拙宅に何時迄も御逗留下されい。

重助　いや、拙者は名も無い者じゃ。

伊東　いや、お隠しあるな。天下に聞えた豪傑に違いない。お名乗り下されい。

重助　あはゝゝ、今は、是非に及び申さぬ。拙者の本名は、筑前名島の城主小早川隆景の臣下にて岩見重太郎兼相《かねすけ》と申す者で御座る。

平左衛門　さては、御身が、信州風越山にて狒々《ひひ》退治をなされた岩見重太郎殿で御座ったか。知らぬ事とは申し乍ら、いかい失礼を致した。

（門弟達、驚いて重太郎を凝視する）

伊東　御身のお蔭にて、当道場の看板も汚されず、恐悦に存ずる。何卒、当道場へ御滞在なされて、門弟を御教授下されい。

平左衛門　私《わたし》よりも、その儀、平にお願い致します。

重太郎　御懇篤なる御願いにては御座れども、先日、唐崎にて御身の為に命を助かりたるまま、行く手を急ぐ身にては御座りしかど、何《い》かな御恩報じを致さんと、かくは滞在致したが、今日の働きを貴殿への寸志として明日にも当所を発足致しとう御座る。その上、彼《か》の六人の武者修行ども中途より立ち帰り、再び禍《わざわい》を致すやも量られざるによって、拙者これより後を追い、京迄追い払おうと存ずる。

平左衛門　深き御配慮の程忝《かたじけ》ない。然らば、私《わたくし》にて衣服大小抔《など》一通りはお揃え致しましょう。

（門弟ども酒肴を携えて出て来る）

門弟甲　さあ岩見先生、何はなくとも一献お過しなされい。勝祝いで御座る。

重太郎　酒は拙者大好物で御座る。ずんとお注ぎ下されい。

（重太郎、二、三杯立て続けに飲む）

伊東　御見事、御見事。

重太郎　伊東氏へもお盃をさし上げる。お一ついかがで御座る。

伊東　病中なれども、一つ過ごすで御座ろう。（伊東受けて重太郎に返す）

重太郎　次は村松御父子。

（重太郎と村松父子との間に、盃の応酬宜しくある）

伊東　門弟一同も、岩見先生の武勇に肖《あやか》るよう、お盃を頂戴致せ。

門弟一同　はっ。

（門弟、次ぎ次ぎに重太郎から盃を貰う。漸く酒宴らしくなって来る）

平左衛門　それでは、岩見先生、私《わたくし》親子は先生の明日御発足の用意も致し、平太郎が傷の手当も致しとう御座るによって一足お先へ失礼致す。

重太郎　お帰りなれば、身ども同道致す。（とは云えど、久し振りの酒に未練あるものの如し）

平左衛門　先生は、ゆっくりとお過ごしなされい。まだ暮れ前で御座れば、八ツ時迄は、ゆっくりとお過ごしなされい。

重太郎　じゃと申して、御主人達が帰るのに下男の重助が……。

平左衛門　いや、御冗談を仰せられますな。何卒その儘にゆっくりとお過ごしなされませい。

重太郎　然らば、今一、二献過ごしてから後より参るで御座ろう。

平左衛門　然らば、御免下されい。

（平左衛門、平太郎と一緒に帰り去る）

重太郎　久し振りの酒の味は格別じゃ。御門弟衆、この大盃になみなみとお注ぎ下されい。

（門弟、酒を注ぐ。重太郎、ぐっと飲む）

門弟の一人　岩見先生。酒の肴に、武者修行中のお話が承りたい。

重太郎　うん、よかろう。奥州での大蛇《おろち》退治の話を致すかな。それとも、狒々退治の方に致そうかな。あは丶丶。

第二場

情景。第一場と同じ。唯、時が経って居る。重太郎も門弟も、十二分に酔っぱらって居る。夜は八ツに近し。

重太郎　（酩酊して、話に油が乗って居る）おのれ怪物と、藤蔓巻《ふじづるまき》の一刀、抜き打ちに背中へ斬り付けるとビーンと音がして跳ね返った。失策《しま》ったりと、真っ向から一刀浴《あび》せると、脊骨《せぼね》に当って折れて了った。

門弟一同　うーむ。（と固唾を呑む）

重太郎　これはと思う途端、怪物は、右の手に抱えた娘を捨て、振り返りざま、火焔の如き口を開いて飛びかかって参った。刀が折れて得物を失い、流石の拙者も些《いささ》か狼狽したと見え、右腕に嚙み付かれたのは不覚じゃった。が、嚙み付かれたを幸いに怪物の両手を引っ摑み乍ら、傍の岩角《いわかど》へ力まかせに投げ付けた。

門弟一同　うーむ。

重太郎　起き上《あが》ろうとする所を、のしかかって、拳を堅め眉間のあたりを、続けざまに五つばかり殴り付けると、流石の怪物も異様な声を出し乍ら、息が絶えた。

門弟の一人　はあ、成程。さて、その怪物の正体は。

重太郎　劫《こう》を経た狒々だ。

門弟の一人　して、身の丈《たけ》は。

重太郎　六尺もあったろうか。

門弟一同　(驚く)

門弟の一人　して、その娘は。

重太郎　気絶して居ったが、手当を加えると、蘇生致した。

門弟他の一人　親達の喜びは。

重太郎　思うても見るがよい。重太郎なかりせば、娘の命はないものじゃ。あは丶丶。

門弟の一人　御尤もで御座る。

門弟他の一人　先生の武勇によって、助けられた者は、世に限りも御座るまいな。

重太郎　左様に向うざまに褒められても恐縮じゃ。が、義の為《た》めには、重太郎の剣は、何時にても鞘走るのだ。

（その時一人の百姓が、蒼くなって駆け込んで来る）

百姓　重助殿、いや違った、岩見先生、大変じゃ、大変じゃ。

重太郎　うん、作蔵か。何事じゃ。何事じゃ。

作蔵　大変じゃ、大変じゃ、今、六人の武者修行者が、お宅へ斬り込み、大旦那様も若旦那様も敢《あえ》なき御最期じゃ。

重太郎　それでは、平左衛門殿にも、平太郎殿にも、あの侍どもの手にかかったと云うのか。

作蔵　そればかりではない。下男が三人、女中が一人、深手を負いました。

重太郎　おのれ、憎き六人の奴、重太郎が駆け付けて、一討ちに致して呉れる。

（重太郎、只一人、疾風の如く駆け去る）

門弟の一人　我々もこうしては居られぬ。岩見先生にお助太刀申そう。

他の二、三人　我々も続こう。

（六、七人の門弟、駆け去り、後に五、六人残る）

伊東　（さっきから、重太郎の気焔を微笑を含み乍ら聴いて居たが）平左衛門親子が、横死を遂げたとは、いかにも気の毒じゃ。右の手が利かぬが残念じゃ。

山崎七郎次　（重太郎出現以来、常に傍観者の位置に立って居たが）飛んだ事になったなあ。円く収めればよかったのじゃ。

伊東　当道場の事で、村松親子を殺させては拙者が申訳が立たぬ。ああ残念じゃ。拙者に刀が取れぬのは。

（その時、下手から第一場の六人の侍、銘々覆面して忍び寄り、伊東互に斬り付ける。伊東斃《たお》れる。残れる門弟達、銘々刀を抜いて駆け向う。油断に乗ぜられたので、手もなく斬り倒されて了う）

（山崎七郎次、奮戦最も努むれども及ばず、左の高股《たかもも》を斬られる）

山崎　残念！

（六人達、山崎を囲む）

六人　最前の重助とやらは、いずれに居る。あの男の在所《ありか》を云えば、汝の命は助けてやる。

山崎　汝達が、平左衛門を討ったと聞き、唯今駆け付けて参った。

赤星　喰い酔った処を、一討ちに致そうと思ったに、命冥加な奴じゃ。
大日　あの下郎を討ち漏《もら》したは残念じゃが、これから後を付けては、時刻が移る。村松親子、伊東亙、それに門人の五、六人も斃《たお》して置けば、我々の遺恨は晴れた。いざ立ち退こう。
赤星　村松の家で、百両ばかり有り金を浚《さら》って来た。
大日　手廻しのいい事じゃ。いざ参ろう。
（重太郎、息を切らして飛び込んで来る）
重太郎　待て！　待て！　（正面へ来て、伊東その他の死骸を見付ける）偖《さて》は、伊東氏をも手にかけたか。卑怯未練の犬侍、最前命《いのち》を助けしは、汝等の悪心を翻《ひるがえ》させんとの情けなるに、忽《たちま》ち仇をなす人非人《にんぴにん》奴《め》、片っ端から薙《な》ぎ倒して呉れるから、そう思え。
赤星　下郎よく来た。汝の一命を取りたさに、当道場を襲ったのじゃ。取り逃して残念だと思いしに、我から名乗って来る命の要らぬ夏の虫奴、下郎、それへ、直れ。
重太郎　下郎とは云わさぬぞ。村松の僕《しもべ》重助とは、世を忍ぶ仮の名、真《まこと》は、筑前名島の城主小早川隆景の家臣岩見重太郎兼相じゃ。
赤星以下六人　（驚く）うむ！　さては。
（みんな、逃げ足が付く）

重太郎　この期に及んで、命を助からんとする卑怯者奴。逃げようとて、逃がすものか。一人一人は面倒だ。一度にかかれ。

六人　是非に及ばぬ。

（六人、一斉に、重太郎にかかる。重太郎、奮撃突戦し、六人を一太刀ずつに斬って捨てる）

（門弟村役人等、徐々に立ち帰って、驚いて見物して居る）

重太郎　（六人を鏖し終り）もろい奴じゃ。

門弟共　天晴れのお手柄、驚き入って御座る。

重太郎　それにしても、村松父子の横死、伊東先生の横死、御愁傷に存ずる。みんな、かかる犬侍共のなす業じゃ。拙者が即座に敵《かたき》を討ったのを、せめてもの心遣りとして下されい。

村役人の一人　佐和山の城主石田治部少輔の代官配下の者で御座る。悪人共を即座にお退治なされ、忝《かたじ》けなく存じますれど、御法《みのり》により代官所迄、一応御同道下されい。

重太郎　（意気揚々として）義によって、六人の者を手にかけた者で御座る。何処なりとも、喜んで御同道致す。有難う御座る。

村人、門人共　古今無双の豪傑じゃ。村松様、伊東先生の敵を、即座に討って下された。忝けない。忝けない。

（重太郎が、揚々として立ち去るのを、後から賞讃の声を浴びせかける）

山崎七郎次　（深手の為倒れて居たが、上半身だけやっと立上《たちあが》り、怨めしそうに、重太郎の後姿を眺める）馬鹿な奴だ。彼奴《あいつ》が居なければ、此麼事《こんなこと》にはならないのじゃ。彼奴が居なければ、誰も死ななくて済んだのじゃ。馬鹿奴《め》！　あんなに威張って歩いて居やがる。馬鹿！

——幕

玄宗の心持

人物

玄宗皇帝　六十を出でたる老天子

楊貴妃　年三十七、美貌なり、されど日本の俳優が扮して大なる幻滅を感ぜしめるほどの美貌にはあらず。豊艶なる顔、然《しか》れども衰頽の色、漸く著し

楊国忠　右丞相、楊貴妃の兄

秦国夫人
韓国夫人
虢国夫人《かっこく》　いずれも大国に封ぜられたる楊貴妃の姉妹

高力士

陳玄齢

その他、重要ならざる多くの人物

時　天宝十五年六月

所　長安を去る百余里、馬嵬《ばかい》と云える寒駅

情景

長安を蒙塵《もうじん》した玄宗皇帝の鳳輦《ほうれん》が、馬嵬ケ原に止まっているところ。外に、三人の夫人が乗っている車と楊国忠の乗っている車とがある。車を引いていた馬は、水飼うために、連れ去られている。三つの車を囲む混乱した侍臣宮女の群、殊に徒歩の宮女が目立つ。玄宗の車の扉が今開けられたところ。

背景に一つの酒店がある。下手、樹立の間に、休息しているらしい三軍の旌旗《せいき》がほの見える。

侍臣甲　（鳳輦に近づきながら）陛下、殿《しんがり》をしています李孫勇からの使《つかい》の者が参るようでございます。あんなに、馬を飛ばせています。

玄宗　（車から顔を出す）湯が一杯ないか。

侍臣甲　李孫勇からの使の者でございます。李孫勇からの……。

玄宗　そんなことを訊いては居ない。湯が欲しいと云うのだ。貴妃が歯が痛むので、嗽《うがい》をする湯が欲しいと云うのだ。

侍臣甲　はっ、はっ。（かしこまって退き、酒店の中へはいって行く）

侍臣乙　（急ぎ足で出て来る）李孫勇からの使の者が走って参るようでございます。

玄宗　うむそうか。李孫勇！　たしか殿を引受けていたのだね。

侍臣乙　左様でござります。陛下を心安く落しまいらせるために、奮闘しています。忠義第一の大将でござります。

玄宗　（それには答えないで、車の内を振り返りながら）そんなに痛むのか。

楊貴妃　（姿がハッキリとは見えない。ただ燦爛《さんらん》たる綾羅《りょうら》がうごくだけで）はい。

玄宗　困ったな。歯が痛むと云うのは、一番厄介なものだ。侍医頭《かみ》はどうしても見えないかい。

宮女　(車についていた)はい。先刻《さっき》から探していますが、見当らないようでございます。初《はじめ》から、供奉《ぐぶ》の列には加《くわわ》らなかったのだと、みんなが申して居ります。(その時上手の方に使者が着いたと見え、物騒《さわが》しい音が聞え、人々がその方へ駆けつける)

侍臣乙　ああ着きました。どんな知らせを持って参りましたか。(駆け出す)

玄宗　(使者の方へは、あまり注意を払わないで)どんなに痛むのだ。歯ぐきが痛むのか、それとも神経が痛むのか。

楊貴妃　ああ痛い、痛い！　歯が痛まなくて済むんだったら、妾《わたし》の持っている夜光の珠を、みんな手放してもいいのに。ああいたい！

玄宗　困ったな。一層早く抜いて置けばよかったのだ。

楊貴妃　そうなのです。私《わたし》はぐらぐらするから、抜いてくれ抜いてくれと云ったのです。あの侍医頭が、もっと待て、もっと待てと云うものですから、こんな苦しみをするのです。侍医頭が居たら鞭打たせてやりたい位です。

(侍臣甲、湯を持った茶碗を、恭々《うやうや》しく捧げて来る)

侍臣甲　お湯でございます。

玄宗　おお湯が来た。これで嗽《うが》いをして見るといい。(玄宗楊貴妃に取りついでやる)

楊貴妃　（それを飲む）おや塩を入れてないのだね。まあ気が利かない。

（侍臣乙、あわただしく登場する）

侍臣乙　陛下、御安心遊ばしませ。使者が申しますには安禄山の兵士共は、長安の都へはいると、もうみんな腰を落着けて、掠奪を始めるやら酒浸りになるやらで、陛下のお跡を追う容子《ようす》は少しも見えないとの事でございます。先《ま》ず御車から降りて暫《しば》らくの間、御休息なされてもよろしかろうと存じます。

玄宗　そうか。俺《わし》もそうしたいのだ。道がわるいので、車が揺れ腰が痛んで仕方がなかった。貴妃！　お前の歯が痛むのもそのためだろう。あんまり身体が揺れたから歯が痛むのだ。降りて休息するといい。

楊貴妃　はい！　妾もそうしたかったのです。車の中は暑くって、暑くって、のぼせるから歯が痛むのです。どれ。

（玄宗先ず車より降り、貴妃もつづいて降りる。侍臣宮女達、皇帝の周囲を避ける。楊国忠及び三人の夫人達も車から降りる。皇帝に目礼したる後下手の方へ行きて座を取る）

玄宗　高力士は何《ど》うした。

侍臣丙　何か、用事がありまして、陳玄齢殿の所へ行って居られます。

玄宗　李孫勇からの使者を劬《いた》わってやれ。（傍に頰を押えて苦しがっている楊貴妃を振り返って)どうだい。少しはよくなったか。
楊貴妃　いいえ、前よりも、もっと烈《はげ》しい位です。
玄宗　困ったな。いっそ動いているのなら、思い切って抜いてしまったらどうだ。
楊貴妃　出来れば、そうしたいのです。でも、触ると飛び上《あが》るようにいたいのです。
玄宗　どれ、お見せ。
楊貴妃　勿体のうございます。
玄宗　なにかまう事はない。俺《わし》が抜いてやろう。
楊貴妃　でもお手が汚れます。
玄宗　なに、そんなことを。お前と俺との間で。
楊貴妃　侍臣や宮女達が見ています。
玄宗　かまうことはない。こう云う場合だから、もっと傍《そば》へお寄り。そう、俺に身体をもたせるようにして、もっと口を開けなければ。
(玄宗、楊貴妃を身ぢかく引き寄せ、右の手を口中に入れて病める歯を求む。侍臣宮女達、顔を背けている)
楊貴妃　おおいたい!
玄宗　辛抱しておいで! これは、ぐらぐら動いている。もう少しでぬける!

楊貴妃　おおいたい！　いたい！　ああ、もう堪忍して下さい。あっ！
（歯が抜ける）

玄宗　それ御覧！　抜けたではないか。
（侍臣甲、湯を持って来る）

玄宗　嗽《うが》いをなさい。そして、気を鎮めておいで。いまに痛みが無くなるだろう。お前に苦しまれると気が気でない。自分で苦しむよりも、よっぽど苦しい。
（楊貴妃、しばらくの間、手で口を押えうつむいている。口から、しきりに唾を吐く。そして嗽いをする）

玄宗　どうだい！　痛みは止みそうか。（楊貴妃うなずく）そうか。それはいい。それは助かった。

楊貴妃　（しばらくの間、無言。やがて抜けた歯を懐より出した紙に包みながら）これが、妾《わたし》の最初の歯ですわね。

玄宗　最初の歯って、それは一体どう云うことなんだ。

楊貴妃　妾の身体から抜けた、最初の歯だと云うことです。妾はいつか、詩人の李白から聴いたことがあります。桐の一葉が落ちて、秋が来たのが知れるように、最初の歯が抜けるのはやがて肉体の秋が来るしるしだと、こう云うのでございます。

（暗然とする）

玄宗　おお、痛みはだんだん取れて来る！　が、妾《わたし》は何だか物さびしい。何だか、物足りない。妾の心の中からも何かが抜け落ちたようにさびしい。おお陛下、妾の胸に手を当てて置いて下さい！　妾はたまらなくさびしいのです。

楊貴妃　（楊貴妃をかきよせて、胸に手を当てながら）こうかい。こうすればいいと云うのかい。

玄宗　（頬をさすりながら）おお何だか、顔の相好までが変って来たようだ！　何だか頬の肉がゆるんで来たようです。

楊貴妃　そんなことが、あるものか。お前の頬は十六、七の小娘のように、ふくよかだ。

玄宗　ああ陛下、妾にどうぞ、年のことを聴かせて下さいますな。十六、七！　妾は、十六、七などと云う声を聞くと、魂を裂かれるように悲しいのです。

玄宗　俺《わし》が、わるかった！　ゆるしてくれ。

楊貴妃　いいえ、陛下がわるいのではございません。それは堪え忍ばなければならぬ真実なのです。それはごまかすことの出来ない真実なのです。妾は今年もう三十……。

玄宗　おお俺も、それは聴きたくない。お前の頬がいつまでも、ふくよかで瞳がいつまでも黒ければそれでいいのだ。

楊貴妃　そんな、そんなことは人間の妾には望めないことなのです。それを思うと……。

玄宗　おおよして呉れ。そう一々俺の言葉を気にかけることは。あは丶丶。もっと元気でいてくれ。俺はお前にそう悲しまれると、苦しいのだ。ねえ、もっと元気でいてくれ。

楊貴妃　(急に思い付いたように)鏡が見たい！　(宮女に)金華、お前は、鏡を持って来ただろうねえ。

宮女甲　ええ。

楊貴妃　お前は、妾の化粧係りだから、妾のために、一面の鏡位は、持って来てお呉れだろうねえ。それをここへ持って来ておくれ。

宮女甲　ああ楊貴妃様！　忘れました、忘れました。あまりに取急ぎまして、持って参ることを忘れました。

楊貴妃　おお何と云ううつけ者！　妾に、鏡がどんなに大切であるかを知っているくせに。おお腹が立つ！　誰でもいい、この女をそちらへ連れて行って縊《くび》り殺しておくれ。

宮女甲　あっ！　(駭《おどろ》いて泣き伏す)

玄宗　可哀相に、ゆるしておやり、こんな騒動のときには、お前の後《あと》に附いて来た丈《だけ》でも一の手柄だ。ゆるしておやり。

楊貴妃　でも……。

(何か云おうとしていると、宮女乙が、三人の夫人の所から来る。一面の鏡を持っている)

宮女乙　貴妃様。こんなものでもよろしければ、お使い遊ばせと、韓国夫人が仰せられました。

楊貴妃　仕方がない。それを借りよう。（鏡を手に取る）おお、鏡を見るのが、何《な》んだかこわいようだ！（躊躇した後鏡を見る）おお何と云う醜い顔、額の所にはこんなに膏《あぶら》が浮いている。白粉《おしろい》は剝げ落ちている。おお顔の皮膚に少しの力もなければ、光沢《つや》もない。眸《ひとみ》がにごっている。ああいやだ！　いやだ！　何と云う醜い顔だろう。おお陛下、妾《わたし》の顔を、どうぞ見ないようにして下さい。妾は恥ずかしい。恥ずかしい。

玄宗　おお何を云うのだ。お前の乱れている髪にも、風情がある。お前の白粉剝《はげ》のした頰にも、ある美しさは宿っている。

楊貴妃　（玄宗の言葉は、耳に入れないで）ああ情けない。顔全体から、生気がなくなっているのだ。これが妾の顔かしら。大唐の天子さまから、愛されている妾の顔かしら。妾は長安の都を落ちたことよりも、妾は自分が醜くなったのが悲しい。そうなのだ！　妾は、もう今までも醜くなっていたのだ。それを日髪《ひがみ》日化粧でごまかしていたのだ。今日、一日化粧しないものだからかくされていた醜さが、一時にマザマザ現われたのだ。おお情ない。こんなに醜くなるより、いっそ死んでしまいたい。

玄宗　おい気を静めてくれ。何と云うことを云うのだ。誰がお前を醜いなどと云おう。

唐の天下は、お前の美しさを讃える声で、充ち満ちているではないか、お前の美しさのために国が乱れた、とさえ云われているではないか。

楊貴妃　陛下のお言葉も、大唐の天子のお言葉も、この五寸の鏡にうつる真実を、どうすることも出来ません。貴君《あなた》の御車から妾を、突き落して下さい。妾は、こんな顔をして貴君のお傍に居り、行幸の先々で、あれが楊貴妃だと指さされたくはありません。

玄宗　気を静めておくれ。お前は、あまり昂奮しすぎていけない。美しいとか醜いとか、そんなことを云っている時でもないのだ。今は、一旦緩急の秋《とき》なのだ。女は、だまって俺《わし》の胸に、寄り添って居ればいいのだ。

楊貴妃　でも妾は……。おお、これから一日一日醜くなるのだと思うと……。

（上手に、物さわがしい声がする）

侍臣宮女達　ああまた使者が来た。また使者が来た。（五、六人、その方へ走って行く。玄宗も楊貴妃も、だまって、その方を見ている。侍臣甲、あわただしく帰って来る）

侍臣甲　李孫勇からの、再度の使者でございます。

玄宗　うむ、どうしたと云うのだ。

侍臣甲　安禄山の兵が、二千騎ばかり、後を追って来たと云うのでございます。一戦に、追い斥《しりぞ》けましたが、いつ本軍が後を慕って来るかも分らないと申すのでございます。

御猶予なく落ちさせられるようにとのことでございます。

玄宗　そうか。よし、それでは出発の仕度をするように陳玄齢に伝えてくれ。

（侍臣甲下手へ行く）

玄宗　どうだい！　歯はまだ痛むかい。

楊貴妃　もう歯のことなぞは、何《ど》うでもよくなりました。それよりも……。

玄宗　うむ。それよりも、気を直して車に乗る用意をしてくれ。しばらくの間の辛抱だ。直《す》ぐ都へ帰れるだろう。そうすれば、また、お前は自分で好きなだけ、美しくなって俺《わし》を駭《おどろ》かしてくれ。

（玄宗、楊貴妃を促しながら席を立たんとす。突如下手の樹立の彼方、兵士が休息している辺が騒がしくなる。兵士が楯を打ち鳴らす音が烈しく聞える。侍臣甲狼狽して馳《か》けもどって来る）

侍臣甲　陛下！

玄宗　何じゃ。何じゃ。

侍臣甲　謀叛《むほん》でございます。

玄宗　（愕然としながら）えぇっ！　馬鹿なっ！　謀叛などと、そんなたわけた！

侍臣甲　でも、陳玄齢が、号令いたしても動こうとしないのでございます。

玄宗　（青くなりながらも）仔細があろう。高力士を呼べ！　陳玄齢を呼べ！

（下手から、高力士が出て来る。兵士達は益々さわがしくなる）

玄宗　高力士か。一体何うしたのだ。何うしたのだ。

高力士　陛下、一大事でございます。

玄宗　何じゃ。謀叛か？

高力士　いいえ、謀叛ではございません。彼等は、みんな忠実な兵士でございます。ただ今度の兵乱の責任者を罰せよとこう申すのでございます。責任者を罰しない裡は、一歩だって動かないとこう申すのでございます。もし、責任者を罰しないならば、戟《ほこ》を逆《さかし》まにして、禄山に降《くだ》ると申している者さえございます。

玄宗　陳玄齢までも、そう云うのか。

高力士　陳玄齢は、一生懸命になって兵士を宥《なだ》めていますが、こうなると、強いものは、実力です。陳玄齢も、平生の威厳が少しもございません。

玄宗　だが兵乱の責任者と云わばこの俺じゃが。

高力士　いいえ、兵士どもは、そう申しては居りません。一天万乗の至尊に、責任がある訳はないと申して居ります。陛下の、聡明を掩《おお》うている権臣がわるいと申しています。

玄宗　うむ。誰の事じゃ。

（問答を離れて聞いている楊国忠、もじもじする）

高力士　お察しを願います。
玄宗　火急の場合、察している暇はない。あからさまに申して見い。
高力士　恐れながら、楊国忠どのでございます。
玄宗　(憤然として)馬鹿なっ！　国忠は貴妃の兄だと云うことを忘れたのか。
高力士　(割合冷静に)忘れねばこそ申して居るように私には思われます。
玄宗　兵士達に、俺《わし》の言葉を伝えてくれ。楊貴妃の兄を失うことは出来ぬと。いいか、俺の親しい外戚を失うことは出来ぬと。いいか、そう伝えてくれ。
(兵士の烈しく楯を鳴らす音が、聞えて来る。玄宗たじろぐ。陳玄齢、登場する。玄宗と同年輩の老将軍)
陳玄齢　陛下、一大事でございます。陛下の軍隊を失うか、楊国忠殿を失うか、二つに一つでございます。
玄宗　俺の言葉を伝えてくれ。
陳玄齢　(恐れながら)無駄でございます。兵士達は、気の狂った獅子のように、荒れ狂っています。恐らく陛下のお言葉も、耳に入るまいと思います。
(楯を鳴らす音が、すさまじく聞える)
陳玄齢　あれでございます。あの通りでございます。

玄宗　困ったな。唐の社稷《しゃしょく》も覚束《おぼつか》なくなって来たな。

高力士　そんなことは、ございません。兵士の願いを叶えてさえやれば、兵士達は欣《よろこ》んで、陛下のために戦うだろうと思います。

楊国忠　（決然として前へ出る）陛下。私の死ぬときが来たように思います。

玄宗　おお。

楊国忠　私を兵士達に与えて下さい。それが、陛下に対する私の最後の義務かも知れません。

楊貴妃　おお兄様。（すがり付く）

楊国忠　おお妹、機嫌よく暮してくれ。陳玄齢どの、私を兵士達の所へ案内してくれ。

陳玄齢　よいお覚悟です。どうぞ、貴君《あなた》の立派な態度で貴君の最後を飾って下さい。

（楊国忠と陳玄齢と去る）

楊貴妃　（玄宗に取りすがって）陛下、私の可哀相な兄を、兄を。

玄宗　ゆるしてくれ。こうなっては、俺の力にも及ばない。

（玄宗と楊貴妃、相擁して泣いている。忽《たちま》ち下手の方で、兵士達の罵《のの》り騒ぐ声が聞える。楯を叩く音がそれにまじる。玄宗と楊貴妃耳を蔽《おお》うようにしている。高力士、駈けもどって来る）

高力士　陛下！

玄宗　おお、国忠は殺されたのか。
高力士　はい。
（楊貴妃泣きくずれる。舞台にいる三人の夫人も泣き倒れる）
玄宗　おお早く、出発の仕度をしてくれ。俺《わし》は、こんな呪われた場所には、一刻も止《とど》まっていたくない。
高力士　陛下！
玄宗　何じゃ。
高力士　兵士どもは、まだ満足していません。
玄宗　ええっ！　何と云うのじゃ。
高力士　まだ、責任者はあれで尽きないと申すのでございます。
玄宗　なにっ！　無礼な。この俺を何と思っているのじゃ。俺が、自分で行く。俺が行って、無礼な奴等を懲《こら》しめてやる。
高力士　それは、徒労でございます。兵士達は、本当に陛下の御身上《おみのうえ》と、唐の社稷《しゃしょく》とを思っているのでございます。思っていればこそ、国の疾病を除こうと一致団結しているのでございます。
玄宗　おお俺には、何も分らなくなった！　そして、その責任者は誰だと云うのだ。まさか……。

（楊貴妃、屹《きっ》となる）

高力士　恐れながら、楊貴妃の御姉妹に当る、三人の夫人達でございます。

玄宗　ええっ。

楊貴妃　ええっ！

玄宗　なぜ、なぜ、この夫人達に罪があるんだ。彼等はたかが女だ。彼等が、悪い訳はない。彼等が悪いとすれば、俺が悪いのだ。兵士達は、俺の親しいものを罰して、間接に俺を罰しようとするのか。

高力士　何《ど》う致しまして。彼等は、こう申しています。婦人が、大国に封ぜられているのが、国の乱れの基《もとい》だとこう申すのでございます。それを誰が、封じたか、そんなことよりも、先ず形を……。そうです。大国に封ぜられている夫人の方々を、無くしたいとこう申しているのでございます。

（脅迫するような、激しい罵声が聞える。つづいて促《うな》がすような激しい楯を叩く音。陳玄齢出て来る）

陳玄齢　陛下、兵士達は楊国忠殿の血を見てから、血を嘗めた虎のように兇暴《きょうぼう》になっています。大抵の者は、剣を抜き放っています。もし、彼等の要求を拒んだならば陛下の御前へまでも、殺到して来そうな容子をしています。あれをお聞き下さい。あの叫びを。

（烈しい叫びがつづいて起る。「三夫人を殺せ！」「三夫人を殺せ！」の声が嵐のように起って来る）

高力士　到頭あんな所まで、参りました。もし、要求をききませんと、陛下の前で、どんな殺伐なことをしないとも限りません。

玄宗　おお俺《わし》には、もう何《ど》うしていいか分らない。

（泣いていた三夫人、決然として身を起す）

三人　ああ、妾達《わたし》を連れて行って下さい！

楊貴妃　そんなことは、妾がさせません。陛下、お止め下さい。陛下。陛下。

玄宗　（顔を掩うて声なし）…………。

楊貴妃　（狂気のように）決して行ってはなりません。妾が命に換えても、決して、決して、そのようなことはさせません。

韓国夫人　貴妃よ、こうなっては、力には勝てません。貴女《あなた》のお蔭で、妾達は長い間楽しい時を過したのです。こんな運命になっても、それを恨めしくは思いません。妾達は、あまり楽し過ぎたのでした。行きましょう。姉妹三人揃って。

楊貴妃　ああ行ってはなりません。待って下さい！　待って下さい！　行ってはなりません。

高力士　貴妃、御姉妹達は、あんなに立派な覚悟をしていらっしゃるのです。どうぞ、お止めにならないように。大唐帝国の運命は、この刹那々々にかかっているのです。禄山の兵隊は、後を慕って来ているのです。今武士の心を失ったならば、国の滅亡はもとより、陛下の御身の上もどうなるか分らないのでございます。

楊貴妃　（だまって泣き崩れる）…………。

（三夫人、侍臣達に助けられて歩み去る。陳玄齢も後につづく）

玄宗　（顔を上げて）ああ死んでしまった方がましだ。（兵士の激しい怒号、どよめき、舞台の人々は、誰一人声を出すものはない。……ふと、上手が騒がしくなる）

侍臣丁　使者だ！　使者だ！

（上手へ馳《か》け込む。舞台の人々は、化石のようになって動かない。侍臣丁帰って来る）

侍臣丁　陛下、李将軍からの使者でございます。

玄宗　（顔を背けながら）ああ。そんなものは、もうどうでもいい。

侍臣　ところが、よいどころではございません。一旦斥《しりぞ》けた禄山の軍が、三万近い援兵と一緒になって押し寄せて来たと申すのでございます。味方苦戦のため、いつ何時退却するか分らないから、一刻も早く鳳輦《ほうれん》を進まされるようにと、こう申すのでございます。

高力士　御車《みくるま》の用意をするように。（兵士の烈しく罵《のの》しる声、耳を掩うように聞えて来る。三夫人を送った宮女達、泣きながら帰って来る。やがて、白馬を附けた車が、引き出される。楊貴妃も玄宗も、なかなかそれに乗ろうとはしない。……兵士の罵声が、益々烈しくなり、益々近づいて来る）

高力士　おお彼奴等《あいつら》は、まだ満足しないと云うのか。

（玄宗も楊貴妃も、不安に襲われる。……突如、「楊貴妃を斃《たお》せ！」「楊貴妃を殺せ！」と云う叫びが、嵐のように起って来る）

高力士　おおっ！

玄宗　ええっ！

（「楊貴妃を斃せ！」の声益々近づく。戟《ほこ》が、樹の間に隠見する）

玄宗　ああ彼奴等は、最後のものを求めている。

楊貴妃　（玄宗にすがりつく）おお陛下。

玄宗　心配するな。日月が、逆さまに墜ちてもお前を渡さぬぞ。この俺《わし》の瞳の黒い間は。

兵士の声　楊貴妃を斃せ！

他の声　真の国賊を亡《ほろぼ》せ！
他の声　患難の源を除け！
（樹の間から、剣戟の光がほのめく）
（陳玄齢、色を失って出て来る）
高力士　兵士達は、貴妃を要求しているのか。
陳玄齢　（それに答えないで玄宗に）お聞きの通りです。陛下。
玄宗　おお、俺を先《さ》きへ殺して呉れ。俺を先に殺してから、女を何《ど》うにでもしてくれ。陳玄齢、俺を兵士の所へ案内してくれ。
陳玄齢　滅相な。彼等は、陛下に対しては、忠実な兵士です。ただ国家の……。
楊貴妃　（決然として起《た》ちながら）おお何も云うな。陳玄齢、妾《わたし》を彼等の所へ案内しておくれ。
玄宗　（駭《おどろ》いて楊貴妃を抱きしめる）おお、何を云うのだ。馬鹿な。お前を渡してよいものか。俺からお前を奪い取ろうとするものは、先ず俺の息の根を止めてからにしろ。
高力士　陛下、今日の場合は……。
玄宗　何もききたくない。云うな云うな。
陳玄齢　陛下……。

玄宗　何も云うな、亡ぶるなら亡んでもいい。この女を抱きながら亡びたい！

（「楊貴妃を斃《たお》せ！」の声益々盛《さかん》になる）

高力士　陛下！

陳玄齢　陛下！

玄宗　（答えず）………。

楊貴妃　（つと、身を玄宗の把握から脱しながら）陛下、どうぞ、妾《わたし》を死なせて下さい！

玄宗　馬鹿な！

楊貴妃　いいえ。妾は死にたいのです。十年来妾の願《ねがい》を一つとしてお斥《しりぞ》けにならなかった陛下は、どうぞ妾の最後の願を許して下さい。妾は、心から死にたいのです。本当に死にたいのです。

玄宗　なぜ。なぜ。なぜ！

楊貴妃　妾は、逃れる道がないから、死にたいと云うのではないのです。先刻《さっき》、自分の顔を鏡に映してから、世の中が嫌になっていたのです。これから、年が寄るに連れて一日々々、一年々々、顔容《かおかたち》が醜くなるのかと思うと、妾は死ぬよりも悲しいのです。一年々々醜くなり、これが楊貴妃のなれの果かと、指さされるような、皺だらけのお婆さんになるのかと思うと、ゾッとするほど怖《おそろ》しかったのです。陛下よ、妾を死なせて下さい。少しでも、妾が美しい裡に、死なせて下さい。そして陛下の御心《みこころ》の裡に、少しでも美しいまぼろしを止《とど》めておいて下さい！

玄宗　馬鹿を云うな。それはお前の理窟だ。そんな理窟で俺《わし》の心が、慰められるものか。

楊貴妃　いいえ、理窟ではありません。妾の心全体が、妾の身体全体が、それを要求しているのです。どうぞ死なせて下さい。妾は、先刻鏡を見たときから、死にたいと思っていたのです。その機会がこんなに早く来る！　しかもこんなに晴がましい死が。おお、帝王の妃として三軍の前で殺される。大唐の天下を動かした傾国の美人として。おお、女としてこんな晴がましい死に方が外にあるものか。

（「楊貴妃を斃せ！」の声が聞える）

おお、あれは妾の死を讃える声だ。おお、妾の死は後世まで、歌われる。妾の美しさは、後代に伝わるのです。おお、陛下お欣《よろこ》びなさい！　貴君《あなた》の愛人は、中華第一等の美人になりますよ。おお手間取ってはならない！　陳玄齢、妾を案内しておくれ！

玄宗　貴妃！　待て。

楊貴妃　いいえ。どうぞ、やって下さい。これが、妾の最後のお願いです。おお私の愛する陛下。御機嫌よくお栄えあそばせ。

玄宗　（今は言葉なし）…………。

楊貴妃　おお陳玄齢よ。妾をなるべく、美しく殺しておくれ。醜い死様《しにざま》はいやですよ。ああ、柳英、妾はお前に羅《うすもの》の布を預けておいた筈だ。
柳英　（持って来る）ここにございます。
楊貴妃　おお、これで身体を包むから、その上から縊《くび》り殺しておくれ。
（楊貴妃、それを髪の上から被《か》ぶる）
玄宗　おお楊貴妃！
楊貴妃　おお陛下。妾のために、あまり心を痛めて下さいますな。妾はうれしく死ぬのです。それから、陛下妾をいつまでも忘れないで下さい。おほゝゝ。それから、もう一言、云って置きたいことがある。都へお帰り遊ばしても、あまり美しい方を、お近づけ遊ばしますな。
玄宗　おお何を云うのだ！　玄《わし》の心は、いまそのままに地獄だのに。
楊貴妃　陛下、おさらばでございます。（宮女達に）みんな左様なら。陳玄齢！　大唐国の妃が、どんな美しい勇ましい死様《しによう》をするか、兵士達に見せておくれ。
（楊貴妃、陳玄齢、高力士に伴われ退場する）
玄宗　（その跡を見送りながら）おお、誰か俺《わし》を支えていて呉れ、倒れそうだ。
（玄宗、侍臣達に支えられて、じっと面を伏せている。烈しい苦悶に堪えていることが分る。

兵士達の声、怒濤のように高くなり、しばらくあって、急に「皇帝万歳!」の声が起る)

侍臣甲　(走って出て来る)楊貴妃様には、立派な御最期でございました。お亡骸《なきがら》を、一目お目に入れようかと、高力士殿が仰せになりました。

玄宗　(苦悶が消え去っている)見たいけれども、よそう。それが、彼女の志だろうから。どっかへ深く埋めてやってくれ。

侍臣甲　はっはっ。(駈け去る)

(「皇帝万歳」の声が、潮のように盛《さかん》になって来る。玄宗じっとそれに耳を傾けている。高力士が出て来る)

高力士　(玄宗の前に蹲《うずく》まりながら)立派な御最期でございました。兵士達も、さすがに感じたと見え、みんな甲《かぶと》を脱いで、罪を謝して居ります。

玄宗　(ほのじろい顔をして)そうか。

高力士　御心中のほど、申し上げる言葉もございません。

玄宗　(黙っている)…………。

高力士　御悲嘆のほど、お察しいたします。

玄宗　(黙っている)…………。

高力士　お悲しみのほどお察しいたします。

玄宗　（青白い顔が漸く澄んで見える。静かな深い声で）うむ。むろん、悲しい。が、思っていたのとは少し違う。

高力士　ははっ。

玄宗　彼女に死なれると、生きている甲斐はないだろうと思っていたが、死なれて見るとそうばかりでもないな。悲しいことは悲しいが、十年来心の上に、かぶさっていた重みが、ひょっくりと、除《と》れたような気もする。何だか手足を、延ばしてみたいようなノビノビとした気もする。

（兵士達が、段々近づいて来て、その中の隊長らしいのが、十人ばかり入って来る）

隊長達　皇帝陛下万歳《ばんざい》！

玄宗　（淋しい微笑で彼等にうなずいてから、高力士に）万歳と祝われるほどの心持でないが、お前が心配するほどの気持でもない。解脱、そんなあわあわしい気がしないでもない。おお車に乗ろう。時が移る。高力士、お前もこの車に乗らないか！　急に一人だとやっぱり淋しい。

高力士　はっはっ。

（高力士車に乗る。車動き出す。「皇帝万歳」の声また一しきり聞える）

——幕

袈裟の良人

人物

渡辺左衛門尉《さえもんのじょう》渡《わたる》

その妻袈裟

遠藤武者《むしゃ》盛遠《もりとお》

時　平家物語の時代

第一齣《せき》

——袈裟と渡

情景　朧月夜の春の宵。月は、まだ円《まどか》ではないが、花は既に爛漫と咲きみだれている。東山を、月光の裡にのぞむ五条鴨の河原に近き渡辺渡の邸《やしき》の寝殿。花を見るためか、月を見るためか、簾は揚げられている。赤き短檠《たんけい》の光に、主人渡と妻の袈裟とがしめやかに向い合って居る。袈裟は、年十六。輝く如き美貌。

渡　今宵は、そなたの心づくしの肴《さかな》で、酒も一入《ひとしお》身にしみるわ。もう早蕨《さわらび》が、萌え始めたと見えるな。

袈裟　はい。今日女《め》の童《わらわ》どもが、東山で折ったのでござります。

渡　やがて、春の盛りじゃ。去年は、思わざる雨つづきで、嵯峨も交野《かたの》の桜も見ずに過したが、今年は屹度《きっと》折を見て、そなたを伴うて得させよう。

袈裟　はい。

渡　公達や姫が出来ると、もう心のまま遊山も出来ぬものじゃ。今の裡、そなたもわれも若い裡、今日も明日もと、桜かざして暮して置こうよ。はゝゝ。

袈裟　（寂しく微笑す）…………。

渡　（袈裟が沈んでいるのに、ふと気が付く）そなたは、何ぞ気にかかることがあるのではないか。

袈裟　いいえ、ござりませぬ。

渡　なければよいが、何となく沈んで見えるのう。身《からだ》に障りでもあるのか。

袈裟　いいえ。

渡　そなたは、今日午後、衣川《ころもがわ》の母御前を訪ねたようじゃが、母御前に、何ぞ病気の沙汰でもあったのか。

袈裟　いいえ。いつものように、健《すこ》かでござりました。

渡　それでは、何ぞ母御前から、心にかかることを云われたのではないか。

袈裟　（黙っている）…………。

渡　屹度《きっと》、そうであろう。でなければ、いつもは雲雀《ひばり》のように、快活なそなたが、このように沈む筈がない。母御前からの話の仔細は、何《ど》うじゃ。話してみい。

袈裟　（黙っている）…………。

渡　何も隠すには及ぶまい。身内の少《すくな》いこの渡《わたる》には、衣川殿はたった一人の母御じゃ。常日頃疎略には思うていぬ。母御前からの話の仔細と云うのは、何じゃ。話して見い、袈裟！

袈裟　（しばらく黙っていた後）別の仔細はござりませぬ。ただ、三月《みつき》ばかり打ち絶えていましたので、ひたすらに顔が見たくて招《よ》んだと、かように申して居りました。

渡　（かすかに笑《えみ》を洩《もら》して）はあ、それでは、渡の取越苦労じゃったな。そなたの顔が、少しでも曇ると、俺《わし》の心も直《す》ぐ曇るのじゃ。十三のいたいけなそなたと契り合うてから、この年月、そなたが、妻のようになつかしければ、妹のように子のように、可愛く覚ゆるぞ。かまえて、気を使うて、面《おも》やつれすな。一人で気を使うて、思いわずらうな。なにごとにまれ！　俺に計ろうてくれ！

袈裟　お言葉のほど、うれしゅう存じます。（袈裟、涙をすする）

渡　何じゃ何じゃ。其方《そなた》は、何が悲しゅうて涙をうかめているのじゃ。云え！　仔細を。はて！　さて気がかりな。

袈裟　何の仔細がござりましょう。お言葉が、うれしいので、つい涙ぐんだのでござります。

渡　それならば、もっと華やいで、この美しい夜を過そうではないか！　そなたも若い、俺《わし》も若い！　春は幾度も廻《めぐ》って来るのじゃ。ただのびやかに晴やかに、暮そうよ。心にかかる雲とては、さらさらない筈ではないか。さあ！　袈裟！　一献注いでくれ。

袈裟　はい。

渡　一曲所望じゃ。聴かせて呉れぬか。

袈裟　はい。

(袈裟立ち上《あが》り、床の間より琴を取り降して弾く。曲は、長恨歌なり。琴の音は、弾ずる者の心を伝えるように、切々とひびく。渡はじっと首をかしげ聴いている)

袈裟　(唱う)今は昔もろこしに、いろをおもんじたまひけるみかどおはしまし丶とき、やうかの娘かしこくも、君にめされてあけくれのおんいつくしみあさからず、常にかたはらにはんべりぬ。宮のうちのたをやめ三千のちようあいも、わが身ひとつの春の花、ちりていろかもなきたまの……

渡　なぜに、そのような悲しい曲を弾くのじゃ。大唐の天子から、引き離され、荒武者どもの手にかかって果敢《はか》なくなる、悲しい楊貴妃の古事が、なぜにそなたの気に叶うのじゃ。それは、こん秋の夜にきこう。今朧夜の花の下では、たのしいうかれ心地の曲を弾くがよいに！

袈裟　(黙っている)………。

渡　はは あ、疲れたのか。疲れたのならば、休息せい。気晴しに、ちと、酒などたしなんで見ては何《ど》うじゃ。

袈裟　それでは、お一つ下さりませ。

渡　なに！　酒をくれと云うか。これは、面白い！　そなたが酒を過すのは初《はじめ》てじゃ。さあ、俺が注いでやろう。なみなみと飲んでみい。

袈裟　(恥しげに杯を、口に運ぶ)………。

渡　おお、そなたのその初々しい手振《てぶり》で、新婚の夜をはしなくも思い起したよ。あの時も、そなたはそのように、恥しそうな手付で、杯を取ったわ。あの時は、今よりはもっと小さかった。掌上に舞う美人とはそなたのことかと思う程じゃった。あの時から、四年経つ！　が楽しい月日は、ホンに夢のように過ぐるものじゃ。まだ一月か二月のようにしか思われぬ。そなたと十年も廿年も百年も千年も、こうして暮しても飽きるときは、あらじと思われる！

袈裟　(黙っている。そしてかすかにかすかにすすり泣いている)………。

渡　おお何じゃ。何をすすりないているのじゃ。男の中の果報者と欣《よろこ》んでいる渡の女房たる汝《そなた》が何が悲しゅうて泣くのじゃ。

袈裟　お情《なさけ》が身に浸みてうれしいのでござります。

渡　いやうれしいのは俺《わし》で。洛中一の美しい女房と呼ばれるそなたを、妻に持つ俺はうれしいのじゃ。あはは、月は朧にかすんでいるが、俺の心は欣びで、晴れ渡っている。ただ、御身《おみ》がそのように、沈んでいるのが、ちと気懸りな丈《だけ》じゃ。仔細はない！　そなたの心のこだわりを吐いて見てはどうじゃ。

袈裟　(黙ってうつむいている)………。

渡　それ御覧！　何かあるのに極《きま》ったではないか。さあ云うて見やれ云うて見やれ！

袈裟　それでは申し上げましょう。

渡　(華やかに笑う)あはゝゝ。それ御覧！　俺の云うのが当ったではないか。とてもの事に、話の仔細を当てて見ようか。

袈裟　(少し驚きながらも)はい！　当てて御覧《ごろう》じませ。

渡　はて、衣川殿からの余儀ない無心ではないか。黄金の無心か、それとも小袖の無心か。

袈裟　(やや悲しげに)いいえ。そうではござりませぬ。

渡　はて、それでは熊野か高野か、遠い旅路に伴をせいと云われて、俺がゆるすまいと思うて、ふさいでいるのではないか。

袈裟　（いよいよ悲しげに）いいえ。そうでもござりませぬ。

渡　はて、それでは思案に尽きたぞ。云うてくれ。まさか、母御前が、俺からそなたを取り返して、仇《あだ》し男にやろうと云うのではあるまいな。

袈裟　（悲しげに首を振る）………。

渡　云うて見てくれ。袈裟！

袈裟　（悲しげに暫《しば》らく黙していた後）まことは、今日母の家で、陰陽師《おんみょうじ》に逢いました。

渡　陰陽師にとな。

袈裟　はい！

渡　（やや気づかわしげに）それが、如何《いかが》いたしたのじゃ。

袈裟　陰陽師が、妾《わたし》の顔を、じいと見ていましたが、やがて申しますのには、おん身には、危難が迫っていると、斯様に申すのでございます。

渡　はて、それは名もない似非《えせ》陰陽師であろう。あられもない事云うて、人の心をまどわそうとするのであろう。かまえて心に留めらるるな。

袈裟　似非陰陽師とも申せませぬ、母が、かねがね帰依しまする安倍の清季《きよすえ》どのでござります。

渡　はて、それは気にかかる事じゃ。して、その危難を逃れるには、加持祈禱をせよと云うのか、それとも物忌《ものいみ》して御経をでも読めと云うのか。

袈裟　清季どのの仰せらるるには、夫婦の臥床《ふしど》が悪いと申すのでござります。

渡　はて、それはたあいもない。童騙《こどもだま》しのような事を云わるるな。悪いとは、どうわるいのじゃ。

袈裟　妾《わたし》に、三七日の間、家の南に当って寝よとこう申すのでござります。

渡　はて、それはたやすい事じゃ。家の南に当ると云えば、この俺《わし》の室《へや》じゃのう。

袈裟　はい。

渡　あはゝゝ。それならば、今日からでも寝るとよい。何よりもたやすい戒行じゃ。あはゝゝゝ、そなたの心がかりと云うのは、これほどの事であったのか。おお可愛《かわゆ》い女《おなご》じゃ。そなたは、いつもそのような、たあいもない事で心を苦しめているのう。

袈裟　（寂しく微笑す）…………。

渡　おおそなたは、やっと笑顔を見せたな。もっと華やいでくれ。そなたの心がかりも、今は晴れたであろうほどに、もう、一杯過して見い。

袈裟　はい。いただきます。

渡　臥床を変える丈《だけ》で防ぎ得る危難なら、清水詣《もうで》の途中に、石につまずくほどの災難であろうのう。でも、そなたの身には、それ程の災難もあらせとうはない！　眼には、塵一つは入《い》るな。頰には羽虫一つ触れるな。そのようにまで、思うているぞ！

（渡、情愛に燃ゆる眼で、じっと袈裟を見ている）

袈裟　（思わず！　わっと泣き伏す）………。

渡　（いざり寄って掻き抱く）袈裟！　まだ何が悲しいのじゃ。

袈裟　いいえ何も悲しいのではござりませぬ。ただお情が身にしみて嬉しいのでござります。

渡　そなたは、今宵気が疲れていると見え、取りわけて涙脆い！　あまり、心を使わずに、もう下《さが》って休むといい。（ふと気が付いて）おお、これは違った。安倍清季の勘文《こうもん》に依って、今宵からそなたと俺とは、臥床を換えるのであったな。下らなければならぬのは、俺だった。（渡、快活に立ち上《あが》ろうとする）

袈裟　はて、お待ち遊ばせ。今しばらくのお名残りを。

渡　一家の裡に、別れ伏すにさえ名残りを惜しみたいと云うのか、はて可愛い女じゃのう。

（渡、後より立ち上った袈裟を、後より手を差し伸べて、かき抱くようにしながら、簀《す》の子の上に出て来る）

渡　雁《かり》が鳴き渡っているのう。

袈裟　これから、いよいよ花が盛ろうとしますのに、花に背いて雁は何処《いずこ》に行こうとするのでござりましょう。

渡　はて、それは俺《わし》には分らぬ、雁の心に訊いて見る外はない。

袈裟　雁も自分の思い通りに飛ぶのでござりましょうか。

渡　知れたことじゃ、生《しょう》があるものには、銘々の心がある！　(空を仰ぐ)しきりに鳴き渡るのう。「朧夜に影こそ見えね鳴く雁の……」無風流の俺には、下の句がつづかぬ。うむ、もう寝よう。春とは云え、夜が更けると、袖袂《そでたもと》が冷えて来る。それでは、袈裟！　女《め》の童《わらわ》を呼んで、臥床《ふしど》を取らせるがよい。

袈裟　今しばらく、お待ち遊ばしませ。

渡　はて、今宵に限って、何故そのように止め立てするのじゃ。明日の日がないと云うではなし、そなたと俺の間には、いつまでもいつまでも楽しい日がつづくのじゃ。今日ばかり、名残りを惜しんで何にするのじゃ。明日天気さえよければ御室《おむろ》あたりの花のたよりでも、訊かせ見よう。おやすみ！　袈裟。

(袈裟、今は止める術もないように、簀の子の上に悄然と立っている。渡、廊下を退場する。渡の姿が見えなくなると同時に、袈裟わっと泣き伏してしまう)

第二齣

――袈裟

第一齣から少し時間が経っている。袈裟、鏡に向って濡れた髪をしきりに櫛《くしけず》っている。傍に臥床が取ってある。

袈裟　妾《わたし》をあんなに、愛して下さる渡どのを、あざむいて臥床を換えた丈《だけ》でも、空恐しい気がする。でも、妾の悲《かなし》い志を知って下すったら、きっと妾の罪を許して下さるに違《ちがい》ない。妾はこうするより外に、手段《てだて》がないのだもの。夫に事情を話す。妾を、眸《ひとみ》のように愛していて下さる夫は、火のように怒られるのに違ない。そして、あの恐《おそろ》しい盛遠《もりとお》と夫とは、戦われるに違ない。おやさしい渡どのが、何《ど》うして、あの鬼のように恐しい盛遠に、刃向うことが出来よう。夫を殺した盛遠は母御前も、安穏にして置く筈はない。母御前を殺した後に、きっと妾を……。妾は始《はじめ》から呪われていたのじゃ。渡辺橋の橋供養で、あの横道者に見染められたときから、妾の運は定《さだ》まっていたのじゃ。……

（しばし沈黙した後）

袈裟　「袈裟を得させよ。否とあらば、おん身を刺して俺《わし》も死のうよ」と、盛遠は、毎日のように、母御前を責めさいなんでいると云う。弱い母御前は、狂うようになって居られる。でも、妾《わたし》が何《ど》うして操《みさお》を二つにすることが出来よう。渡どのの眼を忍んで、どうして怖《おそろ》しい褄重《つまがさ》ねが出来よう。今日あの非道者は、妾の胸にも白刃を差し付けて、われに靡《なび》け、否と云わば御身はもとより、母御前も渡どのも一つの刃に、刺し貫いて呉るるぞと云った。あの非道者は、言葉の通りに行う者じゃと、皆に怖れられている。妾が、否と云うならば、どんな怖しいことが起るかも知れない……。

袈裟　（髪を櫛った後、男風に結んでいる）妾は、その時に死んで、操を守ろうと心を決めたのじゃ。今宵忍んで渡どのを殺してくれ、渡どのさえ世にないならば、快くおん身に靡こうと、妾は怖しい言葉を、口に上せたのじゃ……。

袈裟　それにしても、おなつかしいは渡どのじゃ。妾のそら言を、まことのように聴きなされて、何事もなく臥床《ふしど》を換えて、休んで下された。何物に代えても、妾を愛して下さるお心が、日の光のように、身にしみじみと感ぜられる。あれほど、おやさしい渡どのに、分れまいらせることを考えると、腸《はらわた》が断々《きれぎれ》になるように悲しい。でも、夫の身に代って、死ぬることを考えると、それは悲しみの裡の欣びじゃ。最愛の夫の命に換る。女の死に方の中《うち》で、こんな欣ばしい死に方が、またとあるかしら……。

袈裟　おお。月に雲がかかったと見え、庭の表が急に暗うなった。九つと云ったからもうほどなく忍んで来るだろう。夫のために、身を捨てるのだと思うと、心が水のように澄んで来る。澄んだ心の裡に、ほのぼのとした明りが射して来るような気さえする。南無阿弥陀仏！　南無阿弥陀仏！

（袈裟、髪を結い了《おわ》り、しずかに立って揚げられた簾を降ろす）

袈裟　南無阿弥陀仏！　南無阿弥陀仏！

（袈裟。短檠《たんけい》を消す。簾の裡、急に暗くなる。庭上も、月に雲がかかったと見え、段々暗くなり、やがて薄明が凡《すべ》てを掩《おお》うてしまう）

第三齣

――盛遠

年十七なれども、六尺近き壮士。直垂《ひたたれ》に腹巻を付けている。闇にも、それとしるき抜身の太刀を右の手に携げている。ぬき足して、寝殿に迫って来る。徐々に、簾をかかげて、内へは入《い》る。

暫くの間、恐しき沈黙。雁がしきりに、中空に鳴く。「えい！」と云う、低い、しかしながら、鋭い叫び声。かそけき物音。

盛遠、やや荒々しき足音で出て来る。左の手に、袈裟が着ていた小袖の袖で、包んだ袈裟の首級《くび》を持っている。

月が再び、中空に冴える。盛遠、包まれた首級を見ながら、ニッと会心の微笑を洩す。やがて右の手で布をほどく。それを確《たし》かめるように、月の光にかざす。低く鋭き絶叫！

盛遠　ええっ！

（よろよろと、寝殿に倒れかかって、簀の子の上に尻餅をつく）

盛遠　ややこれは、袈裟！

（彼は、渡を探すように、再び寝殿の簾をかかげて見る。内は空し）

盛遠　ううむ。さては、袈裟御前に計られたか。渡を打たすと、われを詐《いつわ》り、真《まこと》は夫の身代りに身を捨てたな。

（烈《はげ》しい苦悶の表情）

盛遠　口惜しや盛遠が、一期の不覚。

（庭上に身を投げて悶える）

盛遠　恋慕の闇に迷い、不覚にも、可愛《かわゆ》いと思う女子《おなご》を打って捨つるとは、われながらあさましや。云おうようなき狼狽者《うろたえもの》じゃ。

（盛遠、身もだえして口惜しがる）

盛遠　（苦悶から悔悟にうつり、やや理性の光が帰って来る）さるにても、この女《おなご》！　いみじくも死に居ったな。夫を助け操を守る一念よりいみじくも思い切ったな……。

盛遠　（つくづくと首を眺める！）おお何と云う神々しい死顔じゃ。言葉の通り、髪を洗うたばかりでなく、香《こう》までも炷《た》きこめたな。み仏のような、この美しい面で、盛遠のあさましさを、笑うと見えるな。主《ぬし》ある女に、横恋慕するみにくさを笑うと見えるな。

盛遠　（切りたる袈裟の首を、縁側の簀の子の上に置きながら地に手を突きて礼拝する）許して呉れい！　袈裟どの。おん身恋しさの心から、あたら盛りの花を散らしてしもうた。やがて、冥府へ追い付いて詫《わび》をする！　しばらく待って居て下されい！

（盛遠、筧《かけい》の水で、血に染みたる刀を洗い、やがてそれを鞘に収めてから、大音声に名乗る）

盛遠　やあやあ。この家の主《あるじ》、左衛門尉渡どのに、物申す。おん身が、最愛の夫人袈裟御前を打ち取ったる曲者ここに在り。はやはや出合うて首刎《はね》られい！

（盛遠、威丈高《いたけだか》に名乗ってから、じっと聞耳をすます。しばらくの間、物音がしない）

盛遠　（一段と声を張り上げる）やあやあ渡どの。曲者が忍び入り、おん身が夫人、袈裟御前を手にかけしぞ。はや出で合うて、曲者が首刎られい！

（盛遠獅子のように怒号をつづける）

第四齣

――盛遠と渡

廊下を伝うて来る烈しい音がする。白い素絹《そけん》の寝衣を着た渡が、太刀を握りしめながら、馳《か》け付けて来る。

渡　袈裟どの。袈裟。何事じゃ！　何事じゃ！

（先《ま》ず盛遠の姿を見る）

渡　曲者！　何奴《なにやつ》じゃ。

盛遠　おお待ち受けた渡どの。袈裟どのを手にかけた遠藤武者盛遠じゃ。立寄って首刎《は》ねい！

渡　なに、なに、汝《なんじ》は盛遠！　汝が、袈裟を手にかけたとは！（ふと簀の子の上の首級《くび》を見て、仰天する）ええっ！　これは正しく袈裟の首！（憤然とする）云え！　云え！

何の意趣あって、袈裟を手にかけた！（刀を引き寄せて柄に手をかける）

盛遠　うむ！　その意趣も語ろう。一部始終を語ってから、潔くおん身の手にかかろう。

仔細はこうじゃ。

渡　云え！　云え！　仔細を。その素首《そっくび》の飛ばぬ間に、語れ。

盛遠　（地上にうずくまりながら）元より、おん身の手にかかるは覚悟じゃ。さるにても、袈裟どのは、日本一の貞女よな。

渡　なに貞女とは！

盛遠　渡どの。仔細はこうじゃ。去る弥生《やよい》五日の事よ。摂津渡辺の荘渡辺橋の橋供養に、我は奉行を務めて、群衆警衛の任に当りしが、供養も果てて人々家路に急ぐとき、橋の袂《たもと》の桟敷より降り立ちて、輿《こし》に乗りたる女房の、年は二八《にはち》と見えて、玉の如くにあでやかな面影に、忽《たち》ち恋慕の心湧いて、あれは何人ぞと、傍の雑人《ぞうにん》に訊きたるに、あれこそは衣川殿の愛子《まなご》にて、左衛門尉渡どのの北の方、袈裟御前にて候との答なりし。

渡　ううむ。

盛遠　袈裟ならばわれの従妹姉《いとこ》にて、我は丹波に養われて、相見ることのなかりしが、かかる女子《おなご》を、族《うから》に持ちながら、人に奪《と》らるることやある！　いで、取り返して、わが妻にせむ！　一図《いちず》に思い切っては、鉄壁も避けぬ盛遠。忽ち、伯母御前なる、衣川殿を訪ねて、あさましや、白刃を伯母の胸に差し付け、袈裟を呉るるか命を呉るるか、二つに一つと脅した。

渡　ううむ。

盛遠　心弱き伯母御前は、心持死ぬびょうや思われけむ。ひたぶるに、袈裟御前の助けを乞うたのじゃ。

渡　ううむ。

盛遠　衣川殿の館《やかた》にて、今日初《はじめ》て、袈裟御前に逢うたのじゃ。人非人《にんぴにん》の盛遠は、忽ち刃を抜いて、袈裟御前の胸にもさしつけた！

渡　ええっ！　おのれ！　（憤然と盛遠をにらむ）

盛遠　その怒りは、尤もじゃ。やがて、存分に晴すがよい！

渡　刃を差しつけながら、汝は何と云うたのじゃ。

盛遠　我になびかばよし。否と云わば、おん身は元より夫の渡、母の衣川《ころもがわ》、三人とも盛遠が嫉刀《ねたば》の錆にして呉れると！

渡　ええっ！　非道の盛遠め。して、して、袈裟は何と答えたのじゃ！（半身を乗り出す）

盛遠　われに、靡《なび》くと答えられた！

渡（愕然として、刀の柄を握りしめる！）なに、なに汝になびくとな！

盛遠　駭《おど》かれるな渡どの。なびくと云うは、貞女の誠から出た偽りじゃ、袈裟どのの云わるるに、夫渡の在らん程は、心にまかせじ、今宵忍んで、渡を打て！　夫なき後は、御身の心次第と。

渡　な、な、なに。

盛遠　夫の臥床《ふしど》は南の寝殿。夫に勧めて髪を洗わせて置くほどに、濡れたる黒髪をたよりに、首を斬れと！

渡　ええっ！

盛遠　恋慕の闇に迷うたる盛遠には、貞女の巧が分らなかったのじゃ。さては、袈裟御前！　我に心を通すと欣び勇んで忍び入り、濡れたる髪をたよりに、挙げたる首級《くび》、仕合せよしと、ほくそ笑み、月の光に晒して見れば、思いがけない袈裟どのの、神々しい、み仏のような死に顔じゃ。

渡　ううむ。

盛遠　人非人の盛遠に、見染められたを運とあきらめ、夫に代り母に代り、操を守ってはてられた袈裟どのは、日本一の貞女よな。その袈裟どのを、害したるこの盛遠は、日本一の人非人じゃ。うつけ者じゃ。うろたえ者じゃ。さあ、渡どの！　おん身が、最愛の夫人袈裟どのの敵《かたき》は、ここに居《お》る！　いざ、首を打たれよ！　首刎《は》ぬる丈《だけ》では、気が済むまい！　踏みにじるとも、斬りきざむとも、存分にせられい！

（盛遠、自分の刀を後へ投げ捨て、渡の前にいざり寄る！）

渡　（黙然として言葉なし）

盛遠　いざ、渡どの。存分にせられい！　このあさましい盛遠を、こなごなに砕いてくれい！

渡　（黙然として居る。腸を刻まれるような苦悶の裡に居ることが、顔の表情で分る）…………。

盛遠　いざ、いざ。（進んで首を差し延べる）

渡　（なお黙っている！）…………。

盛遠　いざ。いざ。渡どの、おん身は妻を打たれて、口惜しいと思わぬか。この盛遠を憎いとは思わぬか。

渡　（詰めよって来る盛遠を、ややうるさそうに避けながら）おん身を打っても詮ないことじゃ。

盛遠　（やや拍子抜けがしたように）なに詮ないとは。

渡　死んだ袈裟が帰りはすまい。

盛遠　とは云え！　現在妻の敵を、目の前に置きながら見逃すと云う法があろうか。さては、渡どの、おん身は、この盛遠が武勇に聞き怖《お》じしたか！

渡　（寂しげにセセラ笑う）妻の敵とあれば、鬼神なりとも、逃すまじきが、袈裟の死は、所詮自害じゃ。自ら求めての死じゃ。敵はない！　敵はない！

盛遠　さては、いろいろ言葉を構えて、この盛遠を助くるつもりよな。

渡　何とでも思うたがよい！

盛遠　さては、おのれ！　この盛遠を打っても足らぬ人非人とさげすむと見えるな！　よし、さらば、こうしょう。

（盛遠、髻《もとどり》をふっつりと切る！）

盛遠　盛遠が、一念発起のほどを見ているがよい！　おのれが、罪を悔いる盛遠の心が、どんなに烈しいかを見ているがよい。さらば、左衛門、僧形《そうぎょう》に改めて、袈裟どのの菩提のため、諸国修業に出る前に、もう一度訪ねて来よう。異様《いよう》の姿が、人に見とがめられぬように、夜が明けぬ裡に、行こう。さらばじゃ。

（盛遠、袈裟の首級《くび》を残り惜しげに見返りながら出で去る）

第五齣

——渡

盛遠の姿が、見えなくなると、渡は堪らないように、袈裟の首級《くび》に近づいてそれを取り上げる！

渡　袈裟！　袈裟！　変り果てたる姿になったよな。

（よよと泣く）

渡　お前のこの美しい眸は、もう開かぬのじゃな。お前の可愛い唇は、もう再び動かぬのじゃな。袈裟！　袈裟！　……

渡　袈裟！　袈裟！　お前はなぜ、死んだのじゃ。袈裟！　袈裟！　お前は、俺《わし》がお前をどんなに愛しているかを知って居よう。知っていながら、なぜ、お前は俺を捨てたのじゃ。

（身悶えして歎く）

渡　盛遠めは、お前の敵《かたき》じゃから斬れと云った！　が、俺は盛遠よりも、お前が恨めしいのじゃ。盛遠のような人非人は、相手にする丈《だけ》でも、汚《けが》わしい！　お前は俺の心をもっと知って呉れる筈ではなかったのか。お前は、自分の身を捨てて俺の命をすくって呉れたと云うのか。あの盛遠めは、それを貞女だと云った。世の人も、恐らくそう云おう。が、袈裟よ、お前を命よりも愛しているこの渡には、自分の命よりも、お前の方がどれほど、大事かと云うことを知らないのか。お前が死んだ後の俺の生活が、太陽が無くなったように暗澹となると云うことを、気が付かなかったのか……。

渡　(涙に咽《むせ》びながら)それに、袈裟よ。お前は、なぜ俺に打ちあけては呉れなかったのか。俺に打ち明ければ、俺が盛遠と戦い、俺が殺されるとでも思ったのか。俺は、それが情ないのじゃ。俺が、盛遠を怖れるとでも思っているのか。渡は、盛遠のように、骨は堅くない！　打物様《うちものわざ》は下手じゃ。が、愛するお前のためには盛遠はおろか鬼神にでも立ち向うて呉れるぞや。愛するそなたのためには、水火を辞さない心だけは、何人にも劣らないつもりじゃ。……

渡　袈裟よ、男が、自分の最愛の妻を、犠牲にして生き延びることが、どんな心持がするかと云うことをお前は知らないのか。それは身を切らるるよりも、苦しい恥辱じゃ。お前を犠牲にして、生きるよりも、俺は焦熱地獄の釜の中で、千万年煮られている方が、まだよい！　まだましだ……。

渡　お前は、なぜ俺《わし》に打ち明けては、呉れなかったのか。俺はお前のために、盛遠と戦う。それが男として、どんなに欣ばしい、晴がましい務《つとめ》であるかと云うことを、お前は知らなかったのか。お前はなぜ悲鳴を挙げながら、俺に救いを求めて呉れなかったのか。俺が、馳《か》け付けて来てお前を小脇にかき抱きながら、盛遠と戦う。それが、どんなに喜ばしい男らしい事だったろうか。俺は、屹度《きっと》勇気が百倍したに違《ちがい》ない。きっと、盛遠を倒したに違ない。若《も》し万一、俺が負けたらその時こそお前は、俺の傍で死んで呉れればよいのではないか。……

渡　袈裟よ、夫が、妻から望み得る一番うれしいことは犠牲ではない。男が、女を犠牲にして、何がうれしかろう。強い男に取って、それは一の恥辱じゃ。最愛の妻から受けて、一番うれしいものは信頼じゃ。夫に凡てを委せてくれる信頼じゃ。お前はなぜ、俺に打ち明けては呉れなかったのじゃ。盛遠には、所詮及ばぬとでも思ったのか。俺は、お前の眼からも、盛遠よりは頼《たの》もしくないと思われたのか。俺はそれが、情ないのじゃ……。

渡　盛遠は、恋した女を、自分の手にかけて、それを機縁に出家すれば、発菩提心には、これほどよいよすがはない。お前はお前で、夫のために身を捨てたと思うて、成仏するだろう。が、残された俺は、何《ど》うするのじゃ。最愛の妻は奪われ、人生は荒野のように寂しくなるのじゃ。俺は、何処で救われるのじゃ……。

渡　生き延びるために、最愛の妻を犠牲にした不甲斐ない男として、俺にいつまでも生き延びよと云うのか。袈裟よ！　俺は、お前が恨めしいぞ。

（渡、しばらくしてから、思い切ったように、髻《もとどり》をふっつりと切る）

渡　盛遠は、迷《まよい》がさめて出家するのじゃ。俺は、最愛の妻を失うて、いな最愛の妻に、不覚者と見離されて、墨のような心を以て、出家するのじゃ。この蕭条《しょうじょう》たる心を、なぐさめるために、出家するのじゃ……。

渡　（妻の首級《くび》をかき抱くようにしながら）お前の菩提を弔うてやりたい！　が、俺の荒んだ心は、お前の菩提を弔うのには、適わぬぞや。まだ懺悔に充ちた盛遠こそ、念仏を唱うのに、かなって居よう！　ああさびしい。

（夜が明けたとみえ、周囲がほのぼのと明るくなりやがて鶏鳴と共に、朝の太陽の光がさして来る）

渡　夜が明けて来るな。が、俺の心には長い闇が来たのじゃ。袈裟よ！　袈裟よ！　なぜ、お前はこの渡を、頼んで呉れなかったのか！

（よよと泣きくずれる！）

――幕

小野小町

人物

小野小町

老　人

侍　女　　甲、乙、丙

舞台

小野小町の寓居。左手に竹垣がある。竹垣に門がついている。右に寝殿作りがある。秋の夜が暮れて間もない頃。侍女乙、丙が、座敷で灯を入れている。甲は庭に降りている。

侍女甲　其処《そこ》へ立ってはいけませぬ。其処へ立ってはいけませぬと云うに。

（生垣の外にいる何かを追い払うている）

侍女乙　何事でござりまする。

甲　ほほ、いつものように浮気男の垣のぞきでござりまする。

乙　ほんまに、きょうとい事じゃ、お姫さまのお顔が、それほどに見たいかのう。

甲　それは、ことわりじゃ。おぬしが、業平さまのお顔をたった一目みたがっているように、青公卿や、青侍は、一度都に名高いお姫さまのお姿を、見たがるのじゃ。

乙　女に生れたからには、せめてお姫様が三《み》つ一《いち》の御器量にでもなりたいものじゃ。

甲　業平さまを見たがっているのは、それはおぬし自身ではないか。

乙　ほゝ、何の、おぬしの事ではないか。

（二人笑う）

甲　でも、お姫さまの御身分は、幸か不幸か分らぬ。これ迄、お姫さまに云い寄る殿御はみんな揃いも揃うて浮気男で、一人としてお気に召した殿御には出合わぬのじゃ。

乙　あんまり、よい御器量なので、撰りごのみをなさるからじゃ。頭《とう》の中将様でも左馬《さまの》頭《かみ》どのでも、蔵人《くろうど》の少将様でも、みんなよい男じゃが、お姫さまにはお気に召さぬのじゃ。

甲　可哀そうに、深草の少将様も、あんなにお通いなされても、お望みが叶うかどうか。

乙　でも、あの方丈《だけ》は、ホンニ実意のある方に見えるわのう。

甲　お姫さまは、何時《いつ》まで通わせて置くおつもりであろう。傍にいる妾達《わたし》が気がもめてならぬのう。

乙　（奥に気が付き）おお、此方《こちら》へおでましじゃ。（侍女立って出迎えの用意をする）

小町　（丙を具して奥から出て来る）おお美しい、月しろじゃ。今日は、居待たぬ月じゃったのう。間もなくさし昇って来るであろう。

甲　お月様の上る頃には、あの方も、いつものように通っておわすでござりましょう。

小町　ほほうそうじゃ。今日は卯月の十一日から数えて幾日目にあたるかのう。

甲　卯月《うづき》の三十日《みそか》で、十九日、さつきの三十日で、四十九日、六月《みなづき》の三十日で、七十九日、今日はふみ月の二十日でござりますゆえ、丁度九十九日でござりまする。

小町　おお九十九日。もうアト一日じゃ。

乙　おお、アト一日とは、何のことでござりまする。

小町　おほゝゝゝゝ。そもじ達には云わなかったが、深草の少将どのが通い初めたのは、卯月の十一日なのじゃ。

丙　まあ、よく覚えていらっしゃりますこと。

甲、乙　感心な、九十九日の間、雨の夜も、風の夜も、よくお通いになりましたことのう。

丙　おお一昨日《おとつい》の夜なども、あの嵐では今宵こそよもお通いはあるまいと、八つ頃、妻戸をしめようと参りますと、あの雨風《あめかぜ》の中で、男々しくも「小町殿の女《め》の童《わらわ》と見た、深草の少将が、今夜もこれまで参ったと、お伝え下され」と柴折戸《しおりど》の外で仰しゃるのじゃ。

甲　おほゝゝゝ。まあ、何と深い男の情であろう。妾が、もしおひめ様であったら、直《す》ぐ柴折戸をあけて、少将殿のぬれしおれたお身体を、あたためて上げようものを。

丙　妾も、そう思ったのじゃ。せめて、簀《す》の子の上までお通《とおし》して、ぬれた狩衣《かりぎぬ》の袖をでもしぼってさし上げたいと。

乙　でも柴折戸を一寸《ちょっと》もあけるなと、おひめ様のきつい法度《はっと》。

小町　（やや感動して）ほほう、あの雨風の夜《よ》にも来られたのか。

丙　いいえ。来られた所ではござりませぬ、あのひどい雨の中で、妾の姿が見えるまで立ちつくして居られたようでござりまする。

小町　まあ！　すまない、何だか気がとがめて来た。
甲　おひめさま、なぜあの方にこんなに情《つれ》なく遊ばすのでござりまするか。
乙　何故こんなに情なくなさるのでござりまするか。
小町　おほゝ。お前達には、今まではかくしていた。が、そんな話をきくと、何となく気がとがめて来たから、ざんげ旁々《かたがた》話そう。妾《わたし》には世の常の男の心が、疑われてならぬのじゃ。今まで妾に云い寄ったあまたの男は、みんな如法《にょほう》の浮気男じゃ。ただ妾の顔容《かおかたち》をめでて妾を弄《なぐさ》み物にしようとする人達ばかりだった。私《わたし》は、それにこりたのじゃ。ほんとうに妾を思ってくれる方、私のためには、何でもして下さる方、ほんとうに実意のある方でなければ身をゆるすまいと思ったのじゃ。深草の少将どのの懸想《けそう》文《ぶみ》を貰ったとき、妾はあの方が嫌いではなかったのじゃが、ただでは許す気にはなれなかったのじゃ。あの方の心をためすために、百夜《ももよ》通《かよ》って来たら、なびこうと約束したのじゃ。
甲、乙、丙　まあ、驚きました。
小町　妾は、男の薄情にこりごりしていたので、ついそうする気になったのじゃ。
甲　さようでござりまするか。妾はまた、おひめさまはお美しいので思い上《あが》って、いらっしゃって、惚れて来た男を、さんざんにおもちゃにしているのかと思っていました。

小町　（顔をあからめる）まあ！　でも、そんな心持も、少しはないことはなかった。でも深草の少将さまは、妾のわがままな云い付に服従しながら、本当に妾に打ちかかってしまったのじゃ。

乙　と仰しゃいますと。

小町　初《はじめ》の裡は、あの方が夜毎、柴折戸を叩くごとに、妾は得意になったのじゃ。妾のために深草から通うて来る男が一人いる。妾は、そう思うと、得意のうすわらいさえが、頰に浮んで来たものじゃ。ところが、今はまるきり違うてしまった。妾はあの方の熱情に打たれてしまったのじゃ。あの方が、妾の云いなり次第、毎晩通って下さる熱情に、動かされてしまったのじゃ。今では、柴折戸を叩く音が、きこえるごとに、苦しむのは妾なのじゃ。あの音は、妾の意地にも邪《よこ》しまな誇《ほこり》を責めるように響いて来る！「馬鹿な女《おなご》め！　お前は自分のつまらない意地と、誇とのために自分を苦しめ、人をも苦しめているのではないか」こんな風に、あの音が妾を責めるのじゃ。

甲、乙、丙　（黙っている）

（月が美しくさしのぼる）

小町　何と云ういい月夜だろう。恋人をすげなく返す、意地わるな女が、ここに一人いるのじゃ。おお妾はなぜあの方の前に、なぜ直ぐやさしく女らしく、自分の凡《すべ》てを投げ出さないのだろう。

甲　ほんとうに、そうなさりませ。何も、意気地に百夜《ももよ》までお待ちになるには及ばないではございませぬか。

小町　でも妾《わたし》は――……此方《こちら》で、折れて出るのは何だかきまりがわるいのじゃ。

乙　でも、それはおひめさまの単なる意地ではございませぬか。

小町　でも、妾に……、妾の方から、云い出しておきながら。

丙　恋路に意地は禁物ではござりませぬか。

小町　でも、……おお、虫の音が止んだ。あの方かも知れない、もう七つを廻っただろうから。

乙　ほんに、あの方のようでござります。

小町　おお！　あの方だ。今夜も、いつものように、おとなしく通って来られた！　お意地わるな女だろう！　なぜ明日でなければいけないのだろう。もう、心ではあの方に許していながら、自分の意地のために自分の誇りのために、こんな月のよい晩に、自分を愛して呉れる男の胸に、身を投げかける大きなよろこびを自分で捨てようとは。

（トボトボと柴折戸を叩く音がする）

小町　おお何と云う心憎い、叩き方だろう。明日が百夜目だと云うのに、あんなに素直におとなしく叩いて居られる。おお、でも、あの方の胸の裡には、凡てを焼きつくさねば置かない熱情が宿っているのじゃ。

甲　そうでございますとも、おひめさま、今でござりまする。何明日《なにあす》まで、待つことが入《い》りましょう、あなた様のお情《なさけ》を見せるために、今宵おゆるしなされませ。

丙、乙　ほんとうに、お呼び込みなされませ。あなたさまの意地をお捨てなされませ。

（戸を叩く音止む）

小町　おお帰って行かれる！　帰って行かれる！　こんな晩に帰していいかしら。あの方が、九十九夜《つくもよさ》の間、通いつめたお情に酬《むく》いるために、妾だって。

乙　さようでございますとも、早うお呼び込みなさりませ。

小町　（思案して）ほんに、明日まで待たねばならぬと云う道理はない。おお足音が、あんなになってゆく。妾は意地を捨てよう。今じゃ。今じゃ。おお呼び返してたもれ。

甲　（柴折戸へかけつけ、それをあけて半身を出す）のうのう。申《も》し深草の少将どの。少将どの。

小町　（心配そうに）おお聞えぬと見えて、足音が遠ざかる。もっと、大きい声で云ってたもれ。

甲　のうのう申し、少将どの。返させたまえ、引き返させたまえ。

外の声　（引き返して来た容子《ようす》）何事でござる。

甲　されば、姫君の仰せでござりまする。九十九夜《つくもよさ》の間をよくもお通いなされました。お情《なさけ》のあまりにうれしければ、情《すげ》なくお帰し申すことのつれなくて、明日《あす》とは云わず今宵、お目にかかろうとのことでござりまする。美しい月の夜《よ》をもろともに語りあかさばやと、姫君の仰せでござりまする。

外の声　（しばらく語なし）

甲　何と御思案なされます。はよう、お入りなされませ。

外の声　（語なし）

甲　さあ、早う。さあ、早う。

外の声　（語なし）

小町　（いらいらして）何とて、躊躇したもうぞ、はやくお入りなされませ。そもじ達、はよう行っておつれ申せ。

（侍女二人、かけ出て深草の少将と思われたる男を連れて入る。狩衣を着て、薄衣のかつぎをきている）

男　（不承無承に連れ込まれながら）お情は身にしみてうれしけれど、とてものことに明日まで待とうと存ずる。

小町　（怒って）こは思いも寄らぬ仰せ、妾《わたし》に会わんとて、百夜《ももよ》は通いたもう、九十九夜にても会わむと云うに、などてためらいたもう。はや、これへお通りなされ。

男　お志は、うれしけれども、今一夜《ひとよ》だけ、待たせたまえ。なまじい、九十九夜にて会いまつらむよりも、後の語り草にも、今一夜は通い申さむ。今日は、このままゆるしたまえ。

小町　はてさて、心なき仰せ。小町ほどの女が、誓いを捨て、九十九夜にても会わむと云うに、さりとては情《つれ》なき仰せ……

男　世のきこえもござる。一生の思い出に、百夜通うて望みを叶えた方が、われとても晴がましう存じます。

小町　ええ、何と仰せられる。

男　はてさて、男の意地に、いま一夜は通わさせ給え。明日《あす》こそは晴れて！　おめにかかろう。ええここを放し給え！

小町　ええきかぬ！　きかぬ！　小町ほどの女に恥をかかせたそなた。よしさらば、おん身には、百夜にも会わじ、千夜《ちよ》にも会わじ、千夜万夜《よろずよ》通いたもうとも、ゆめ会いまつらじ……

男　はて、それは。（狼狽する）

小町　言葉を交すも、これ限《かぎり》にて候……

（小町去ろうとする）

（男急にぺこぺこする）

男　のう。お待ちなされい。小町さま。

小町　（烈《はげ》しい声にて）何事にて候ぞ。

男　今は、何をか包み申さむ。やつがれは誠は深草の少将にては候わず。

小町　ええっ！

侍女達　まあ！　まあ！

男　少将どのに使わるる下僕《しもべ》にて候。

小町　ええ。口惜《くちお》しや、あの少将のひとでなし。

侍女達　ほんに、にくい少将どの。

小町　ああ、口惜《くや》しい。はかられた。

甲　一昨夜《おとつい》の晩の声も、そう云えば老人の声であった。

小町　どうしよう！　口惜《くちお》しい。

男　そうお怒りなされますな。七十七夜までは、少将さま自らお通いなされたれど、この頃は、脚気の気味にて引きこもらせたまえば、やつがれ主人に代って候。

小町　ええ口惜しや口惜しや。

男　さらば、お自ら、通わせ給わずとも、おん身を思う真心に、変りはあらじ。これより深草に引き返し、主人を伴い申せば、あわれこの美しき月の夜に、千世《ちよ》までも契りたまえや。

小町　ええ憎らしや。ええ憎らしや。小町ほどの女をこうまで、たぶらかしたることの憎らしや。

男　などて、おん身をたぶらかさん。脚気にて、詮方なきことでござります。

小町　はて、口惜しや。この腹いせには、少将どのに生恥《いきはじ》かかせいでは、置くまじいぞ。はて、何としょう。何としょう。

男　おお、ゆるされませ！　ゆるされませ。

甲、乙、丙　ほんに、何ぞひどい仕返しをなされませ。少将の性悪に。

小町　おお腹いせには、よいことがある！　少将どのがそなたを代りに通わすならば妾《わたし》も少将どのの代りに、お身と契ろうよ。

男　え……それは。（狼狽する）

侍女　それは、おひめさまあんまりでござりまする。

小町　はて、この上もないよい思案じゃ。少将どのが妾に百夜《ももよ》通わるるとは、都の中に隠れもない沙汰じゃ。それほどに思う女を、召し使う下僕に奪《と》られたとあらば、深草の少将は都の町々を面《おもて》をもたげては通《とお》られまいよ。おお今宵の裡に仇を返すことのうれしさよ。そこなる男よ、すがめにてもあれ、鼻かけにてもあれ、今宵一夜は都に隠れもない小野の小町の思われ人ぞ。はや、あれへおん入り候え。

（小町男の手を取りて、奥へ引き入れんとする。男顫《ふる》え出す）

男　これは、思いもよらぬことにて候。やつがれははや六十路《むそじ》の坂を越えたる爺《おやじ》にて候。

（かつぎを取る）

侍女　まあ、まあ。

小町　ええ、口惜しい。こう云った妾《わたし》の意地じゃ。年のほどは何をかいとわむ。いざあれえ。

男　（逃げながら）はてゆるさせられい！　これは、少将どのに年ごろ、恩顧の者にて候。主人の思われ人に契ることの空怖《そらおそろ》しく候。

小町　ええ、口惜しや。そなたまでが。

男　ゆるさせられい。

（侍女達の止めるのを振り切って逃げる）

侍女達　やるまいぞ。

小町　ええ口惜しや。性《しょう》わるな男どもじゃ。これからは世の男達に、かまえて心はゆるすまじいぞ。口惜しや。口惜しや。

時の氏神

人物

相良英作　年三十位。貧しき小説家

同妻　ぬい子　二十四、五

杉本芳子　ぬい子の従妹。ぬい子と同年位

時　今日

所　東京の郊外

情景

相良英作の家、若葉の茂れる森を背景とした三間ばかりの家。玄関二畳、その次が四畳半、その次《つ》ぎが六畳。二畳の玄関は見えない。六畳の奥の壁には、大きい書棚があり、洋書と和書とが、半分ずつ位並べられている。縁側近く机を出してある。机は、商売柄紫檀《したん》である。主人の相良英作は、机の横に、座蒲団を四つに折って枕とし、ねそべっている。

四畳半は、細君の居間である。奥の壁に三つ重ねの箪笥が一つ立てかけてある。箪笥の右に衣架《いか》があり、二、三枚の着物と、色のあせた夏外套などかけてある。

箪笥の左横に障子があり、台所へ通ずる。ぬい子、自分の着物らしい冬物をほどいている。時々、障子越しに六畳間の方を気にしている。

英作は、いつまで経っても寝ている。

ぬい子　（独言のように、その実は夫に聞かせるように）今日が、二十八日、あすが二十九日、もう四日しかないわねえ。

（ぬい子、夫の方から何か云いやしないかと耳を傾けている）

ぬい子　ああいつが来たら、月末の心配をしなくってもよくなるのかしら。家賃が四月もたまっているところへ、また一月溜めてしまうんだもの、いやになってしまうわねえ。

（夫は何とも云わない）

ぬい子　米屋だって、月末には十円や十五円は、何《ど》うしても入れてやらなきゃ、もう持って来なくなるわ。全く深切《しんせつ》ないいお米屋さんだのに、此方《こちら》が、わるいんだわ。ほんとうに。

（だんだん声が高くなる、英作寝がえりを打つ）

ぬい子　ちょいと。ねえ貴君《あなた》。

（英作、だまって返事しない）

ぬい子　ねえ、もし、起きていらっしゃるの。

（まだ返事をしない）

ぬい子　もし、起きていらっしゃるの。もし、起きていらっしゃるのったら。

（ぬい子、いらいらして来て、障子をはげしく開ける）

英作　馬鹿！（突拍子もない声で叫ぶ）

ぬい子　びっくらするわねえ。そんな大きな声を出して。

英作　だって、原稿を書いてしまうまでは、この障子を絶対に開けてはいけないと云ったじゃないか。（仰向けに寝ながら呶鳴《どな》る）

ぬい子　でも、原稿を書く書くと仰しゃって、朝から寝てばかりいらっしゃるじゃないの。

英作　だって、仕方がないよ。考えがまとまらない時は、どんなにあせったって、一行だって書けやしないよ。

ぬい子　考えをまとめるなんて仰しゃって、先刻《さっき》なんか、いびきをかいて、ぐうぐう寝ていらっしゃるのですもの。妾《わたし》、いやになってしまうわ。

英作　いやになったら、勝手にしやがれ。

ぬい子　ええするわ。昨夕《ゆうべ》なんか、何処へ行っていらっしゃったの。

英作　大きなお世話だ。

ぬい子　ええ大きなお世話でもねえ、貴君《あなた》のするままに委して置いたらどんな目に会うか、分らないんですものねえ。昨夕なんか、きっとそうよ。××新聞社へ行ってこの間の原稿料を取って、プランタンへいらっしったのだわ。

英作　下品な邪推をするのはおよしよ。

ぬい子　いつも、貴君の欠点をつかまえると屹度《きっと》下品な邪推だとおっしゃるのねえ。

英作　そうじゃないか。そうに違いないよ。

ぬい子　へえ、下品な邪推でしょうか。じゃ、貴君の袂《たもと》に在った五円札は、何処でお貰いになったの。

英作　（半ば身体を起し）なんだ、お前は俺の袂まで探すのかい。

ぬい子　探したら悪い。

英作　悪いとも。いくら夫婦だって、人の袂まで探す奴があるかい。

ぬい子　だって、少しでもお金が入ると直《す》ぐ外へいらっしゃるんだもの。それじゃ、たまらないわ。貴君のは、楽は外で苦は内ですもの。それじゃ、妾がやり切れないわ。貴君のは、お金があるときは、外を歩き廻って、お金がなくなると、家《うち》へ休息に帰って来るんですもの。それじゃ、妾が何処に立つ瀬があるの。

英作　お前と、顔を見合わせていたって、面白くないからね。

ぬい子　え、どうせそうですよ。プランタンへ行って、貴君《あなた》の好きな女給とでも話していらしった方がよっぽどいいでしょうね。

英作　ふふむ。

ぬい子　ふふむじゃないわよ。この間の晩なんか何処へいらしったの。川瀬さんの処でかるたをして遅くなったなんて、ウソでしょう。

英作　馬鹿！

ぬい子　何が馬鹿です。妾《わたし》だって、貴君が外の女へ心を移しかけているか位は、分ってよ。

英作　外の女。そんなものがあれば、俺はもっと幸福な筈だよ。

ぬい子　ええないの。なくってよく毎晩遅くまで、お帰りになりませんわねえ。

英作　俺の自由だよ。

ぬい子　まあ、大変な自由ですね。

英作　ああ、いやだいやだ。いつだって、こうなんだからな。俺が書けないで、むしゃくしゃして居ると、きっとお前がぐずぐず云って、俺の心を二倍にも三倍にも、荒《すさ》ませてしまうんだからな。ああいやだいやだ。何処かへ行きたい。

ぬい子　ええ、それよりか、妾が何処かへ行って上げますよ。貴君は、どうせ妾が鼻についているのですよ。どうせお互に恋愛がなくて、結婚したんですものねえ。貴君に、新しい恋愛が出来れば、妾が捨てられるのに定《き》まっているのですものねえ。今の裡に、妾出て行くわ。出て行って職業婦人にでもなった方がどれだけ気楽だか分らないわ。

英作　ああ、うるさいうるさい。頭ががんがんしてくらあ。

ぬい子　ええどうせそうでしょうよ。いやになった妾に話しかけられるんですものねえ。だってさ、昨夕《ゆうべ》だって夜二時に帰って来るんですもの。それで書けないと、妾の故《せい》にするんですもの。ああ口惜《くや》しい。

英作　ええ、うるさい。お前とは口を利かない！　ここを開けたら、承知しないぞ。

（障子を、ぴしゃり閉める）

ぬい子　ええ開けるわよ。

（ぬい子、がらりと開ける。英作やや蒼くなる）

英作　よし、もう一度開けて見ろ、ぶん殴るよ。

（また障子をぴしゃり閉める）

ぬい子　何度でもあけるわよ。

（ぬい子障子を手荒く開ける。英作火のように怒る。四畳半の方へ飛び込んで行ってぬい子の頰をぴしゃりと叩く）

ぬい子　口惜《くや》しい。（泣く）
英作　もう一度開けて見ろ。
（英作また障子を閉める）
英作　さあ、開けて見ろ。
ぬい子　開けるわよ。死んだって、開けるわよ。
（ぬい子障子に飛びつく。障子はずれる。英作、ぬい子に飛びつき、三つ四つ頬を叩く。ぬい子わっと泣き伏す）
英作　ざま見ろ。
（障子を閉め切り、また机の横に寝そべる。ぬい子、可なり泣きつづける。それから起き上《あが》る。箪笥の引出しを開け、着物を三、四枚取り出し、風呂敷につつむ。箪笥の小さい引出しから、財布を出す。鏡台の前に行って一寸《ちょっと》顔をなおす。そして夫に知られないように、外へ出ようとする）
英作　（障子越しに）おい、お前何処かへ出るのかい。
ぬい子　出たら悪い！
英作　悪くはないさ。
ぬい子　じゃ、大きにお世話ですね。

英作　うむ、先《ま》ずそうかも知れない。だが、何処へ行くんだい。
ぬい子　外に行くところはないわ。姉さんの処へ。
英作　そうか。
ぬい子　ええそうよ。
英作　姉さんは、俺達の関係を何《ど》う思っているか知っているか。
ぬい子　ええ知っているわ。姉さんは、妾《わたし》に貴君《あなた》と別れろ別れろと口癖に云っていますわ。
英作　そうだろう。その姉さんの処へお前が頼って行けば、お前と俺の関係は、これきりになるかも知れないよ。
ぬい子　ええそうよ。その位なこと知っているわ。
英作　知っていれば、それでいいんだ。俺は、お前が無意識に動いていやしないかと思って一寸警告したんだ。
ぬい子　そんなこと御心配御無用よ。
英作　そうか、じゃお行きよ。
ぬい子　ええ行きますとも。
（出かかってから、ふと気が付いたように）

ぬい子　そうそう瓦斯《ガス》を点けたままにしておいた。

（ぬい子、台所の方へ入る。その時、玄関に女の声がする）

××　御免下さい！　御免下さい！

（英作、ぬい子が出て来るかと待っているが出て来ない）

××　御免下さい！　御免下さい！

（ぬい子、まだ出て来ない、英作、一寸台所をのぞいたが、ぬい子の姿が見えないらしいので玄関へ出る）

英作　ああ、何方《どなた》ですか。

××　あの、此方は相良英作さんのお宅ですか、小説家の？

英作　ええそうです。

××　あの、ぬい子さんいらっしゃいますか。妾《わたくし》、杉本芳子です。

英作　ああそうですか。あの横浜にいらっしゃる？

芳子　ええそうです。

英作　ああそうですか、一寸お待ち下さい。

（英作、四畳半へ帰って来、台所をのぞき込みながら、叫ぶ）

英作　おいおい。お客様だぞ。

（ぬい子あわてて出て来る）

ぬい子　どなた？

英作　横浜の芳子さん。

ぬい子　（当惑と駭《おどろ》きとの表情で）まあ。芳子さん！

（あわてて風呂敷包みを押入れにかくし、玄関へ出る）

ぬい子　まあ。

芳子　まあ。

ぬい子　よくいらっしゃいました。妾《わたし》、駭いてしまったわ。

芳子　随分、しばらくでしたねえ。もう、三年位になりますわ。

ぬい子　さあ、どうぞ。

芳子　失礼させていただくわ。

（芳子上《あが》って来る。見ると、ぬい子が作ったのと同じ位の風呂敷包みを持っている）

ぬい子　ほんとうにしばらくでしたわねえ。御機嫌よろしゅう。いつも御無沙汰ばかりで。

芳子　いいえ、妾《わたし》こそ。お変りなくて結構ですわ。

（英作、モジモジしていたが、挨拶する）

英作　僕が相良です。初めまして。

芳子　初めまして、お名前は、兼々《かねがね》承っていました。

ぬい子　ほんとうに、一度尋ねて来て下さればいいと思っていましたの。

芳子　今年の正月にも、一度東京へ参りましたのですよ。宅と一緒に。でも、銀座の方から此方へ参るのは大変でございますからね。

ぬい子　ほんとうですわ。銀座から此方へいらっしゃる方が、横浜から銀座へいらっしゃるより時間がかかるでしょう。

芳子　ほんとうですわ。

ぬい子　地震のときは、お手紙をありがとう。もう、横浜の方は、バラック立ちまして？

芳子　東京ほど、はかばかしくございませんわ。

英作　貴女《あなた》の方は、火事は大丈夫だったそうですが、壁なんか落ちたでしょう。

芳子　壁なんか随分落ちましたわ。

ぬい子　御主人は、やっぱり商会へ出ていらっしゃるんですか。

芳子　(一寸憂鬱になる)ええ。

ぬい子　今日は、御一緒じゃなかったのですか。

芳子　ええ。
ぬい子　お一人で。
芳子　ええ。
ぬい子　何か東京に御用でも。
芳子　あの妾《わたし》、家を出て来ましたの。
ぬい子　家を出ていらっしゃったって？
芳子　もう家へ帰るまいと思っていますの。
ぬい子　まあ、どうなすったのです。
英作　御主人と喧嘩なすったんですか。
芳子　ええ、まあ。
ぬい子　ほんとうですか。
芳子　ええほんとうですの。
ぬい子　御主人は、たいへん深切な方だと云う事を承っていましたがね。
芳子　それはそうなんですけれども。
ぬい子　それになぜ喧嘩なすったの。
芳子　でも、あまり理解がなさ過ぎるのですもの。

ぬい子　そうですかね。
英作　直接には、どんな理由で喧嘩なすったんです。
芳子　（恥しそうにうつむき）お恥しくて申し上げられません。
英作　そりゃそうでしょう。あは、、、。
ぬい子　でも、お帰りにならないなんて、本当ですか。
芳子　ええ、帰りませんつもりです。
ぬい子　じゃ、これから何《ど》うなさるおつもりです。
芳子　東京に何か職業はございませんでしょうか。
（ぬい子黙っている）
英作　（ぬい子に）お前、何か心当りがありそうだね。よく、職業婦人になると云っているじゃないか。
ぬい子　（苦笑しながら）心当りなんかないわ。
芳子　妾《わたし》、何からでもして行きたいと思いますの。女中でも、何でもいいのです。
ぬい子　よく新聞の案内欄などに、いろいろ広告が出ているようですけれど、いざとなると仲々いいのがございませんようですわねえ。
芳子　雑誌の編輯の手伝《てつだい》と云うようなものはございませんか。妾、此方へ伺えばそんな口があるかと思いましたの。

英作　(苦笑しながら)そんな口は、なかなか希望者が多いんですからねえ。

ぬい子　職業婦人などとよく云いますが、いざとなるといい口はございませんわ。

芳子　でも、妾根よく探せば、ないことはないと思いますの。そして、どんな口でも見つかったら、それにかじり付いて、一生懸命に自分の生活を切り拓いて行こうと思いますの。

ぬい子　そりゃねえ、何でも一心におやりになると……。

(気のないように、中途で云い止む)

英作　だが、御主人はそんなにいけない方ですか。

芳子　いけないって。

英作　つまり問題は、貴女を愛しているかいないかの問題ですね。貴女を愛していないんですか。

芳子　(誇《ほこり》を傷《きず》つけられた如くに昂然として)いいえ、そんなことございませんわ。

英作　貴女を愛していらっしゃるなら、問題ないじゃありませんか。

芳子　でも、今日なんか随分ひどいことを云うんですもの。出て行くんなら出て行け、勝手にしろなどと云うんですもの。妾口惜《くや》しくって。

（英作とぬい子と顔見合わして苦笑す）

英作　でも、それは貴女が何か云ったからじゃありませんか。

芳子　ええそれはそうですわ。

英作　それ御覧なさい。男と云うものは、やっぱり男としての意地がありますからね、女房から何か云われると、男の意地として、つい心にもなく過激なことを云ってしまうのです。僕なども、そうですよ。原稿が書けなくって、むしゃくしゃしている時、此奴《こいつ》が傍から何か云うと、癪《しゃく》に障って殴ったりなんかするんですよ。出て行け、勝手にしやがれなんてよく云うんですよ。そんな時は云わずにいられないんですよ。それで女房の方が、飛び出すとするでしょう。普通ならば、二、三日も経てば帰って来るですね。だが、人生と云うものは偶然と云うものが、悪戯をやりますからね。貴女の場合を例に取りますがね。一時の感情からいがみ合って、お家《うち》を出るでしょう。心の底では別れる気は少しもない……。

芳子　あら、少しもないことありませんわ。

英作　まあ、ある程度あるとしてもいいですよ。亭主が血眼になって探しているのが分ったら帰って来よう。そんな気で、家を出るとしますよ。だが、貴女の場合は、ここまで無事に来られたからいいようなものの、若《も》し途中の電車の中位《なか》で、深切そうな男からでも話しをしかけられるでしょう。家を出て、むしゃくしゃしているし、寂しいし、つい甘い言葉をかけられると、その男に頼る気が起るでしょう。

芳子　あら、そんな事ないわ。そんな浮ついているのとは違うわ。

英作　そんなに違うんなら、家を飛び出さなけりゃいいじゃありませんか。

芳子　まあ、おほゝゝゝ。

ぬい子　おほゝゝゝ。

英作　とにかく、結婚した以上、容易に別れられるものじゃありませんよ。夫婦と云うものが、人生の中で一番大きい宿命ですからねえ。しかも同棲して五、六年も経てば、感覚的には鼻についていても、どこか心の底に離れられない愛があるのです。一寸した感情の衝突で飛び出して、そこから間違《まちがい》が起って、心の底では別れたくない夫婦が、別れる場合がいくらでもありますよ。たとえば、貴女の場合です。貴女は、電車の中で、深切な男に会わなかったからいいようなものの、貴女の御主人の方です。いつもカフェなんかいらっしゃいませんか。

芳子　そんな所へは、ちっとも参りません。

英作　ところが、貴女に家出されたむしゃくしゃで、きっとカフェへ行かれるでしょう。それとも待合へでも行かれるかしら。

芳子　まあ穢らわしい。妾《わたし》の主人に限って待合なんかへは、足踏みもした事ございませんわ。

英作　じゃ、カフェへ行かれるとするでしょう。貴女の御主人は、失礼ですがまだお若いのでしょう。

芳子　二十八でございます。

英作　お若いですね。商会へ出ていらっしゃるとすれば、ハイカラな好男子でしょう。

芳子　あら、冗談おっしゃっちゃいやだわ。でも……。あら恥しい！

英作　でも、いい男でしょう。

芳子　恥しいわ。そんなことおっしゃっちゃいやだわ。

英作　それ御覧なさい！　カフェなんかに行くと女給の方で、わいわい騒ぐでしょう。貴女の御主人だって、家へ帰ったってつまらないから、自然腰を落着ける。女給の中では、一番背の高い感じのいい眼の下に小さいほくろがあるので、却って色がくっきり白く見える娘が、貴女の御主人の傍へ来て坐るでしょう。

ぬい子　まあ、貴方女給の描写、いやに精《くわ》しいのね。

英作　なあに、空想して話しているんだ。

ぬい子　何《ど》うですかね。そんな女給が何処かにいるんでしょう。

英作　(ぬい子に)まあ、お前は黙っておいで。とにかくその女給と二言三言話をすると、この女給は案外話が分る。貴女の御主人は、文学がお好きですか。
芳子　ええ、大好きなのです。
英作　文学の話をしてみると、案外話が出来る。女給に似合わず、教養がある。感じが明るくて、ハキハキしている。新時代の女と云う気がする。あくる日になっても、貴女が帰って来ないから、同じカフェへ行く。だんだんこの女給が、好きになる。初めは、貴女の行方を探すつもりでいたのが、この女給に気を取られているので、探す気がなくなる。貴女は貴女で、ここの家にでもいて、御主人が迎いに来たら帰ってやろうと思っていたのが、こんな訳で迎いが来ないものだから、ええそんな亭主ならと云う気になって、いよいよ別れる気になる。御主人の方も、この女給と結婚する気か何かになって、貴女のことを思い切る。それ御覧なさい！　最初は、別れる気で飛び出したのではなくても、おしまいには別れなければならなくなるでしょう。
ぬい子　(感動したる如く)そうね。
英作　お前にも分ったかい。
ぬい子　(反撥的に)分らないわよ。
英作　何うです。芳子さん、何うしてでも、お帰りになれないのですか。

芳子　（ふさぎ込んでいる）でも、妾《わたし》決して帰って来ないと云って来たのですもの。
英作　でもそれは、喧嘩の意地張りでしょう。意地は女の方から捨てなけりゃ。
芳子　でも、妾東京で新しい生活を……。
英作　貴女の結婚生活が不満で、新しい生活を望んでいらっしゃるのでしたら、大間違ですよ。誰だって、現在の生活が不満で、もっとどこかにいい生活があるような気がするんですよ。田舎に居れば、東京の生活は、何だかいいような気がするのですよ。だが、それは夜目遠目の遠目ですよ。僕は、一昨日近所の戸山ケ原へ行きました。そして、腰を下《おろ》そうと思って、足下《あしもと》の芝生を見ますと芝生が薄くて汚いのです。二、三間向うを見ると其処《そこ》の芝生が、いかにもよく茂ってキレイなのです。で、其処まで歩いて行って腰をおろそうとすると、其処も真上から見ると、前と同じように薄くて汚いのです。所が、其処から前にいた所を見ると、今度は前にいた処の方が、よく茂っていて、キレイに見えるのです。人生もそうです。遠方から見ると、美しくキレイに見えるのです。だが、その生活の中に立つと薄くて汚いのです。薄くて汚くっても、其処へ満足して、腰を下すのが人生です。
（芳子、ぬい子、黙っている）
英作　どうです。お帰りになる気はありませんかね。

芳子　でも、妾ほんとうに決心して参ったのですもの。
英作　そうですかね。僕の云っていることに間違はないつもりですがね。
芳子　それはよく分っています。
英作　そうですか。じゃ、まあよくお考えなさい。
芳子　あの、職業が見つかるまで四、五日お邪魔になってもよろしいでしょうか。
英作　（あまり元気なく）それはどうぞ。
ぬい子　御ゆっくり。
芳子　ぬい子さん、この近所に郵便局ありませんか。
ぬい子　ええありますよ。でも、妾使《つかい》に行ってあげましょうか。
芳子　いいえ、結構なの、自分で行きますわ。
ぬい子　あのね、家を出て左へずっと行って、突き当って、少し右へ行って、直ぐ左へ折れて二町ばかり行くとありますわ。
芳子　左へ行って、右へ行って、左へですね。
ぬい子　そう。
芳子　じゃ、妾一寸行って来ますわ。
ぬい子　じゃ、妾その間《ま》に御飯の支度にかかりますわ。

芳子　すみませんが、これ一寸何処かへおしまい下さいませな。
（風呂敷包みをぬい子受取って、押入の中へ入れる）
芳子　じゃ行って来ますわ。
ぬい子　行ってらっしゃい。
（芳子出てゆく。ぬい子と英作と顔を見合わせる）
ぬい子　困ったわねえ。
英作　うむ、困った。あんな人に居られちゃ何も書けやしない。
ぬい子　それよりも寝る蒲団がないわ。
英作　こんな狭い家に、他人が居られちゃ、気になって、何も出来やしない。
ぬい子　ほんとうに、帰らないつもりなのかしら。
英作　どうだかね。先刻《さっき》亭主ののろけを云っていたじゃないか。俺が、好男子だろうと云ってやったら、嬉しがっていたじゃないか。
ぬい子　あれじゃ、未練があるんでしょうね。
英作　あるだろうどころか、大有りだよ。別れる気なんかちっともないんだよ。つまり、痴話喧嘩の延長だよ。
ぬい子　延長もいいけれど、こんな所へ来て泊られちゃ迷惑ですわ。

英作　迷惑だとも。俺の家なんか、お客様どころか家族の者を容れる設備だってないんだからな。

ぬい子　どうしましょう。

英作　だが、明日は帰るだろう。亭主に知らせてから、つまり自分の有難味を亭主に知らせてから、ゆっくり帰るつもりだろう。

ぬい子　だって、ゆっくりなんか帰られちゃ此方が困るわ。

英作　今晩徹夜してでも書こうと思っていたが、これじゃ駄目だ。

ぬい子　貴君《あなた》、もっと云わない。先刻の貴君の話、筋道がよく立っているわ。貴君あんな話させると上手ね。

英作　おだてるない。お前にも半分聞かせるのだ。

ぬい子　妾《わたし》そう思って聞いていたの。

英作　お前、やっぱり姉さんの処へ行くか。

ぬい子　それよりか、芳子さんの問題が大問題だわ。

英作　兄弟牆《かき》にせめげども、外侮《そとあなどり》を禦《ふせ》ぐか……あは、、、。

ぬい子　貴君何《ど》うかして下さいよ。

英作　だって、追い出す訳にも行かないだろう。

ぬい子　ねえ、こうしない。先刻《さっき》の貴君《あなた》の話で、芳子さん随分里心がついているでしょう。

英作　ついて居るとも。俺は家へ電報を打ちに行ったのだろうと、睨んでいるんだよ。

ぬい子　そうだわ。きっとそうだわ。妾《わたし》もそう思ってたのよ。ねえ、貴君、妾、もっと芳子さんに里心を付けようと思うの。

英作　何《ど》うするんだい。

ぬい子　あのね。

英作　なんだい。

ぬい子　一寸恥しいこと。

英作　何《ど》うするんだい。

ぬい子　貴君と妾とがね、芳子さんの前で、うんと仲よくするの。

英作　そんな事出来ないよ。だってお前、先刻俺と喧嘩したじゃないか。

ぬい子　だから、表面だけでいいのよ。なるべく仲よくして、芳子さんを当ててあげるのよ。そうすれば、芳子さんきっと堪らなくなって帰るわ。

英作　名案だね。やって見るかね。

ぬい子　ええやりましょう。ええやりましょうよ。妾、御飯をこさえるからね。芳子さんが帰って来たら東京中で一番仲のいい夫婦のように行動するのよ。

英作　少し面倒くさいがやろう。

ぬい子　やってくれる、嬉しいわ。

（ぬい子、台所へ行く。英作机の横でまた寝そべる所にて舞台を一時くらくする。そして、時間が四時間ばかり経ったことにする）

（舞台再び明るくなると、四畳半の方に蒲団が敷かれてい、それに芳子が寝ている。六畳との間の障子は閉められ、英作は、机に向っている。ぬい子横で昼間の着物をほどいている。英作とぬい子と顔を見合して苦笑する）

英作　ぬい子。（非常に優しく）

ぬい子　はい。（非常に甘えたように）

英作　お前、この原稿を清書してくれないか。

ぬい子　ええするわ。妾、少しでも貴君のお仕事の手伝いが出来るのが一番嬉しいの。

（ぬい子、原稿紙を受取り、それが白紙であるので、危く吹き出そうとする）

英作　お前、そのペンじゃ書き憎いことない。これをお使い。

（英作、硯箱の中から、錐を出してぬい子に渡そうとする。ぬい子ぷっと笑おうとするのを堪えて）

ぬい子　ありがとう。じゃ、この万年筆借りるわ。妾《わたし》が、使っちゃ癖がつかないこと。
英作　大丈夫だよ。
（芳子は寝られないと見えて、寝がえりを打つ）
ぬい子　ねえ、貴君《あなた》。
英作　何だい。
ぬい子　今度暇になったら、玉川へ連れて行ってくれない。
英作　ああ行こう。
ぬい子　（芝居をしているのを忘れて）ほんとう？
英作　何がさ。
ぬい子　ウソじゃない？
英作　ほんとうだとも。
（ぬい子、眼で実際にほんとうかどうかを確かめようとする）
英作　馬鹿！
（二人笑う。芳子寝られないと見えて、又寝がえりを打つ）
ぬい子　ねえ、貴君。
英作　何だい。

ぬい子　妾、銘仙がほしいの。
英作　銘仙位いつだって、買ってやるよ。
ぬい子　この頃、銘仙が随分変ってるわねえ。銘仙でお召のような飛白《かすり》や、錦紗《きんしゃ》と同じ小紋なんかあるのよ。
英作　じゃ、今度松坂屋へでも行って買おう。だが、買うならいっそお召の方がいいじゃないか。
ぬい子　（ウソだと云うことを忘れて、本当にうれしがる）そらそうよ。そらお召の方が、いくらいいか分らないわ。お召買ってくれる？
英作　よし、よし。
ぬい子　本当？　うれしいわ。
英作　（あまり本当らしいことを話してはアトで困ると思ったらしく）お前、いつか翡翠の帯留がほしいと云っていたね。
ぬい子　いや、そんな事云っていやしないわ。
英作　（苦笑して）そうだったかな。何だか云っていたような気がするがね。
ぬい子　そう、じゃ買ってくれる？
英作　今度陽文社から本が出るから、その印税で買ってやろうかと思ったのだ。

ぬい子　うれしいわ。買って頂戴な。

（芳子、先刻《さっき》から輾転《てんてん》していたが、堪らなくなったように、うつむけに起き直り、顔を蒲団から出す）

ぬい子　妾《わたし》、これで子供があれば、もう足りないところはないんだけれどもねえ。

英作　何がさ。

ぬい子　だって、貴君《あなた》が愛して下さるでしょう。（英作、あまりに露骨なので、笑い出さんとしてやっと堪える）妾、常々そう思っているの。貴君が愛して下さるし、これで子供でもあれば、東京中で一番幸福な妻だと思う位だわ。

（英作、少しくてれて、合槌が打てない。芳子堪らなくなって咳ばらいをする）

芳子　えへんえへん。

ぬい子　（夫に云うともなく、芳子に云うともなく）悪かったわねえ。まだ起きていらっしったの。

芳子　ええ。もう何時でしょうかしら。

（芳子上半身を起す）

ぬい子　まだ、九時四十分ですわ。

芳子　新宿から、品川までは何時間かかるでしょう。

（ぬい子夫の腰のところをつつきながら、笑いをこらえて）

ぬい子　四十分もかからないでしょう。

芳子　ここから新宿までは俥《くるま》がありましょうね。

ぬい子　ええありますとも。

芳子　妾、やっぱり帰ることにしますわ。

（英作とぬい子、一生懸命に笑いをこらえる）

英作　そうですか。それは結構ですな。僕は大賛成です。

ぬい子　おほゝ、、結構ですわ。

芳子　ええ帰りますわ。だって、宅だって妾を随分愛していてくれるんですもの。

（英作とぬい子、また笑いの衝動をこらえる）

英作　そりゃ、僕も信じていますよ。こうしていれば、御主人が迎いに来られるのに定《き》まっていますけれども、早くお帰りになった方がどれだけいいか分りませんよ。

ぬい子　（隔ての障子をあけて）じゃ妾、俥を呼んで来ますわ。

芳子　ええどうぞ。

（ぬい子、戸外へ行く。芳子、いそいで着物をきかえる）

英作　どうか、御主人によろしくお伝え下さい。夫と云うものは、妻がある程度以上善良である場合愛していないわけはありませんよ。同じ家に毎日一緒に居るのですもの、人間同志としてだって、どうにもならない親しみが出来ているものですよ。一時、お互に感情を荒《すさ》ませたって、心底の愛はお互に消えるものですか、どうぞ、もう二度とこんなことのないようにお暮し下さい。

芳子　どうもありがとう。半日でもこうしていますと、主人のいい所が分りますわ。

英作　そうでしょうとも。そうでしょうとも。

（ぬい子帰って来る）

英作　倖あった？

ぬい子　一緒に来ましたわ。

英作　じゃ、早くお乗りなさい。一晩でも家をあけると言うことはいけない事ですね。

芳子　じゃ、妾《わたし》直ぐ失礼しますわ。

ぬい子　じゃ、どうぞ。

英作　今度は、御主人と御一緒に。

芳子　ぜひ、今度のお礼に伺いますわ。主人もぜひ一度上《あが》ると申していましたの。

（芳子玄関へ出ようとして）

芳子　先刻《さっき》おあずけした風呂敷包み。

ぬい子　そうそう。忘れていましたわ。

（ぬい子取り出して渡す。芳子去る。引き出す俥の音。「左様なら」「御機嫌よう」の挨拶。ぬい子と英作と玄関から、帰って来る。ぬい子腹をかかえて笑う）

英作　何が可笑《おか》しいんだ。

ぬい子　だって、あんまりうまく行ったんだもの。

英作　馬鹿！　芳子さんが来なかったら、お前が出て行っているところじゃないか。

ぬい子　そらそうだわ。

英作　仲裁は時の氏神って、芳子さんは氏神さまだよ。

ぬい子　だって、此方だって仲裁をして上げたのじゃないの。芳子さんから云えば、此方が氏神さまだわ。

英作　そらそうだね。だが見ろ、芳子さんだって、夫の家を出ると、従妹の家へ来たって直ぐ邪魔にされるじゃないか。

ぬい子　そうだわね。

英作　だが、芳子さんと云う人はいい人だよ。此方の狂言に乗って、直ぐ帰るなんて。女は、素直でなけりゃいけないねえ。

ぬい子　御主人と云う方も、きっと可愛がっているんですよ。喧嘩して出たくせに、御主人ののろけを云っているじゃないの。

英作　とにかく可笑しかったね。

ぬい子　可笑しかったわねえ。

（突然、ガラリと云う音がして、二人びっくりする）

××　俥屋です。あの、風呂敷包みが変っているそうです。

（ぬい子、駭《おどろ》いて玄関へ行く）

ぬい子　大変だ。妾《わたし》がこさえたのと間違ったのよ。

（慌てて押入をあけて、風呂敷包みを換え俥屋に渡す。英作笑っている。ぬい子英作の傍に来る）

ぬい子　まあ、驚いた。横浜まで持って行かれちゃ、とんだ恥をかくところだった。

英作　それ御覧！　家を飛び出すなんて騒いでいるから、そんな間違いが起るんだ。風呂敷包の間違いだからいいようなものの、もっと大きい取り返しのつかない間違いだったら、何《ど》うするんだい。

ぬい子　そうね、これからしないわ。

英作　どんなに喧嘩したって、くっ付いていなきゃウソだよ。

ぬい子　でも、貴君《あなた》がちっとも愛してくれないんだもの。

英作　愛してやるよ。
ぬい子　そう、これから先刻《さっき》のように仲よくしてくれる。
英作　まあ、ある程度まではねえ。
ぬい子　貴君、先刻お召買ってくれると云ったの本当？
英作　馬鹿、ありゃ芝居じゃないか。
ぬい子　いやよ、妾そんなつもりじゃないのよ。
英作　じゃ、銘仙を買ってやろう。
ぬい子　だって、お召の方がやっぱりいいと云ったじゃない？
英作　だってお前は銘仙にだって、お召と同じような柄があると云ったじゃないか。
ぬい子　いやな人、つまらないことを覚えているのねえ。じゃ、銘仙でもいいわ。
英作　何だか、気がせいせいした。原稿が書けそうだ。
ぬい子　かいて頂戴な。
英作　うむ。
（英作六畳の方へ行き、机の前で坐る。ぬい子自分のこさえた風呂敷包みをときかける所にて幕）

入れ札

人物

国定忠次
稲荷の九郎助
板割の浅太郎
島村の嘉助
松井田の喜蔵
玉村の弥助
並河の才助
河童の吉蔵
闇雲の牛松
釈迦の十蔵
その他三名

時　天保初年の秋

所　上州より信州へかかる山中

情景

ある秋の日の早暁、小松のはえた山腹。地には小笹がしげっている。日の出前。雲のない西の空に赤城山が仄かに見える。幕が開くと、才助と浅太郎とが出て来る。二人ともうす汚れた袷《あわせ》の裾をからげ、脚絆をはき、わらじをつけている。めいめい腰に一本の長脇差をさしている。浅太郎の方は、割れかかった鞘を縄で括っている。二人が舞台の中央にかかった時、後ろから呼ぶ声が聞える。

呼ぶ声 おうい、浅兄《あさあに》い、待てえッ。

浅太郎 おうい、何じゃい。

呼ぶ声 おういおうい。浅兄い。

浅太郎 おうい、何じゃい。

呼ぶ声 少し足を止めてくれ。あんまり離れるな。

浅太郎 ようし、分ったぞ、待っているぞ。(傍らを振り向いて、才助に)おい才助、一休みしようじゃねえか。

才助 大丈夫かなあ、ここいらで足を止めていて。

浅太郎 大丈夫だとも。大戸の関を破ったのが、昨夜《ゆうべ》の五つ頃だ。あれから歩き通しだもの。もうかれこれ十里近くも突っ走ってらあ。

才助 みんなよく足がつづいたものだ。

浅太郎 俺たちは、これ位の事ではビクともしねいが、九郎助や牛松などの年寄は、あれでいい加減へこたれていらあな。

才助 だがよく辛抱してついて来たなあ。

浅太郎　常日頃口幅ったいことを云っている連中だ。ついて来ずにはいられめえじゃねえか。

（二人が話している間、九郎助と弥助並んで出て来る。九郎助は五十に近き老人、弥助は四十前後）

才助　（九郎助に）やあ、稲荷の兄い、足は大丈夫かい。

九郎助　何を世迷言を云いやがる。こう見えたって若い時は、賭場が立つと聞いた時は、十里二十里の夜道は平気で歩いたものだ。いくら年が寄っても足腰だけはお前達《めえ》にひけは取らせねえや。

浅太郎　兄い、あんまりそうでもなさそうじゃねえか。榛名の山越えじゃ、少々参っていたようだぜ。

九郎助　何を云ってやがらあ。それあお前達のことだろう。この頃の若い奴等はまだ修業が足りねえや。俺《お》ら若い時にゃ、忠次の兄いと一緒に、信州から甲州へ旅人《たびにん》で、賭場から賭場をかせぎ廻ったもんだ。その頃にあ、日に十里や二十里は朝飯前だったよ。

弥助　そうだったなあ。稲荷の兄いの若い時は豪勢なもんだった。今の忠次の親分だって、ばくち打の式作法はまあお前に教わったようなものだなあ。

浅太郎　ふうん、そうかなあ。式作法は稲荷の兄いに教わったかも知れねえが、あの度胸骨と腕っ節は、まさか教わりゃしねえだろうねえ。

九郎助　(一寸《ちょっと》色をかえて)何だと、おつなことを云うなよ。

浅太郎　何にもおつなことは云いやしねえ。よくお前さんは昔は昔はと云うが、幾ら云ったって昔は昔さ。昔は親分より一枚上のばくち打だったか知らねえが、今じゃ盃を貰って子分になってりゃ、俺達とは朋輩だ。あんまり昔のことを振廻しなさんなよ。

(九郎助、黙る)

弥助　だが浅太郎、お前はな、幾ら親分の気受がいいからと云って、あんまり年寄のことをつんけん云いなさんなよ。もう少し俺達をいたわってくれたって罰は当るめえ。

浅太郎　ふふん、いたわってくれか。笑わせやがらあ。

九郎助　野郎、何だと、何がどうしたと。

才助　おいおい、阿兄《あにい》達どうしたんだ。こんな時、仲間喧嘩をする時じゃねえじゃねえか。

浅太郎　だが、あんまり相手が年寄風を吹かすからだ。

九郎助　なあに、どっちがどっちだか。手前《てめえ》の方がよっぽど若い者風を吹かしてやがるじゃねえか。

弥助　まあ、いいじゃないか。今に若い者が役に立つか年寄が役に立つか分る時が来らあ。

才助　（ふと近づいて来る忠次を見つけ）やあ親分がお見えになったぜ。

（四人とも立ち上《あが》る。忠次、嘉助、喜蔵、牛松などの乾分《こぶん》を伴って登場。小鬢《こびん》の所に傷痕のある浅黒い顔。少し窶《やつ》れが見えるため一層凄味を見せている。関東縞の袷に脚絆草鞋で、鮫鞘の長脇差を佩《はい》し菅の吹き下しの笠を冠《か》ぶっている）

才助　親分お疲れでございましょう。

忠次　ううむ、心配するな。まだ五里十里は大丈夫歩けるぜ。

浅太郎　親分、此方の方へおかけなさいませ。此方の方が草がキレいですぜ。

忠次　足は疲れねえが、ねむいよ。

嘉助　ほんとうだ。それやみんな同じことですぜ。

喜蔵　だが、安心はならねえ。足腰の立つ中《うち》は、早く信州境をこしてしめいていいものだ。

忠次　おい、赤城山が見えるじゃねえか。

（みんな気がつく）

浅太郎　雲がちっともねえものだから、あんなにハッキリ見えていらあ。

忠次　なつかしい山だ。もう彼処《あそこ》が死場所だと思ったが神仏の冥護とでも云うか、よく千人近い八州の捕方《とりかた》を斬りひらくことが出来たものだ。

喜蔵　親分、神仏が俺達をかまって下さるものかねえ。みんな俺達の腕っぷしだよ。

忠次　あは、、、、それもそうか。とにかく、みんなよく働いてくれたな。改めて、礼を云うぜ。

一同　何を云わっしゃる。とんでもねえことだ。

忠次　(小笹の上に腰を下しながら)赤城の山も、これが見収めだな。おい、此処いらで一服しようか。

(みんな忠次を囲って腰をおろす。乾分河童の吉蔵後を追って登場する)

吉蔵　親分、朝飯は手に入りましたぜ。下の百姓家で、折よく御飯を焚いていましたので、すっかりにぎりめしにして貰うことにしました。

忠次　そいつは有がたい。鳥目《ちょうもく》を充分に置いてやれよ。

吉蔵　かしこまりました。

(吉蔵かけさる)

喜蔵　飯が出来るまで、ゆっくり休めると云うものだ。

(みんな暫く無言)

九郎助　飯が来るまで、一《ひと》ね入《い》りしようかな。

弥助　そいつはいい考えだ。

嘉助　おいらも一ね入りしようかな。
忠次　おい！　一寸待ってくれ！
嘉助　何だ親分、改まって？
忠次　おい！　みんな。
（忠次が、緊張しているので、みんな居ずまいを正す）
忠次　おい！　みんな。一寸耳を貸して貰いてえのだが、俺これから信州へ一人で落ちて行こうと思うのだ。お前達《めえ》を連れて行きてえのは山々だが、お役人を叩っ斬って天下のお関所を破った俺達が、お天道さまの下を十人二十人つながって歩くことは、許されねえことだ。もっとも、二、三人は一緒に行って貰いてえとも思うのだが、今日が日まで、同じ辛苦をしたお前達みんなの中《うち》から、汝《なれ》は行け、われは来るなと云う区別はつけたくねえのだ。連れて行くからなら一人残らず、みんな連れて行きてえのだ。別れるからなら恨みっこのないように、みんな一様に別れてしまいてえのだ。さあ、ここに使い残りの金が百五十両ばかりあらあ、みんな十二両ずつ呉れてやって残ったのは、俺が貰って行くんだ。めいめいに当《あて》を考えて落ちてくれ！　いいか随分身体に気をつけて、たっしゃでいてくれ！　忠次が何処かで捕まって江戸送りにでもなったと聞いたら、線香の一本でも上げてくれ……あは、、、……（喜蔵に）おいその金をみんなに別《わ》けてやれ！

喜蔵　そりゃ親分！　悪い了簡だろうぜ。一体、俺達が妻子眷族《けんぞく》を捨てて此処までお前さんについて来たのは何の為だと思うんだ。みんな、お前さんの身の上を気づかって、お前さんの落着く所を見届けたい一心からじゃねえか。

浅太郎　そうだとも。いくら大戸の御番所をこして、もうこれから信州までは、大丈夫と云ったところで、お前さんばかりを手放すことは出来るものじゃねえよ。

嘉助　ほんとうだ。尤も、こう物騒な野郎ばかりが、つながって歩けねえのは道理《ことわり》なのだから、お前さんが此奴《こいつ》と思う野郎を名指《なざ》しておくんなせえ。何も親分、乾児《こぶん》の間で、遠慮することなんかありゃしねえ。お前さんの大事な場合だ。恨らみつらみを云うようなケチな野郎は一人だってありゃしねえ。なあ！　兄弟。

多勢　そうだとも。そうだとも。

忠次　（だまっている）………。

浅太郎　なあ！　あっさりと名指《なざし》をしてくんねえか。

忠次　（だまっていたが）名指しをする位なら、手前達《てめえ》に相談はかけねえや。みんな命を捨てて働いてくれた手前たちだ。俺の口から差別はつけたくねえのだ。

九郎助　こりゃ、尤もだ。親分の云うのが尤もだ。こんなまさかの場合に、捨てて置かれちゃ誰だっていい気持はしねえからな。

浅太郎　（九郎助に）手前《てめえ》のような奴がいるから物事が面倒になるのだ。年寄は足手まといですから、親分わしゃここでお暇をいただきますと、あっさり出ちゃどうだい。

九郎助　何だと野郎、手前こそまだ年若でお役に立ちませんから、此度《こんど》の御用は外さまへねがいますと云って引き下れ。

浅太郎　何だと。

忠次　おい！　浅！　手前出すぎるぞ。だまっていろ！

浅太郎　はい、はい。

（釈迦の十蔵、ふとひざをすすめて）

十蔵　なあ、親分いいことがあらあ。

二、三人　何だ。何だ。云って見ろ。

十蔵　籤引《くじびき》がいいや。みんなで、籤を引いて当ったものが親分のお伴をするんだ。

忠次　なるほどな。こいつは恨みっこいがなくていいや。

嘉助　親分何を云うんだい。こんな青二才の云うことを聞いちゃ、ダメじゃねえか。籤引だって、馬鹿な。もし籤が十蔵のような青二才に当って見ろ、親分のお伴どころか、親分の足手まといじゃねえか。籤引なんか俺真平《おらまっぴら》だ。こんなとき、一番物を云うのは腕っ節だ！　なあ、親分！　くだらねえ遠慮なんかしねえで、たった一言嘉助ついて来いっ！　と云っておくんなさい！

喜蔵　嘉助の野郎、大きいことを云うない。腕っ節ばかりで、世間さまは渡れねえぞ。まして、これから知らねえ土地を遍《へ》めぐって、上州の国定忠次でございと云って歩くには、駈引万端の軍師がついていねえことには、動きはとれねえのだ。幾ら手前が、大めし喰いの大力だからと云って、ドジばかりを踏んでいちゃ旅先で飯にはならねえぞ。

九郎助　（今までだまっていたが）腕っ節だとか駈引だとか、そんなことを云っていちゃ限《きり》がねえ。こんなときは、盃を貰った年代順だ。それが、まっとうな順番だ。盃を貰ったのは、俺が一番古いんだ。その次《つ》ぎは弥助だった。なあおい！　（弥助の方を見る）

浅太郎　九郎助じいさん、何を云うんだい。葬礼《とむれい》のお伴じゃねえんだぞ。年寄ばかりが、ついていていざとなったときはどうするんだ。

九郎助　手前達にそんな心配をさせるものか。こう見えたって稲荷の九郎助だ。

浅太郎　その睨みが、あんまり利かなくなっているのだ。まあ、父さん、そう力味《りきみ》なさんなよ。

九郎助　この野郎！

喜蔵　けんかをしちゃいけねえったら！

牛松　親分、俺《おら》あお供は出来ねえかね。俺あ腕節《うでっぷし》は強くはねえ。又、喜蔵のように軍師じゃねえ。が、お前《めえ》さんの為には、一命を捨ててもいいと心の内で、とっくに覚悟をきめているんだ。……

三、四人　何を云いやがるんだ。親分のために命を投げ出しているのは手前一人じゃねえぞ。ふざけたことをぬかすねえ。

（牛松しょげて頭をかきながらだまってしまう）

忠次　お前達のように、そうザワザワ騒いでいちゃ、何時が来たって果てしがありゃしねえ。俺一人を手放すのが不安心だと云うのなら、お前達の間で入れ札をしてみたらどうだい。札数の多い者から、三人丈《だけ》つれて行こうじゃねえか。こりゃ一番恨みっこがなくっていいだろうぜ。

喜蔵　こいつぁ思い付だ。

浅太郎　そいつぁ趣向だ。

三、四人　なるほど、名案だな。

忠次　じゃ一つ入れ札できめて貰おうかな。

四、五人　ようがす。合点だ。

（吉蔵。にぎりめしを入れた、大きいざるを持って出て来る）

吉蔵　親分、めしが来ましたぜ。

忠次　こいつはいい所へ来た。みんなめしを喰いながら誰を入れるか思案をして貰うのだ。

（吉蔵、めしをみんなに配る）

吉蔵　さあ、みんな二つ宛《ずつ》だぞ。沢庵は、三切れずつだ。

皆　ありがてえ、ありがてえ。

喜蔵　久し振りに、あたたかい飯が喰えらあ。

忠次　（にぎりめしを手にしながら）俺《おらあ》、水が飲みてえや。

吉蔵　水なら、半町ばかり向うに流れがありますぜ。

忠次　そうか、じゃ行ってのんで来よう。

吉蔵　とてつもねえ、いい水だよ。

三、四人　じゃ俺達も行って来よう。

浅太郎　俺も、顔を一つ洗いたいや。

（みんな、どやどやと流《ながれ》の方へ行く。後には九郎助と弥助と丈がのこる）

九郎助　（にぎりめしを、まずそうに喰ってしまった後）ああいやだ。いやだ。どう考えてもおらあ入れ札はいやだな！

弥助　なぜだい、阿兄《あにい》！

九郎助　入れ札じゃ、俺《おらあ》三人の中へははへいれねえや。

弥助　そんなにお前《めえ》、自分を見限るにも当らねえじゃねえか。忠次の一の乾児《こぶん》と云えばお前さんに定《き》まっているじゃねえか。

九郎助　上部《うわべ》はそうなっている。だが、俺去年大前田との出入りのとき、喧嘩場からひッかつがれてから、ひどく人望をなくしてしまったんだ。それが俺にはよく分るんだ。上部は、阿兄阿兄と立てて居てくれても、心の底じゃ俺を軽んじているんだ。入れ札なんかになって見ろ！　それが、アリアリと札数に出るんだからな。

弥助　……………。

九郎助　何ぞと云えば、俺を年寄扱いにしやがるあの浅太郎への意地にだって、俺捨てて行かれたくねえや。

弥助　尤もだ。だが、心配することは入《い》らねえや。お前が、落っこちる心配はねえ。

九郎助　そうじゃねえ。怪しいものだ。どうも俺に札を入れてくれそうな心当りはねえや。

弥助　並河の才助が居るじゃねえか。あの男はお前によっぽど世話になっているだろう。

九郎助　いやあ、この頃の若い奴は、恩を忘れるのは早いや。あいつはこの頃じゃ、「浅阿兄浅阿兄」と、浅太郎にばっかりくっついていやがる。

弥助　…………。

九郎助　俺《おらあ》、こう思うんだ。浅には四枚へいらあ。喜蔵には三枚だ。すると後に四枚残るだろう、その四枚の中で俺二枚取りていのだ。お前は俺に入れてくれるとして。

（九郎助じっと弥助の顔を見る）

弥助　（だまってうなずく）…………。

九郎助　お前が俺に入れてくれるとして、アトの一枚だ。俺《おらあ》、この一枚をとるためには、片腕でも捨てたいのだが。

弥助　冗談云っちゃいけねえ！　そう思いつめなくても大丈夫だよ。喜蔵だって、お前に入れねえものじゃねえよ。

九郎助　あいつは、俺とこの頃仲がいいからなあ！　アト一枚だ。あ、アト一枚だ！

（じっと腕をくむ）

（水を飲みに行った人々、どやどやと帰って来る）

喜蔵　あんなにぎりめしを、もう十五、六喰いていや。

浅太郎　あれでも、一時の虫抑えにはありがたい。さあ飯はすんだ。入れ札を早くやって貰おうか。
喜蔵　心得た。
（彼は、懐中より懐紙を出し、脇差をぬいて幾片かに切断する。みんなに一枚宛《ずつ》渡す）
喜蔵　矢立《やたて》の筆は、一本しかねえぞ。なるべく早く書いて廻してくれ。かいたやつは、小さく折ってこの割籠《わりご》の中に入れてくれ。
忠次　札の多い者から三人だぜ。
十蔵　ええ承知しました。
喜蔵　十蔵、お前《めえ》からかけ！
（十蔵に筆を渡す。めいめい次ぎ次ぎに筆を借りてかく。弥助書き終え九郎助に近よりて）
弥助　そら阿兄《あにい》、筆をやるぜ。
（弥助、約束を果《はた》したる如くニッコリ笑う）
九郎助　ありがてえ。
（九郎助筆を取る。煩悩の情、ありありと顔に浮《うか》びしばらく考え込む）
浅太郎　おい、爺さん。早く筆を廻してくんねえか。
九郎助　何だと！
浅太郎　考えるなら、筆を外へ廻してくれ！

九郎助　だまっていろ、入らねえ口をたたくなよ！

（九郎助、憤然として筆を下す）

才助　爺《とっ》さん、俺にかしてくれ。

九郎助　ほら。（筆を投げる）

（才助、それを受取り、弥助の傍へ行く）

才助　なあ、弥助兄！　字を教えてくれ。

弥助　教えてやる！　何と云う字だ。

才助　（弥助の耳の傍で何かささやく）…………。

弥助　よし、こうかくのだ。（指先で、才助の持っている紙面の上にかいてやる）

才助　分った。ありがてえ。

（みんな、つぎつぎにかき了《お》える）

喜蔵　さあ、みんな書いたか。まだ書かねえ奴はねえか。（周囲を見廻す）よし、みんな書いたのだな。親分、みんなかきました。

忠次　われ、読み上げて見ねえ。

喜蔵　よし、合点だ。

（皆は、緊張して眼をかがやかし、壺皿を見つめるような目付で、喜蔵の手許を睨んでいる）

喜蔵　(折った紙片をひらきながら)いいか。みんな聞いていてくれ。あさ。仮名であさとしか書いてねえや。だが、浅太郎に違いねえ！　浅太郎が一枚。(みんなに紙片を見せる)おや、今度も浅太郎だ。浅太郎が二枚！

忠次　(わが意を得たりと云うように、ニッコリ笑う)

喜蔵　今度は、喜蔵だ。(紙片を見せながら)何《ど》うだい。ウソじゃねえだろう。喜蔵が一枚！　おや、その次がまた、喜蔵だ！　ありがたい！　みんなは、やっぱり目が高いや。どうだい！　喜蔵が二枚だ！

(喜蔵は、得意げに紙片を高く示す。九郎助は、ようやく焦燥の色を現す)

喜蔵　おや何だ。丸で、金くぎだ。何だ。くーろーすーけか。九郎助だ。九郎助が一枚だ。

(九郎助、狼狽し、激《はげ》しく動揺す)

喜蔵　その次はまた浅だ。これで浅太郎三枚だ。おやありがてい、その次はまた喜蔵だぞ。喜蔵は三枚だ。その次は浅太郎だ。浅太郎四枚。おやその次はまたこの俺さまだ。喜蔵四枚だ。これで俺《おら》と浅太郎はたしかだぞ。おやその次ぎが嘉助だ。

嘉助　しめた！

喜蔵　これで浅と俺とが、四枚ずつ、九郎助と嘉助とが一枚ずつだ。二人の勝負だ。

嘉助　アト一枚だな。一寸待ってくれ、俺と出るか九郎助と出るか。
九郎助　俺だとも。なあ、きまってらな弥助！
弥助　（黙って答えず）……………。
喜蔵　さあ！　あけるぞ。どっちだ丁か半か。九郎助か嘉助か。ああ、……嘉助だ。
九郎助　なに、嘉助だって。
（九郎助身をもがいてくやしがる）
浅太郎　やっぱり、みんなは正直だ。ありがてい。やっぱり親分のためを思ってらあ。みんなありがとう。お礼を云うぞ。親分のことは俺達が引受けた。
才助　じゃ、浅兄《あさあにい》たのんだぜ。
忠次　じゃ、みんな腑に落ちたんだな。それじゃ、浅と喜蔵と嘉助とを連れて行くぜ。九郎助は一枚入っているから、連れて行きていが、最初《はな》云った言を変改することは出来ねえから、勘弁しな。さあ、先刻《さっき》からえろう、手間を取った。じゃ、みんな金を分けて、めいめいに志すところへ行ってくれ。
喜蔵　（五十両包みをこわしながら）さあ、みんな遠慮なく取ってくれ。
（喜蔵、遠慮する乾分《こぶん》達に、分けてやる）九郎助阿兄《あにい》、何を考えているのだ、われも手を出しなせえ。

（九郎助、不承無承に手をさし出す）

忠次　じゃ、俺達は、一足先に立つぜ。みんな気をつけて、行ってくれ。

一同　親分、御きげんよう。お気をおつけなせえませ。

才助　浅兄《あさあにい》頼んだぜ。

浅太郎　安心していろよ。

十蔵　喜蔵兄たのんだぜ。

喜蔵　合点だ。親分の身体は、俺達の、目の黒い中《うち》は、大丈夫だ。

（口々に、呼びかわしながら、三人山上の方へとかくれる）

牛松　浅達がついていりゃ、ていした間違はありゃしない。

才助　親分の胸の中だって、あの三人をめざしていたに違《ちげ》えねえや。

十蔵　違いねえや。あいつらをつけて置けば大丈夫だ。

牛松　さあ、俺《おらあ》これから草津の方へ落ちてやらあ。

才助　おいらも、草津だ。

十蔵　おいらも草津へ出よう。

牛松　じゃ、草津組は一しょに出かけようや。九郎助阿兄《あにい》！　お前《めえ》は、何処へ行くんだ。

九郎助　おいら、もう半刻《はんとき》考えよう。

牛松　思案は、早い方が勝《かち》だぜ。

（入れ札の紙、風にふかれて飛び立たんとす）

九郎助　ああいけねえ。こんなものが残っていると、とんだ手がかりにならねえとも限らねえ。（九郎助拾い集めて掌中に丸める）

牛松　じゃ、稲荷の阿兄、ごきげんよう。

九郎助　もう行くのか、あばよ。

十蔵　弥助阿兄、ごきげんよう。

弥助　ごきげんよう。

（みんな口々に、別れの言葉を交し、四人は最初みんなが来た方へ引っ返す。後に、九郎助と弥助と丈《だけ》がのこる。九郎助の顔は、凄いほど、蒼い。黙然として考えている）

弥助　おい阿兄！　お前は、どの方角へ行くんだ。

九郎助　うるせえや、今考えていると云うに。

弥助　おらあ、よっぽど、草津から越後へ出ようと思ったが、よく考えてみると、熊谷《くまがい》在に伯父がいるのだ。少しは、熊谷はあぶねえかと思うが、故郷へ帰る足溜りには持って来いだ。それで俺武州の方へ出るつもりだが、お前はどうする気だ。

九郎助　（黙して答えず）…………。

弥助　お前《めえ》、よっぽど入れ札が、気に入らなかったのだな。もっともだ、俺《おら》も今日の入れ札は、最初《はな》からいやだった。親分も親分だ！　餓鬼の時から、一緒に育ったお前を捨て、行くと云う法はねえや。浅や嘉助は、いくら腕っぷしが強くってもお前に比べれば、ホンの小僧っ子だ。また、たとい入れ札をするにしたところで、野郎達がお前を入れねえと云う方はありゃしねえ。十一人の中で、お前の名をかいたのは、この弥助一人だと思うと、おらあ彼奴等《あいつら》の心根が全く分らねえや。

九郎助　(憤然として)この野郎、手前《てめえ》ほんとうにかいたのか。

弥助　かいたとも、俺より外にお前の名をかく奴なんかありゃしねえじゃねえか。

九郎助　ほんとうに書いたか。

弥助　かいたとも、俺より外に誰がかくと思う。

九郎助　手前、ウソをつくと叩っ切るぞ。

弥助　論より証拠、お前の名が一枚出たじゃねえか。

九郎助　(先刻《さっき》、丸めた中より忙しく一の紙片をよりだしながら)これを手前がかいたと云うのか。仲間の中で能筆の手前が、こんな金くぎの字をかくか。

弥助　ううむ。(狼狽する)

九郎助　これでもかいたと云うのか。

弥助　阿兄《あにい》、かんにんしてくれ。阿兄わるかった！　ウソをついた俺を叩っ切ってくれ！

九郎助　（脇差に手をかける、が、すぐ思い返す）よそう。たった一人の味方と思う手前にだって、心の中では生気地《いくじ》なしと見限られているおれだ。手前を叩っ切ったって何にもなりゃしねえ。

弥助　だが不思議だな。俺が、かかないとしたら、それを誰が書いたんだろう。

（弥助紙片をみつめる。九郎助あわてて丸める）

弥助　誰がかいたんだろう。（ふと、気がつく）阿兄、まさかお前が自分で書くようなケチな真似はしねえだろうな。

九郎助　なな何を云う。（ふと気が変って急に泣く）弥助かんにんしてくれ。意気地なしの卑怯者を、手前親分の代りに成敗してくれ！

（九郎助わっとすすりなく）

――幕

解　説

石割　透

「どんなに努力して快心の作を出しても全く紙の戯曲たるに止まる」、「いつも上演といふことを考へない訳にはゆかない」。一九一四年(第三次)『新思潮』四月号掲載の「ニジンスキイの足どり」に久米正雄は記した。上演も覚束ないままに戯曲創作に励まなければならない、〈無名〉に近い戯曲創作家に共通した不安な感情がここに窺える。

菊池寛は第一高等学校から京都帝大に進学し、卒業後は『時事新報』の記者になった。菊池の京大在籍時の文学活動については片山宏行氏によって行き届いた調査がなされているが、菊池の本格的な文学的活動はやはり、(第三次)『新思潮』同人に参加したことから始まる。(第三次)『新思潮』は一高から東京帝大文科に進んだ学生を同人として一九一四年に創刊され、年内に八冊を出して廃刊した。京都にいた菊池は、そのような意味では、同人としては例外的な存在であった。

『新思潮』の同人たち、山本有三、久米正雄、芥川龍之介、菊池寛らは、いずれも戯曲の創作に深い関心を寄せた。山本は既に劇団に関わった実績があり、優れた新傾向俳人として知られていた久米は、『新思潮』では新たに戯曲の創作に挑んでいた。芥川も〈習作〉ではあるが唯一の戯曲完成作「青年と死と」を九月号に発表した。この時期の芥川は、他にも幾つかの戯曲を書くことを試み、同人の中心的存在であった山宮允《さんぐうまこと》とともに、早稲田系の同人雑誌『仮面』に集っていた日《ひ》夏《なつ》耿《こうの》之介《すけ》、西条八十らによる吉江《よしえ》孤雁《こがん》を囲む愛蘭土《アイルランド》文学研究会にも参加し、愛蘭土演劇を学んでいた。京都の青年の文学活動に絶望していた菊池も、バーナード・ショウや、英国から離れて愛蘭土独自の風土、生活に基づく〈郷土芸術〉を創造しようとした愛蘭土の近代劇運動に深い関心を見せ、（第三次）『新思潮』には専ら戯曲関係の稿を寄せた。

　小山内薫が市川左団次（二世）とともに自由劇場を創立し、イプセン作・森鷗外訳「ジヨン・ガブリエル・ボルクマン」を有楽座で試演したのは一九〇九年である。以後、歌舞伎でも新派でもない、近代劇の戯曲（脚本）創作は新しい文学ジャンルとして、新進文学者の多くを魅惑した。この時期の森鷗外に拠る西洋近代劇の訳業も大きな刺激を彼らに与え、新時代に如何に生きるべきかをも考えさせる、文学と手を結んだ演劇活動が、日露戦争後に高まりを見せる。小山内は『新思潮』の創刊者であり、それを同人雑誌として受け継いだ一九一〇年創刊の（第二次）『新思潮』の同人も、谷崎潤一郎をはじめ戯曲創作に深い関心を寄せ、和辻哲郎も、当時は「常盤」などの戯曲を発表する演劇青年であった。これらを継承した(第三次)『新思潮』が戯曲・演劇に特色を見せる雑誌になったのも自然なことであったが、京都にいた菊池寛にとって、このような(第三次)、続く(第四次)『新思潮』に同人として参加したことは、実に大きな意味を持つことになった。

(第三次)『新思潮』同人たちにとって憧れの存在であり、その画が表紙絵となる木下杢太郎《もくたろう》は、小説、詩を発表しながら、戯曲集『和泉屋染物店』、『南蛮寺門前』を一九一二年、一四年に、「酒《さか》ほがひ」(一九一〇年)の耽美的歌人として知られた吉井勇は戯曲集『午後三時』を一九一一年に、長田秀雄は戯曲集『歓楽の鬼』を一九一三年に刊行した。このような新進文学者の戯曲創作熱の高まりを反映して、(第三次)『新思潮』創刊の年である一九一四年には、『中央公論』は七月臨時増刊号を「新脚本号」とし、正宗白鳥以下十三氏の戯曲(脚本)を掲載した。(第三次)『新思潮』に発表した久米の「牛乳屋の兄弟」はこの年の九月に、木下杢太郎「和泉屋染物店」、長田秀雄「死骸の哄笑」とともに、桝本清の新時代劇協会で上演された。『中央公論』は翌年の七月臨時増刊号「大正新機運号」でも「問題小説と問題劇」を特集し、松居松葉、岩野泡鳴、中村吉蔵、池田大伍、秋田雨雀の〈問題劇〉を掲載した。武者小路実篤が戯曲の代表作「その妹」を

『白樺』に、久米正雄が前年の「牛乳屋の兄弟」に続いて彼の戯曲の代表作である

「三浦製糸場主」を『帝国文学』に発表したのも一九一五年である。

芥川龍之介は、一九一九年度の文芸界を総括した「大正八年度の文芸界」(一九一九年)で小説の総括に次いで「評論、戯曲、詩歌」の項を設けて、その年の成果を批評した。『早稲田文学』も島村抱月の活動もあり、「新聞雑誌文芸一覧」では、早くから「小説・戯曲」の項のもとに、前月の新聞雑誌の関連記事を列挙、紹介している。『歌舞伎』などの演劇雑誌はさておき、このような事実は〈小説〉と同様に、上演の有無を抜きに、文学の形式として、「読み物としての戯曲」が認められたことを明かしていよう。しかし、大手市場を対象とする文芸雑誌は、やはり〈小説〉の掲載がほとんどであり、木下杢太郎、吉井勇、郡《こおり》虎彦、武者小路実篤らの新進が創作戯曲を発表する場の多くは『スバル』、『新思潮』、『白樺』などの一種の同人雑誌であった。

ところで、菊池、芥川、久米らにとっては、大学卒業を控え、次第に卒業後の生活の如何が現実的な問題となる。創作家になりたい願望も高まり、久米、芥川の東京在住組は一九一五年一一月、夏目漱石の書斎を訪れ、漱石と親しい文学者、編集者が自由に集まり懇談する、所謂《いわゆる》木曜会の雰囲気に触れた。夏目漱石の人格、教養に魅せられた彼らは、自らの創作を是非漱石に読んでほしいと急遽、(第四次)『新思潮』を翌年二月に創

刊する。ここにも菊池は同人として参加すべく誘われ、菊池はその創刊号掲載のために戯曲「坂田藤十郎の恋」を送った。が、久米、芥川らの東京在住組はそれを評価せず、菊池は戯曲「暴徒の子」に代えて送り返し、掲載された。久米は〈小説〉の創作に新たに挑み、創刊号に「父の死」を発表するが、創刊号に目を通した漱石は、芥川個人宛の書簡で芥川の「鼻」を誉め、芥川龍之介の文名は一躍木曜会に参加していたメンバーの間に高まった。芥川は、漱石門下の鈴木三重吉が編集顧問を務める文芸雑誌『新小説』から原稿を依頼され、大学卒業直後の九月号に「芋粥」を発表して鮮やかな文壇デビューを果たす。このような状態を感じてか、それまで戯曲創作を続けていた菊池は、新たに〈小説〉の創作を試み、「芋粥」と同じ月発行の『新思潮』に「身投救助業」を、続いて『中央公論』の一〇月号「小説」欄の芥川の「手巾」掲載を見てか、翌月の『新思潮』にも〈小説〉「三浦右衛門の最期」(後に「三浦右衛門の最後」と改題)を発表した。

このような菊池が文壇で認められたのは一九一八年であり、『中央公論』七月号、九月号に発表した小説の「無名作家の日記」、「忠直卿行状記」に拠ってである。戯曲(脚本)が、文芸様式のジャンルとして容認された時代でありながら、「芸術的」な職業作家であるには、先ずは〈小説〉が認められなければならなかった。事実、菊池文学を代表する戯曲「屋上の狂人」(一九一六年五月号)、「奇蹟」(「閻魔堂」の表題で同年八月号、後には表題のみならず内容も、特に最後の個所が大幅に改められた）、「父帰る」（翌年一月号）も、『新思潮』に発表された際には反響はなく、これらの作品が上演されたのは、菊池が〈小説〉家としてデビューして以後、特に多くの読者に支持され、菊池が一挙に流行作家になる「真珠夫人」（一九二〇年）以後であった。「戯曲の第一の条件は、舞台で上演し得るといふ事」と菊池が「文芸講座・戯曲研究」に記すのは一九二四年であるが、人気作家になったこの時点だからこそ自信をもって菊池はこのように漏らし得たのである。

菊池作品の最初の本格的な上演は、一九一九年三月、林和《はやしやわら》の脚色に拠って文芸座が演じた小説「忠直卿行状記」であった。同年一〇月に中村鴈治郎一座が演じた「藤十郎の恋」も、同年四月に『大阪毎日新聞』に連載した菊池の小説を大森痴雪《ちせつ》が脚色したものである。

〈小説〉家として認められた菊池は、小説「恩讐の彼方に」（『中央公論』一九一九年一月号）を自ら「敵討以上」と改題して、『人間』一九二〇年四月号に脚色掲載する。「藤十郎の恋」も自らの手で戯曲化して同年に発表した。「入れ札」、「義民甚兵衛」もまた然りで、自らの小説を自らの手で戯曲化することは、菊池寛という文学者の特色をなす営みであり、芸にもなった。その背景には、芥川龍之介が「小説の戯曲化」（一九二四年）で記したように、上演に際しての著作権の規定が曖昧であったからであろう。「藤十郎の恋」の典拠は坂田藤十郎の芸に関する逸話を集めた「賢外集」であるが、先に記した（第四次）『新思潮』創刊号に寄稿した戯曲の稿も、「新発見・菊池寛「幻の原稿」・坂田藤十郎の恋」（『文学界』一九九九年一二月号）として川島幸希氏による解題とともに活字化され、現在では容易に読むことが可能であり、大森痴雪の脚色を加えれば、「藤十郎の恋」は小説、戯曲に四つの形が認められるわけである。

「小説の戯曲化」では、小説を自らの手で戯曲化するに際しては、〈小説〉と〈戯曲〉、二つの文芸形式に対する意識を作者自身が十分明確に持すべき必要性を芥川龍之介は暗に説いた。芥川が逝去する年に生じた、小説の筋に関わる芥川と谷崎潤一郎との有名な論争では、「凡そ文学に於いて構造的美観を最も多量に持ち得るものは小説である」とする「饒舌録」（一九二七年）の谷崎に対し、「文芸的な、余りに文芸的な」（一九二七年）で芥川は、「「構造的美観を最も多量に持ち得るもの」は小説よりも寧ろ戯曲であらう」としたが、この辺りにも文芸の形式、ジャンルに極めて芥川が意識的であったことが窺えよう。菊池は「戯曲研究」で「小説に書ける材料は戯曲に書けると限つてゐない」とし、上演された際に、観客を劇場の座席に呪縛する劇的力《ドラマチックフォース》が戯曲には必要であり、そのためには、短い時間の中で「人間意志の争ひ」、「人生の危機」、「疑問」を「現れた相《すがた》」で表現すべきであるとした。台辞に基づく人間の行動、凝縮された時間の幾つかの集積の中でダイナミックに変容する人間関係、これらに戯曲の本質があるとすれば、「父帰る」こそ戯曲の本質を、単純な筋、構成ながら実に忠実に提出した作品と言えるであろう。

「父帰る」は一九二〇年に春秋座により新富座で上演された。セント・ジョン・ハンキン「蕩児の帰郷」に話系を借りた、菊池自身の言葉を借りれば〈蕩父の帰宅〉の話である。その初日に、作者菊池を始め芥川、久米、小島政二郎、佐佐木茂索、吉井勇、里見弴が観客席にいたが、幕が下りた時には誰もが感激で涙していた。当日の雰囲気は江口渙《かん》「その頃の菊池寛」の「「父帰る」の初上演」(『わが文学半生記』一九五三年収録)に生き生きと再現されているが、江口はここで「父帰る」の時代的意義として、「実生活の上で一家の経済をささえている者の上にこそ家父長制は新しく移っていかねばならないことを、兄賢一郎によってつよく宣言させた」ことを指摘した。確かに生活面、経済面で家族を支え、弟のために出世を犠牲にし、父の機能を果たしてきた長男こそが実の〈父〉であり、〈父であること〉は何の意味も持ちえない、しかし長男は、父の家への帰還を一旦は拒絶しながら、「戯曲研究」では菊池自身、その幕切れを「いさゝか自慢に思つてゐる」と自賛しているが、肉親愛人間愛の内なる自然な奔出に促され、家から去る父を狂気の如く追っていく。

女性をめぐって兄弟が争い、殺し合い寸前の緊張した状況になりながら、猛犬に囲まれ窮地にある弟を一旦は見捨てようとした兄は、「弟」という言葉に突き動かされて弟を助け、二人は久しぶりに安息の情に浸る。芥川龍之介の小説「偸盗」(一九一七年)であるが、ここにも窺える肉親愛、人間愛の賛歌、信頼、これこそが、大正という時代の文学の基調をなすものであり、「父帰る」は、そのような時代の感情を最も単純かつ強烈に表出した作品になった。菊池周辺の文士の誰もが、その幕切れに涙なしではいられなかった所以《ゆえん》であり、菊池が芥川と異なるのは、畢竟、菊池はこの内から奔出する人間愛を信じ、それに全身を委ねて生き得たことにあり、「偸盗」は芥川の内では無残にも、失敗作として認めざるを得ない結果に終ったのである。

生きる時代の相違に拠り、父と対立する子供が自らの陣営に殺されようとする父を知り、衝動的に味方に立ち向かう「時勢は移る」も、「父帰る」の許しの劇のパターンを踏襲している。芥川の親友として知られた井川(恒藤《つねとう》)恭《きょう》も『新思潮』に訳文を寄稿したJ・M・シングの「海への騎者」を、日本の土壌に見事に移し替えた菊池の「海の勇者」は本書には収録することができなかったが、人間愛の奔出に駆られて主人公が行動に赴く点では「父帰る」と同様である。

また「父帰る」の〈哀しい父〉の姿は、火災で御真影を焼いた責任から自裁した小学校の校長を務めた父を思いやる久米正雄「父の死」、中学校での友人の父の姿を回想した芥川の小品の佳作「父」(一九一六年)などにも共通し、「時勢は移る」はやや異質ではあるが、対立でき得る強い〈父〉の姿が影を潜めていることも、『新思潮』に集った同人たちの作品の一つの特徴を示していよう。

「恩讐の彼方に」を戯曲化した「敵討以上」は九州大分県の名勝耶馬渓《やばけい》・青の洞門《どうもん》をめぐる話である。多くの命が失われた交通の難所を、数十年にも亘って単身で岩山を開削して通行を容易にした禅海和尚の逸話に基づく。典拠として小川古吉『耶馬渓案内記』(一九〇五年)、近藤浩一路「耶馬渓見物」(一九一七年)、千葉亀雄『日本仇討物語・下巻』(一九一七年)、田中貢太郎「青の洞門物語」(一九一七年)などが片山宏行氏によって指摘されている。谷崎潤一郎には小説「三人法師」(一九二九年)があり、菊池も後に「三人法師」(一九四七年)を書いた御伽草子「三人僧」の挿話も、書く際に参考にしたという。この作品では人間の対立は長い時間をかけて融解されるのであり、その中で敵討という、武士道の理念に基づく個人的な行為の空しさが炙り出される構造になっている。

愛蘭土文芸復興の中心的存在であったW・B・イエーツに認められ、鈴木暁世氏に拠れば、愛蘭土アベイ座で一九二六年に翻訳劇が上演されたという「屋上の狂人」は、収録した作品の中では最も早く発表された。西洋合理主義の洗礼を受けた優等生である次男の生きる地上は、救済とてない終末的世界であり、長男の生きる屋根の上の至福の世界とは対蹠《たいしょ》的な世界であることが暗示されている。この作品は芥川も影響を受けたシング「聖者の泉」を意識した作とされるが、「聖者の泉」も、人間の視界に映じる世界の醜悪で救いのないさまが表現されていた。「幻影《イリュージョン》」はある人々にとっては、生活の糧である。その幻影《イリュージョン》を奪ふことは、その人々の生活を破壊するに等しい」(「一幕物戯曲論」)とのこの作に対する菊池の認識は、例えば谷崎潤一郎の「金と銀」(一九一八年)にも認められるように思う。

屋根に上って無邪気に眺めを楽しんでいる子供、そのような子供を心配して見上げている母親の心の動きが見事な名文で綴られた志賀直哉「謙作の追憶」(一九二〇年)は、後に「暗夜行路」の「序詞」に取り込まれた。屋根から地上に下ろされた謙作の未来には〈暗夜〉が待つのみであり、やがて彼は鳥取県大山の高みにまで登り、死に近い透明な境地に辿り着かねばならない。また、芥川は長男比呂志の名付け親でもあった菊池のこの作品を意識してか、自裁する年に〈屋上の狂人〉を自ら演じ、子供とともに木から屋根に上る鬼気迫る映像を残した。芥川は二十歳以降の人生を〈阿呆の一生〉と総括した「或阿呆の一生」を遺稿としたが、「生活第一」を標榜した菊池にも、広津和郎が回想記『同時代の作家たち』の「菊池寛」に記したような虚無感を常に内に孕ませていたのであろうか。

ところで、西洋文学が日本に与えた影響の「最も大きいもの、の一つ」に、「恋愛の解放」、「性欲の解放」を挙げたのは、「恋愛及び色情」(一九三一年)の谷崎潤一郎である。確かに日本近代文学は多かれ少なかれ、西洋がもたらした恋愛の観念に振り回されてきた。無論、旧民法による長男・次男の家における重要性を扱った作品も日本近代文学に多く認められるが、菊池戯曲の「順番」、「ある兄弟」、「海の勇者」、それに「屋上の狂人」、「父帰る」、更には児童文学でも雑誌『赤い鳥』掲載の「一郎次、二郎次、三郎次」(一九一九年)、児童文学の単行本『三人兄弟』などを思えば、初期の菊池の作品は恋愛に代わって兄弟が重要な要素となっている作品も多い。このように日本の土壌・風土に根ざしていることも、菊池戯曲の人気が高い理由になっているように思う。この点は久米正雄も同様で、久米には、「牛乳屋の兄弟」や、生まれ育った四国、高松周辺部の方言を菊池が「屋上の狂人」で台辞に取り入れたことを意識してか、方言を初めて自らの戯曲に用い、〈蕩児の帰郷〉の話系をも借りた「阿武隈心中」(一九一六年)、小説の代表作「受験生の手記」(一九一八年)などもある。

「奇蹟」は、愛蘭土のダンセイニ卿「山の神々」、「神々の笑ひ」系列の作品で、〈嘘から出たまこと〉のオチがつく。この系列の作品では、これも愛蘭土文学にも関心を寄せた久米正雄に、小説「村の火事」（一九一六年、後に「流行火事」と改題）、戯曲の代表作「地蔵教由来」（一九一七年）、芥川にも「龍」（一九一九年）があることも興味深い事実であろう。

国定忠次は江戸後期に実在した上州生まれの侠客であり、天保の飢饉では農民を救った。浪曲、映画で度々扱われ、特に澤田正二郎の新国劇の出し物として知られる。小説「入れ札」（一九二一年）は、忠次の赤城の山の場面を舞台とし、入れ札を行うことを契機に、親分子分の縦の関係が無化され、子分間の横の関係が重要なそれに変わることの中で、現在でも生活の場で多くの人が経験するに違いない少人数による投票の場を扱った見事過ぎる短編である。田山花袋・徳田秋声の生誕五十周年記念に企画された『現代小説選集』（一九二〇年・新潮社）に収録する作家を編纂委員に拠る投票で決める場に臨んだ経験が、この作品を生む契機になったという。戯曲「入れ札」は、小説「入れ札」を尾上菊五郎の嘱によって戯曲化したもので、小説と合わせて読まれ、戯曲と小説の違いに思いをめぐらしていただければ、とも思う。

「袈裟の良人」は、「源平盛衰記」にある貞女袈裟の伝説に基づく。渡《わたる》の妻袈裟の美しさに魅された盛遠《もりとお》が彼女に横恋慕し、袈裟は夫の身代わりとして盛遠の刃を自ら受け、罪の意識に責められた盛遠は発心、文覚《もんがく》上人として出家する。浄瑠璃、謡曲、歌舞伎、映画などで知られる挿話であるが、芥川は袈裟と盛遠の独白を用いて小説「袈裟と盛遠」(一九一八年)を書き、菊池はそれに対して、ここでは袈裟の夫の立場に基づいた。

「岩見重太郎」は豊臣方の小早川隆景に仕えたとされる伝説上の豪傑の話。「立川文庫第六編」は加藤玉秀述「武士道精華岩見重太郎」(一九一一年)で、重太郎は諸国を放浪して狒々《ひひ》や大蛇を退治し、天橋立で塙団右衛門《ばんだんえもん》の助太刀で親兄妹の仇を討つ講談の世界の英雄であるが、菊池のこれは、講談の世界に生きる英雄を風刺した一種の偶像破壊ものである。「武者修行とは四方の剣客と手合せをし、武技を磨くものだと思つてゐた。が、今になつて見ると、実は己ほど強いものの余り天下にゐないことを発見する為にするものだつた。——宮本武蔵伝読後」とする、「武者修行」(一九二四年)と題した芥川の「侏儒の言葉」の一節とも通じ合おう。菊池の作品を読んだ芥川は、更に随筆「僻見」(一九二四年)で「岩見重太郎」を書いた。講談の読後に味わう爽快感をそのまま受け止め、近代文学の登場人物が喪失してしまった「生命」に富み、「善悪の観念を脚下に蹂躙する豪傑」として本所の貸本屋で知った重太郎を評した。講談は、雑誌『講談倶楽部』や「立川文庫」などで、読み物としても絶大な人気に支えられて、武者小路実篤など愛好する文学者も多かったが、大正後期に入れば文学の読者層の広がりとともに、芥川が「亦一説?」(一九二六年)に記したように、次第に「講談に飽き足ら」なくなった読者は大衆文芸、通俗小説に流れていく。『改造』も一九二〇年に「社会講談」欄を設け、新時代に適合した〈講談〉を掲載したが、これも一種の〈新講談〉と言えるかもしれない。因みに、芥川の「岩見重太郎」とともに、この作品の典拠として『長篇講談第三編　岩見武勇伝　笹野名槍伝』(一九一六年・博文館)が奥野久美子氏によって指摘されている。

「玄宗の心持」、「小野小町」、「時の氏神」の三作は、ともに軽快な作品で、「小野小町」は『サンデー毎日』、「時の氏神」は『婦女界』に発表されたが、「小野小町」は多くが小町の独白から成る初出稿が大きく改められている。芥川にも自身の女性観が覗く「二人小町」(一九二三年)がある。文学の読者層が婦人読者の増加とともに急激に拡大し、婦人雑誌は大手の文芸雑誌の十倍もの稿料を出し、「真珠夫人」以後の菊池には、雑誌の売れ行きに拠って更に特別の手当が支給されたらしい。大正文学者に共有されていた芸術家意識の崩壊の危機、新時代の来るべき予兆を感じさせられもする作品である。

菊池寛の戯曲はこのように、極めて単純、素朴な構造でありながら、誰しもの心の深奥に直に衝撃を与える強い表現力を持つ。菊池寛、僚友である久米正雄、芥川龍之介、彼らは互いの作品を意識しながら幾つかの独自の作品を編み出し、自らの態度、個性的な芸を示した。芥川の名作「鼻」に対して、早稲田派の宇野浩二は「龍介の天上」(一九一九年)を、広津和郎は低い鼻に悩む和尚を主人公にした「鼻」(一九二四年)を書いてみせたように。私的な場で互いに親しみながら、油断ならぬ文士魂を覗かせる多彩な大正の文士たちの競演ぶりを、菊池戯曲を通して思いめぐらすことも、大正文学の読者に許された愉しみであるように思う。

編集するに際し、特に、片山宏行氏『菊池寛の航跡〈初期文学精神の展開〉』(一九九七年・和泉書院)、同氏『菊池寛のうしろ影』(二〇〇〇年・未知谷)、日高昭二氏『菊池寛を読む』(二〇〇三年・岩波書店)、鈴木暁世氏『越境する想像力　日本近代文学とアイルランド』(二〇一四年・大阪大学出版会)に多くの教示を得ました。この場を借りて謝意を表します。

初出・上演について

屋上の狂人

・（第四次）『新思潮』第一年第三号（一九一六年五月）
・帝国劇場（守田勘弥・市川猿之助ほか）、一九二一年二月

奇蹟

・（第四次）『新思潮』第一年第六号（一九一六年八月）　初出の表題は「閻魔堂」であり、内容に異同が認められる。
・市村座（尾上菊五郎一座、尾上菊五郎・守田勘弥・市川男女蔵ほか）、一九二一年五月

父帰る

・（第四次）『新思潮』第二年第一号（一九一七年一月）
・赤坂ローヤル館（武田正憲試演）、一九一七年八月。新富座（春秋座、市川猿之助・市川左升・市川八百蔵ほか）、一九二〇年一〇月

藤十郎の恋

・戯曲集『藤十郎の恋』（一九二〇年四月・新潮社）　小説「藤十郎の恋」（『大阪毎日新聞』一九一九年四月三日―一三日）を大森痴雪が脚色、それに基づき、菊池自身が戯曲化。

・大阪浪花座(大森痴雪脚色、中村鴈治郎・中村福助ほか)、一九一九年一〇月。京都南座(大森痴雪脚色、中村鴈治郎・中村福助ほか)、一九二〇年一二月。有楽座(帝劇女優劇、村田嘉久子・守田勘弥ほか)、一九二一年一二月

敵討以上

・『人間』(一九二〇年四月号) 小説「恩讐の彼方に」(『中央公論』一九一九年一月号)の上演を交渉され、自らの手で戯曲化。

・帝国劇場(「恩讐の彼方に」の演題、文芸座、守田勘弥・初瀬浪子ほか)、一九二〇年三月

時勢は移る

・『中央公論』(一九二三年一月号)

・京都南座(市川猿之助ほか)、一九二四年三月

岩見重太郎

・『中央公論』(一九二三年四月号)

・浅草公園劇場(澤田正二郎ほか)、一九二三年一月

玄宗の心持

・『中央公論』(一九二二年九月号)

・有楽座(市川猿之助・初瀬浪子・市川八百蔵ほか)、一九二二年一一月

袈裟の良人

・『婦女界』（一九二三年一月号）　目次には「（問題劇）」とある。

・有楽座（市川寿美蔵・坂東簑助ほか）、一九三五年九月

小野小町

・『サンデー毎日』（一九二三年一月一日号）　初出では副題に「紙上喜劇」とあり、内容に大きな異同が認められる。

・帝国劇場（帝劇女優劇、守田勘弥・沢村宗之助ほか）、一九二三年六月

時の氏神

・『婦女界』（一九二四年七月号）「田中良　舞台装置」とある。

・演伎座（澤田正二郎ほか）、一九二四年九月

入れ札

・『中央公論』（一九二五年一二月号）　小説「入れ札」（『中央公論』一九二一年二月号）を戯曲化。

・市村座（尾上菊五郎一座、片岡仁左衛門・尾上菊五郎ほか）、一九二六年一月

『菊池寛全集』第一巻「解題」（一九九三年一一月・高松市菊池寛記念館）、『演藝畫報』（復刻版、不二出版）などを参照させて頂きました。

〔編集付記〕

一、本書の底本には、『菊池寛全集』第一巻(一九九三年一一月・高松市菊池寛記念館)を用いた。

一、原則として漢字は新字体に、仮名遣いは新仮名遣いに改めた。

一、明らかな誤記・誤植は訂した。

一、読みにくい語などには、適宜、振り仮名を整理して付した。

一、漢字語のうち、使用頻度の高い語を一定の枠内で平仮名に改めた。

　此 → この　夫 → その　玆 → ここ　など

一、本文中に、今日からすると不適切な表現があるが、原文の歴史性を考慮してそのままとした。

父帰《ちちかえ》る・藤十郎《とうじゅうろう》の恋《こい》 菊池《きくち》寛戯曲集《かんぎきょくしゅう》

2016年10月18日　第1刷発行
2023年4月5日　第2刷発行

編　者　石《いし》割《わり》透《とおる》

発行者　坂本政謙

発行所　株式会社 岩波書店
〒101-8002 東京都千代田区一ツ橋 2-5-5
案内 03-5210-4000　営業部 03-5210-4111
文庫編集部 03-5210-4051
https://www.iwanami.co.jp/

印刷・理想社　カバー・精興社　製本・松岳社

ISBN 978-4-00-310634-1　Printed in Japan

読書子に寄す

——岩波文庫発刊に際して——

岩波茂雄

真理は万人によって求められることを自ら欲し、芸術は万人によって愛されることを自ら望む。かつては民を愚昧ならしめるために学芸が最も狭き堂宇に閉鎖されたことがあった。今や知識と美とを特権階級の独占より奪い返すことはつねに進取的なる民衆の切実なる要求である。岩波文庫はこの要求に応じそれに励まされて生まれた。それは生命ある不朽の書を少数者の書斎と研究室とより解放して街頭にくまなく立たしめ民衆に伍せしめるであろう。近時大量生産予約出版の流行を見る。その広告宣伝の狂態はしばらくおくも、後代にのこすと誇称する全集がその編集に万全の用意をなしたるか。千古の典籍の翻訳企図に敬虔の態度を欠かざりしか。さらに分売を許さず読者を繫縛して数十冊を強うるがごとき、はたしてその揚言する学芸解放のゆえんなりや。吾人は天下の名士の声に和してこれを推挙するに躊躇するものである。このときにあたって、岩波書店は自己の責務のいよいよ重大なるを思い、従来の方針の徹底を期するため、すでに十数年以前より志して来た計画を慎重審議この際断然実行することにした。吾人は範をかのレクラム文庫にとり、古今東西にわたって文芸・哲学・社会科学・自然科学等種類のいかんを問わず、いやしくも万人の必読すべき真に古典的価値ある書をきわめて簡易なる形式において逐次刊行し、あらゆる人間に須要なる生活向上の資料、生活批判の原理を提供せんと欲する。この文庫は予約出版の方法を排したるがゆえに、読者は自己の欲する時に自己の欲する書物を各個に自由に選択することができる。携帯に便にして価格の低きを最主とするがゆえに、外観を顧みざるも内容に至っては厳選最も力を尽くし、従来の岩波出版物の特色をますます発揮せしめようとする。この計画たるや世間の一時の投機的なるものと異なり、永遠の事業として吾人は微力を傾倒し、あらゆる犠牲を忍んで今後永久に継続発展せしめ、もって文庫の使命を遺憾なく果たさしめることを期する。芸術を愛し知識を求むる士の自ら進んでこの挙に参加し、希望と忠言とを寄せられることは吾人の熱望するところである。その性質上経済的には最も困難多きこの事業にあえて当たらんとする吾人の志を諒として、その達成のため世の読書子とのうるわしき共同を期待する。

昭和二年七月